'Scudamore weet het taalgebruik van tieners perfect te vatten en heeft een intelligent, grappig en geloofwaardig debuut afgeleverd. Fantastisch om te lezen.'
The Scotsman

'Uitbundige debuutroman. Scudamore heeft er duidelijk plezier in om de scheidslijn tussen waarheid en verzinsels vaag te houden, en verzint fantastische en kleurrijke verhalen binnen verhalen.'
The Independent on Sunday

'Verfijnd romandebuut (...) waarin de rollen worden omgedraaid, zowel voor de hoofdpersonen als voor de lezer, naarmate de verbeelding verder versmelt met de gevaarlijke werkelijkheid.'
The Guardian

'Nostalgisch en boeiend avontuur, met een snufje zwarte humor.'
Time Out

'Werkelijk prachtig geschreven, Don Quichotachtig avontuur.'
Tatler

'Betoverend. Een ingenieus opgebouwd verhaal. Scudamore heeft talent in overvloed.'
Sunday Telegraph

James Scudamore

De geheugenkliniek

Vertaald door Kees Mollema

Uitgeverij Podium
Amsterdam

Oorspronkelijke titel *The Amnesia Clinic*
Oorspronkelijke uitgever Harvill Secker
Copyright © James Scudamore 2006
Copyright © vertaling Kees Mollema/Uitgeverij Podium 2008
Omslagontwerp Roald Triebels
Foto omslag Karen Moskowitz/Getty Images
Foto auteur Rose Grimond
Typografie Ar Nederhof

Verspreiding voor België: Van Halewyck, Leuven

ISBN 978 90 5759 307 9

www.uitgeverijpodium.nl

Voor mijn ouders

'Het eerste wat ze ervoer was een gevoel van zwakte in haar buik en knieën; vervolgens blinde schuld, onwezenlijkheid, kou, angst; vervolgens wilde ze dat het al de volgende dag was. Ze begreep onmiddellijk dat die wens zinloos was omdat de dood van haar vader het enige was wat in de wereld was voorgevallen, en eindeloos zou blijven voorvallen.'
Jorge Luis Borges, 'Emma Zunz'

'Grote mensen verzinnen altijd van die saaie verklaringen.'
C.S. Lewis, *The Magician's Nephew*

EEN

Grote vertellers overlijden soms veel te vroeg. Het is niet minder dan rechtvaardig dat er over hen geweldige verhalen worden verteld. Ik zal mijn best doen.

Op 8 september 1995, nog geen jaar voor de dood van mijn vriend Fabián, ontdekten antropoloog Johan Reinhard en zijn berggids Miguel Zárate vlak onder de top van een Peruaanse vulkaan het bevroren lichaam van een Incaprinses. Zich bewust van het belang van hun vondst nam Reinhard het lichaam mee naar beneden, gewikkeld in zijn slaapmatje om te voorkomen dat het zou ontdooien.

De vondst werd niet alom toegejuicht: de man met de muilezel, die de klimmers aan de voet van de berg opwachtte, blinddoekte zijn dier om te voorkomen dat het op hol zou slaan bij het vooruitzicht een lijk te moeten dragen, en de eigenaar van het hostel waar ze eerder logeerden stuurde hen weg, bang dat ze ongeluk zouden brengen. Uiteindelijk kwamen Reinhard en Zárate aan in het stadje Arequipa, waar ze het lichaam in Zárates vrieskist bewaarden, totdat de autoriteiten gewaarschuwd konden worden.

Het lag voor de hand dat Juanita – of de 'IJsprinses', zoals ze werd genoemd tijdens de internationale tentoonstellingen die zouden volgen – was doodgeknuppeld tijdens een offerceremonie voor de god van de bergen. Ze was gedurende vijfhonderd jaar in het ijs bewaard gebleven en verkeerde in vrijwel perfecte staat, afgezien van een nogal ernstige hoofdwond.

Zes maanden later verscheen er een artikel over de IJsprinses in een landelijke Ecuadoriaanse krant, en kwam mijn vriend Fabián Morales zwaaiend met een exemplaar het klaslokaal van de internationale school van Quito binnengemarcheerd.

'Anti! Dit móét je zien,' zei hij. 'Ze hebben een of ander vijfhonderd jaar oud Incameisje gevonden op een vulkaan in Peru.'

Ik heet Anthony, maar kon als kind mijn naam niet uitspreken. Ik noemde mezelf Anti, en dus wérd ik Anti. Zomaar een voorbeeld van hoe een volslagen onschuldige misser je voor altijd kan blijven achtervolgen.

'Moet je dit eens horen,' zei Fabián. '"Het is waarschijnlijk dat de IJsmaagd moest vasten voordat zij werd geofferd, en mee moest doen aan rituelen waarbij hallucinerende drugs en sterkedrank werden genuttigd." Ook seks, wil ik wedden – en hier staat dat ze nog maar vijftien was. Verena, dat ben jij óók. Hoe lijkt het je om met ons een berg te beklimmen, stoned te worden en eens lekker verwend te worden? We moeten je misschien vermoorden, maar je wordt wel onsterfelijk, schatje!'

'Je krijgt mij niet alleen met jou een berg op, walgelijke smeerlap.'

'Geen probleem. We kunnen het toch ook gewoon hier doen? *Mamacita!* Geef me je hand, schatje. Het is voorbij voor je er erg in hebt.'

'Je komt nog in de hel als je zulke dingen zegt, Fabián.'

Verena Hermes droeg drie ringen in haar linkeroor, blondeerde haar haar en overgoot zichzelf dagelijks met goedkope parfum. Ze was onderwerp van onze meest gekoesterde natte dromen, maar Verena had een voorkeur voor oudere mannen – daar ging ze tenminste prat op – en in tegenspraak met wat we elkaar vertelden, had Fabián noch ik haar ooit tot iets anders dan vernietigende opmerkingen kunnen verleiden. Onbelemmerd had de discussie van kwaad tot erger kunnen gaan, maar nu moest die even wachten. Onze leraar, gehuld in het verplichte corduroy van Britse expats, kuierde door de deuropening, ging achter zijn bureau staan en ademde net luid genoeg uit om zijn wens tot orde over te brengen.

Juanita de IJsprinses werd vergeten, voor dat moment tenminste.

Later die dag, toen we bij een basketbalveldje wachtten tot we werden opgehaald, overdachten Fabián en ik de ontdekking serieuzer. Een tweetal met sneeuw bedekte vulkanen – onze eigen, plaatselijke berggoden – doemde op van achter de vierkante gebouwen van de Nieuwe Stad: de Cotopaxi, koket uitkijkend boven een sjaal van wolken en vervuiling, en de Cayambe, die deze namiddag een streepje paarsachtig blauw van de zonsondergang reflecteerde.

'We moeten daarnaartoe,' zei Fabián. Hij oefende lusteloos een paar goocheltrucs, toverde zijn zippo weg met zijn linkerhand, terwijl zijn rechterhand een schijnbeweging maakte, waarna hij de aansteker snel in zijn zak stopte en zuchtte. 'Alles wordt veel te snel ontdekt. Als we nog langer wachten, is er niets meer over om te vinden.'

'We kunnen niet naar Peru,' zei ik. 'Waren wij niet in oorlog met Peru, nog maar een paar maanden geleden?'

Wij – daarmee bedoelde ik Ecuador – waren dat inderdaad geweest. Hoewel het grensconflict in feite al sinds 1942 in een impasse verkeerde, liepen de spanningen tussen de beide landen van tijd tot tijd op. Volgens mijn vader, cynisch over dergelijke kwesties, gebeurde dit meestal rond verkiezingstijd, om politiek punten te scoren, maar vorig jaar was een reeks schermutselingen aan de grens ernstiger gebleken dan gebruikelijk, en had uiteindelijk meer dan honderd levens gekost. Met vijftien jaar namen we de doden nog niet serieus, maar we hadden beiden genoten van het melodrama dat Een Land In Oorlog vergezelde: gerantsoeneerde elektriciteit, anti-Peruaanse slogans en zelfs de mogelijkheid (hoe vergezocht ook) van een daadwerkelijke invasie.

'Hou op rond te lullen,' zei Fabián. Zijn Engels was perfect, maar hij had de typische gewoonte om voor zijn krachttermen te improviseren op basis van halfvergeten uitdrukkingen die hij had opgepikt van de kabeltelevisie, iets wat soms uitmondde in bizarre, onbeproefde constructies. Het was een beetje zijn handelsmerk geworden. 'Ik zeg niet dat we naar Peru moeten gaan. Die IJsprinses is toch al gevonden. Dat bedoel ik nou: als we niet uitkijken, is álles binnenkort al gedaan. Ik wil voor het einde van dit jaar op z'n minst een nieuwe diersoort ontdekken. Of zoiets.'

'Wij zijn vorig jaar naar de Galápagoseilanden geweest,' zei ik. 'Dat was te gek. Misschien zou je daar moeten beginnen met zoeken.'

'Dat weet ik. Kloot op met je vakantiekiekjes. We moeten naam maken. Alle magie hier verdwijnt en wordt in musea gestopt. Ik wil mijn deel daarvan, voordat het allemaal verdwenen is.'

'Die kans krijg je vast nog wel. Kom, daar heb je Byron.'

Byron werkte als chauffeur voor Fabiáns oom, hoewel hij in een vorig leven politieman was geweest. Fabián vertelde me dat zijn oom dit niet had geweten, totdat ze op een dag thuiskwamen en een paar inbrekers aantroffen. Byron gebood zijn oom Suarez in de auto te blijven, haalde uit het handschoenenkastje een pistool tevoorschijn waarvan Suarez niet wist dat hij het bezat, en schoot beide inbrekers in de rug toen ze wegvluchtten. Dat vertelde Fabián me tenminste. Het was onmogelijk het bij een onafhankelijke bron te verifiëren, omdat hij zei dat zijn oom er niet graag over praatte, en Byron durfde ik het al helemaal niet te vragen, omdat die me, hoewel hij genoeg gevoel voor humor had, de stuipen op het lijf joeg. Mijn ouders hadden me enge verhalen verteld over ontvoeringen in auto's, onder bedreiging van vuurwapens. Ik liet niet merken dat ik bang werd, telkens als Byrons hand te ver van de versnellingspook afdwaalde, en keek altijd weg als hij zijn bloeddoorlopen ogen via de binnenspiegel op ons liet vallen.

Ondanks dit alles hield ik ervan om bij Fabián en zijn oom te zijn. Zelfs de rit erheen was leuk, en niet alleen omdat we werden opgehaald door een gewapende chauffeur in een zwarte Mercedes. Eulalia, Byrons vrouw, legde broodjes voor de terugweg op de achterbank, en er was een specifiek stoplicht tijdens de rit waar een mesties op krukken doosjes veelkleurig kauwgom verkocht, die het perfecte tegengif waren tegen een weeë pindakaasmond. Tijdens een roemrucht voorval na een schoolreisje naar de evenaar, waarop het Fabián en mij was gelukt een halve liter smerige *aguardiente* te drinken, waren we op weg naar huis een nieuw spel begonnen door tegelijkertijd op een pakje kauwgom en een heel broodje te kauwen. We vonden onszelf reuze bijdehand en gooiden op de achterbank handenvol felgekleurde balletjes in onze monden vol brood, lieten de kunstmatige fruitsmaken ontploffen tussen stukken witbrood en pindakaas, waarna we al kauwend het brood stukje bij beetje doorslikten, totdat alleen de klont kauwgom overbleef. Het ene doorslikken en het andere achterhouden zou nuchter al moeilijk genoeg zijn geweest, en het duurde niet lang voordat we onze trekken thuis kregen. Toen Fabián per ongeluk alles ineens doorslikte, gilde hij dat Byron moest stoppen en kotste een flamboyant mengsel van rietsuikeralcohol, pindakaas en fruitkauwgom in de goot. Byron vond de gebeurtenissen hilarisch en speurde altijd, zelfs nu nog, over zijn schouder als hij ons oppikte, hopend op aanwijzingen van meer stiekem drankgebruik.

Quito is niet één stad, maar twee: de Nieuwe Stad en de Oude Stad liggen aan weerszijden van een lange, smalle vallei die van het noorden naar het zuiden loopt. Aan de noordkant liggen de glazen en betonnen blokken eentonig uitgespreid: flatgebouwen, winkelcentra en kantoren. Het zakendistrict. Een stad van Duitse herders aan kettingen, gazonsproeiers en airconditioning. Mijn ouders woonden in de Nieuwe Stad, in een gebouw met appartementen, ontworpen om gasten in stijl te ontvangen. Bestaande uit verschillende niveaus met gepolijste vloeren, ononderbroken door muren, was onze flat een ware galerie vol ingelijste vergezichten: elk raam bood een spectaculair uitzicht over de stad en de daarachter liggende vulkanen. Door de hoge ligging kon je zien hoe landende vliegtuigen zich tussen de gebouwen stortten, op weg naar de bodem van de vallei, waar het vliegveld was gesitueerd. Het betekende ook dat je, als je met een verrekijker de ronding van de stad naar het zuidwesten volgde, de witgestucte muren, vervallen kerken en nauwe straatjes van de Oude Stad kon zien, die aan de overkant lag, verborgen als een smerig geheim.

Het verhaal ging ongeveer zo: eens, heel lang geleden, bouwden de Inca's hoog in de Andes, tussen de vulkanen, een stad in de wolken. Toen het bericht kwam dat de conquistadores vanuit het zuiden oprukten, verwoestte generaal Rumiñahui, die van de grote Atahualpa het bewind over de stad had gekregen, de stad liever zelf dan hem in handen van de vijand te laten vallen. Geen steen van de befaamde Incastad bleef op de andere staan. Wat we nu de Oude Stad noemden, was de koloniale stad die boven op die van de Inca's was gebouwd en waarvan de gewelfde balkons en terracotta pannendaken nu zelf in verval waren geraakt, in sommige gevallen weer in bezit genomen door de *indígenas*, maar nog steeds wegrottend. En dus, terwijl de Nieuwe Stad zichzelf in noordelijke richting uitpakte, als geprefabriceerde meubels, stond de Oude Stad stil en bezonk langzaam op zijn voorganger, zoals compost. Als geologie.

Vandaag de dag lees ik dat dit proces van verval dankzij verschillende beschermende voorschriften en internationale erfgoedprogramma's tot staan is gebracht, dat de Oude Stad is schoongemaakt en dat al die vervallen, witgestucte gebouwen – teruggenomen door de rijken – weer schitteren. Die ingevallen mond vol rotte tanden is nu, naar verluidt, voorzien van kronen en blinkt weer. Ik heb moeite me daar een voorstelling van te maken. Misschien was het de overduidelijke armoede van die plek, of misschien was het de opwinding die elke verboden plaats met zich meebracht, maar voor mij stond het oude Quito, of El Centro, zoals het door de meeste mensen werd genoemd, voor het leven in zijn meest geconcentreerde vorm. Het was ervan vergeven. Je kon er geen stap zetten, zo leek het, zonder je een weg te moeten banen door de wolken van stoom die aan de mobiele soepstalletjes ontsnapten, zonder een marktkoopman af te wimpelen die je probeerde een hoed of een versierd overhemd aan te smeren, of een mormel af te weren dat je portemonnee bepotelde. En dan was er de bedwelmende, duizelingwekkende cocktail van geuren, versterkt door de hoge ligging: dieseldampen, rottend fruit, oude urine. En, tijdens festivals, rietsuikeralcohol en de geur van verbrand caviavlees dat werd geroosterd boven houtskoolvuren.

Ik was nog maar één keer alleen losgelaten in de Oude Stad, en die ervaring had mijn honger alleen maar aangewakkerd. Door de ligging vlak bij de evenaar is het weer in Quito in het gunstigste geval schizofreen te noemen – op elk moment kon zelfs de saaiste wolkformatie een onverklaarbare regenboog veroorzaken of een belachelijke hagelbui over je uitstorten, maar omdat ik op dat moment in de Oude Stad was, staat deze bepaalde gebeurtenis in mijn geheugen gegrift. Ik was met mijn vader in de stad, en om tijd te winnen had hij me erop uitgestuurd om een sleutel te laten bijmaken, terwijl hij iets bij een marktkraampje kocht. Ik was toen dertien jaar, en blij dat ik alleen op onderzoek uit kon gaan. Ik hoorde het gerommel van donder in de verte en ging onder een terracotta afdakje staan, keek achterom, naar de top van de Cotopaxi, en zag een gele, rokende barst door de lucht trekken. De indiaan voor me tikte zijn muilezel met een stok op de rug om hem aan te sporen. Marktkooplui overdekten hun waren met stukken plastic. En toen, met maar een paar drupjes als waarschuwing vooraf, begon het te gieten. Muren veranderden in verticale rivieren. Bruine vloedgolven kolkten door de straten en verdwenen schuimbekkend in gaten in de grond. De trottoirs voelden glibberig onder je voeten van nat geworden smerigheid. Honden verscholen zich onder tafels en wachtten tot het voorbij zou zijn, en ongeveer tien minuten lang keek ik toe hoe de afvoerputten de regen kokhalzend opslokten, zo goed ze konden. Naderhand was het alsof er niets was gebeurd: de blauwe canvasdakjes van de marktkramen drupten stilletjes droog en de eigenaren ervan klopten hun pijpen leeg en gingen weer door met hun handel.

De stortbui was misschien even indrukwekkend geweest op een sportveld bij school, of gezien vanaf het balkon van ons appartement in de Nieuwe Stad, maar op dat moment geloofde ik dat de locatie waar ik me bevond het zo frappant maakte, dat dergelijk vreemd weer specifiek bij de Oude Stad hoorde en dat alles daar, de regen incluis, interessanter was.

Fabián, die zijn hele leven had doorgebracht in de buurt van de Oude Stad, deed zelfingenomen als we erover praatten, alsof hij er goed bekend was en de stad geen verrassingen meer voor hem had. Desondanks wist ik dat ook hij er nooit veel tijd alleen had doorgebracht, en dat hij de Oude Stad bijna net zo graag wilde verkennen als ik.

Fabián woonde permanent bij zijn oom, in de zuidelijkst gelegen buitenwijk van de stad, voorbij zowel de Nieuwe als de Oude Stad, en hoewel hij mijn beste vriend was, had ik hem in de afgelopen twee jaar nooit gevraagd wat er met zijn ouders was gebeurd. Ergens was ik me altijd bewust van hun afwezigheid, maar Fabián sprak nooit over hen, dus hield ik het onderwerp respectvol op afstand, in de hoop te laten zien dat ik net zo tactvol kon omgaan met het verlies van dierbaren als ieder ander, hoewel het concept me volkomen vreemd was. Ik probééérde niet eens om sympathiek te zijn; ik dacht gewoon dat het een teken van volwassenheid was om het niet ter sprake te brengen. Trouwens, een situatie zo geweldig als het wonen bij Fabiáns oom Suarez, daar wilde ik geen vraagtekens bij zetten.

Het huis waarin ze woonden was gebouwd in de koloniale stijl van de Oude Stad – witte muren, een rood pannendak, Moorse balkons – maar het was een nieuw huis, en de wijk waarin het lag was niet in zwang bij de werkende middenklasse, noch bij de expatgemeenschap. Ik had er talloze keren gelogeerd in de afgelopen paar jaar, en altijd was ik bevangen door een of ander nieuw en fascinerend idee of verhaal weer door het hek naar buiten gekomen. De plek had daardoor een magische status gekregen, en telkens als het elektrisch bediende veiligheidshek openschoof en ons, zittend achter in de Mercedes, binnenliet, draaide mijn verwachtingsvolle verbeelding al op volle toeren.

In schril contrast met het appartement in de Nieuwe Stad waar ik met mijn ouders woonde, was Suarez' huis een plek waar niets stilstond of verboden was, waar honden van de trap naar beneden stroomden om je te begroeten, en waar alles waarover we vragen stelden – een stoffige oude accordeon, een door zeewater aangevreten boegbeeld van een gezonken schip, een doos vol Mayapijlpunten – wel een of ander verhaal opleverde, en daarmee op zijn beurt getuigde van de nieuwsgierigheid en kennis van Suarez zelf. Dus hoewel het mijn thuis niet was, en hoewel 't het grootste huis binnen een straal van enkele kilometers was, voelde ik me er welkom en op mijn gemak. Niet dat iedereen zich er thuis zou hebben gevoeld. Ik weet zeker dat Byron ongenode gasten weinig absolutie zou verlenen.

Byron en zijn vrouw Eulalia, die het huishouden deed en voor

Suarez kookte, bewoonden een eigen appartement in het huis. Byron had een tweede baan als tuinman en prees zichzelf voor de flora die hij cultiveerde – enorme schijfcactussen, acacia's, exotische rozen; allemaal werden ze zorgvuldig verzorgd in de dieprode aarde, die tijdens zware regenbuien in roestkleurige sporen over de oprit spoelde.

Ecuadorianen uit het zuiden hebben een theorie die verklaart waarom *Quiteños* zo opgefokt zijn. Het heeft iets te maken met het leven op grote hoogte, zo wordt gezegd, waardoor hun brein onvoldoende zuurstof krijgt voor de relaxte, op feesten beluste levensstijl van hun tegenhangers in het zuiden of aan de kust. Zelfs als dat waar zou zijn, dan was Suarez zeer zeker een uitzondering op deze regel. Hij had een nonchalante waardigheid, of deed tenminste alsof, als Fabián en ik er waren. Bovendien, iemand die de moeite neemt om een miniatuurnachtclub in zijn huis te bouwen, kun je amper bekrompen noemen. Deze ruimte stond bekend als 'de bibliotheek', maar kende naast kamerhoge boekenplanken een indrukwekkend bureau en een open haard, een zwart-wit geblokte dansvloer, een bar met echte, met rood leer beklede barkrukken, en een antieke jukebox vol singletjes uit de jaren vijftig.

Suarez, een bekend chirurg, had wel een voornaam. Volgens Fabián luidde die Edison, hoewel niemand hem zo noemde, laat staan dat Suarez hem zelf ooit gebruikte. Hij stond simpelweg bekend als Suarez, zelfs bij zijn neefje, en bij de vrienden van zijn neefje. Suarez. Tot op de dag van vandaag bezet hij een plek in mijn herinneringen, met zijn scherpe vrijgezellenlucht van eau de cologne en tabak. Ik zie hem weer voor me: rookkringen voor zijn gezicht, vervliegend in de lucht, samen met de verhalen die voortdurend over zijn natte, rode lippen stroomden; zijn peper-en-zoutkleurige snor; zijn onbegrijpelijke voorkeur voor tweed; zijn overhemden met korte mouwen en blitse instappers met kwastjes, die hij zijn 'keverkrakers' noemde. Hij zit daar, tikt met zijn voet mee op Bill Haley, schenkt zichzelf nog een cuba libre in of steekt een lange Dunhill International op, terwijl hij van start gaat met het antwoord op een van onze vele zinloze vragen – waarna zonder uitzondering zo'n rommelverhaal vol gedachtensprongen en anekdotes zonder pointe volgde, dat we ons amper meer herinnerden wat we oorspronkelijk wilden weten. Meer dan wat dan ook, hóór ik hem: zijn afgemeten, Midden-Atlantische accent (hij had zowel in de Verenigde Staten als in Europa gewoond), dat altijd lichtjes geamuseerd klonk, was voor ons betoverend en gezaghebbend. Hij kon ons alles wijsmaken, ons dwarsstraten insturen zonder dat we daaraan twijfelden, zelfs al wisten we dat wat hij beweerde met geen mogelijkheid waar kon zijn. Ik hoor die stem nog steeds, gniffelend om ons, en ik denk dat ik die stem altijd zal blijven horen.

Die avond kwam het gesprek tijdens het eten op Juanita de IJsprinses. Fabián en ik speculeerden over de mate van verval waarin ze had verkeerd na vijfhonderd jaar in het ijs, en Fabián had het weer over zijn eigen aspiraties op het gebied van onderzoek en ontdekkingsreizen. Suarez was niet onder de indruk.

'Allemaal goed, leuk en aardig, die IJsmaagd,' zei hij. 'Maar willen jullie iets écht speciaals zien? Kom dan mee naar de bibliotheek, dan laat ik 't jullie zien. Neem die fles maar mee.'

Toen we in de ruimte aankwamen, zette Suarez zijn drankje neer en liep naar de kluis bij zijn bureau. Met een paar behendige draaien aan het cijferslot opende hij de kluisdeur en haalde een pakketje tevoorschijn dat losjes in groen vloeipapier was gewikkeld. Met zijn rug naar ons toe pakte hij het voorzichtig uit, draaide zich toen om en hield het object omhoog, triomfantelijk als een krankzinnige middeleeuwse beul.

'Mijn god!' zei Fabián.

Ik moest de neiging onderdrukken om achteruit te deinzen.

Impresionante, no?' zei Suarez.

'Jezus christus,' zei Fabián.

Het ding was zo groot als een sinaasappel, maar het haar, glanzend en zwart, was met gemak meer dan een halve meter lang en had een vitaliteit die beter paste bij een shampooreclame dan bij een trofee van een veldslag. Toen we genoeg hadden gekeken en – langzaam – dichterbij durfden te komen, bestudeerde ik de gelaatstrekken. Een intens gekrompen kin en neus resulteerden in een groteske, meedogenloze karikatuur, met dikke, rubberen lippen en ogen die onbeholpen met zwart garen waren dichtgenaaid. De huid was donker en gepolijst, als een stuk mahonie uit het regenwoud.

'Klopt,' zei Suarez. 'Het is een *tsantza*. Een gekrompen hoofd.'

'Waar heb je dat vandaan?' zei Fabián, zo achteloos mogelijk. Maar hij kon de schijn niet lang ophouden en zijn woorden stroomden van opwinding naar buiten. 'Is het van jou? Is het écht? Hoe lang heb je het al? Waarom heb ik het nooit eerder gezien? Jezus, oom.'

'Er zijn er nog maar een paar op de wereld, weet je,' zei Suarez, terwijl hij de monstruositeit in de kom van zijn ene hand hield, en met zijn andere hand naar zijn glas rum reikte.

'Hoe krijgen ze 'm zo? Hoe doe je dat?' zei Fabián.

'Eerst moet je je gevecht winnen,' zei Suarez. 'Da's het makkelijke deel. Je moet ervoor zorgen dat het gezicht van je verslagen vijand onbeschadigd blijft, zodat je de victorie kunt conserveren.' Voorzichtig legde hij het hoofd met het gezicht naar beneden op zijn bureau en ging verder.

'Dan scheid je het hoofd van je vijand van zijn lichaam en maak je een incisie, hier, die de omtrek van de schedel volgt.' Geoefend greep hij mijn hoofd en haalde een chirurgenvinger over mijn schedel, van mijn kruin naar het begin van mijn ruggengraat. Ik huiverde.

'Dan verwijder je het hele gezicht, inclusief het haar, en zoek je een steen die bijna, maar nét niet helemaal zo groot als de schedel is. Je doet het gezicht om de steen, laat het krimpen in de zon, en dan zoek je een iets kleinere steen. Enzovoort, met steeds kleinere stenen, tot je dit overhoudt – de essentie van je vijand. En nu kunnen we er fijn een potje cricket mee spelen, of niet dan, Anti?' zei hij, terwijl hij me lachend aankeek.

'Gewoon blijven lachen, Fabián,' zei ik, achteruitdeinzend. 'Hou hem tevreden. We weten niet wat hij verder nog van plan is. Slaap lekker vannacht, vriend,' zei ik en ik deed alsof ik wegging. 'Je oom is een gek. Hij bewaart een hoofd in een kluis in zijn bibliotheek.'

Hoewel hij hierom moest glimlachen, leek Fabián wel gebiologeerd door het hoofd. Maar Suarez was nog niet klaar. 'Goed, ga zitten, dan vertel ik je het beste aan dit hele verhaal. Schenk nog maar een *roncito* in. Die hebben jullie vast nodig.'

Hij schoof de fles rum naar ons toe en Fabián schonk ons beiden een glas in. Suarez ging er eens goed voor zitten, in de wetenschap dat hij willige toehoorders had gevonden in ons. Fabián en ik vochten om de stoel recht tegenover het bureau.

'Er rust een vloek op,' zei Suarez zacht.

'Natuurlijk,' zei Fabián. We begonnen weer een beetje bij te komen van de schrik en we waren er allebei op gebrand onze eerste, angstige reactie goed te maken. 'Ja,' zei ik, 'natuurlijk rust er een vloek op. Welk zichzelf respecterend gekrompen hoofd wil het zonder doen?'

'Ja,' zei Fabián. 'Klopt, ja.'

'Geloven jullie niet in vloeken, jongens?'

'Nee,' zei ik, te snel.

'Ik wel,' zei Fabián, die probeerde een voorsprong te nemen.

'Nou, ik ook wel een beetje,' zei ik.

'Oké, maakt niet uit, maar luister goed,' zei Suarez. 'De tsantza die daar op tafel ligt, was van een vriend van mij. Goed, omdat het merendeel van dergelijke artefacten in musea wordt bewaard, biedt het verzamelaars een unieke kans als ze zoiets in een privé-collectie aantreffen. Particuliere verzamelaars, begrijp je? Mensen die álles doen om iets dergelijks te bezitten – niet om het in een museum tentoon te stellen, of het te bestuderen in het belang van iedereen, maar om het in een glazen vitrine te zetten, het af te vinken in hun catalogus, of het onder het genot van dure cognac aan hun vrienden te laten zien. Er is een naargeestig, internationaal groepje verzamelaars – hetzelfde groepje dat elkaar binnenkort de tent uit vecht om wie het lichaam van jullie IJsprinses mee naar huis mag nemen, dat weet ik zeker.

Een vermogende Amerikaanse verzamelaar benaderde mijn vriend in een poging dit stuk te kopen. Mijn vriend zei dat het niet te koop was, maar de verzamelaar drong aan. Hij bood grote sommen geld. Mijn vriend had gezworen nooit afscheid te nemen van het hoofd, dat zijn grootvader hem had nagelaten, en zei dat ook tegen de verzamelaar. Bovendien, zo zei hij, was het verwerven ervan niet noodzakelijkerwijs in het belang van de Amerikaan, want volgens de legendes konden totems zoals deze veel ongeluk uitstorten over diegenen die ze niet erfden.'

Fabián en ik wisselden kort een paar blikken uit om te peilen hoe serieus de ander dit verhaal nam, maar richtten ons toen weer op Suarez.

'De verzamelaar lachte hierom en zei tegen mijn vriend dat hij veel geloof hechtte aan de overredingskracht van zowel de wetenschap als die van geld, maar niet geloofde in gekrompen hoofden die ongeluk brachten. Het was een museumstuk, zei hij, en niets meer dan dat. Hij deed een laatste, ongelooflijk bod, dat mijn vriend afwees en ging toen weg.'

'Wie was dat? En wie was die vriend? Hebben zijn voorvaderen deze persoon vermoord? Die vriend, dat is Byron, of niet soms?'

'Rustig aan, Fabián. Het verhaal is nog niet uit. Ik neem aan dat je die arme Byron hierin wilt betrekken vanwege zijn illustere naamgenoot en landgenoot van Anti. Zoals je ongetwijfeld zult weten, hield díé Byron ervan om uit verzilverde schedels te drinken. Goed opgemerkt, maar in dit geval zit je ernaast.'

'Ik heb geen idee waar je het over hebt,' zei Fabián.

'Geeft niet. Dat is een heel ander verhaal. Nee, onze eigen Byron mag dan ooit een moedig wetsdienaar zijn geweest, maar ik betwijfel of hij ooit iemand heeft onthoofd – dat behoorde niet tot de standaardprocedures van de politie, zelfs niet in het Ecuador van de jaren zestig. En als je er iets langer over had nagedacht, onopmerkzaam neefje van me, had je kunnen weten dat het waarschijnlijker is dat Byrons voorouders van een Afrikaans geslacht afstammen dan van Shuarkrijgers uit het regenwoud. Wil je de rest nog horen?'

'Natuurlijk. Sorry, oom Suarez.'

'Mijn vriend – wiens naam, omdat je het vraagt, Miguel de Torre luidde – was een rijk en machtig man. Hij had geen behoefte aan het geld van de Amerikaan en wilde het hoofd zelf houden. Het had niet gedeugd als hij het had verkocht. Maar niet lang nadat hij de verzamelaar had weggestuurd, kwam Miguel in een situatie terecht waarin geld plotseling van het grootste belang was. Belangrijker dan zijn familiegeschiedenis – iets wat, zoals jullie allebei intussen wel weten, een van de belangrijkste dingen is. Bij zijn vrouw was leukemie vastgesteld.

Miguel, die het kaartje dat de Amerikaan bij hem had achtergelaten al bijna had weggegooid, ging anders tegen de zaken aankijken. Zijn liefde en wanhoop waren zo intens, dat hij vastbesloten was om zijn vrouw door de beste beenmergchirurg van Amerika te laten behandelen, tegen kosten die zelfs met zijn aanzienlijke fortuin amper waren op te brengen. En dus belde hij het kantoor van de verzamelaar en legde uit dat de omstandigheden waren veranderd. Hij maakte duidelijk dat hij tegen zijn zin afstand deed van het hoofd, maar bood het wel te koop aan.

De vrouw van Miguel kreeg de beste behandeling die mogelijk was. Helaas leefde ze niet lang meer – haar ziekte was te ver gevorderd, zelfs voor de beste chirurgen – maar het is een fijn idee dat ons krijgertje daar heeft meegeholpen om twee geliefden nog een paar kostbare jaren samen te geven, vind je ook niet? Zelfs dood heeft hij nog goed gedaan – niet dat dat hem nog kan helpen. Laten we hem redden uit zijn weinig eerbiedwaardige positie op dat bureau. Zijn haar groeit immers nog steeds. Het zou zomaar kunnen dat hij ons allerlei slechts toewenst, binnen in die steen die nu dienstdoet als zijn schedel.'

'Gróéit het nog steeds?' zei Fabián.

'Natuurlijk. Kijk maar hoe lang het is. Ik moet het eigenlijk even aan een kenner vragen. Het zou best kunnen dat ik, als zijn huidige bewaarder, het haar moet verzorgen.'

Terwijl Suarez deze verantwoordelijkheid hardop overdacht, bekeken wij het hoofd met hernieuwde belangstelling.

'Kun je 't even aangeven, Anti?' zei hij achteloos. 'Dan kan ik even kijken of-ie gespleten haarpunten heeft.'

'Luister eens, oom Suarez, je moet ophouden ons bang te maken. We weten heus wel dat zijn haar niet meer groeit. Waar blijft de rest van het verhaal?' pochte Fabián, maar hij was niet degene aan wie was gevraagd het hoofd aan te geven. Zelfs tijdens zijn stoere gepraat keek hij telkens mijn kant op om te zien hoe ik het ervan afbracht.

Ik stond op, liep naar het bureau en pakte het hoofd op. Het was ontwapenend licht. Ik vlijde het in mijn handpalm, net zoals Suarez had gedaan, maar hoewel ik voor geen goud de gelaatstrekken aan wilde raken, gleden mijn vingertoppen even over het verwelkte neusje en ik sprong snel naar Suarez toe om het transport maar achter de rug te hebben. De haarlokken zwierden onder mijn uitgestrekte hand en ademden een geur van conserveringsmiddel uit, van augurken en ziekenhuizen.

'Dank je wel, Anti. Jij hebt nog wel een drankje verdiend,' zei Suarez en hij gebaarde naar de fles rum. 'Nou, waar was ik ook alweer? O ja, de Amerikaan. Overbodig om te vermelden, maar Miguel de Torre was een eerzaam man. Hij had het hoofd in goed vertrouwen verkocht en peinsde er niet over het weer op te eisen. Los daarvan, wie had kunnen denken dat de hebzuchtige verzamelaar van gedachten zou veranderen? Hij kon het hoofd beter maar voor altijd, vergeef me de uitdrukking, uit zijn hoofd zetten.

Miguel was radeloos na het verlies van zijn vrouw. Om zijn verlies te verwerken, besloot hij een lange reis door Europa te maken. En hij nam een aandenken mee, iets wat jullie misschien merkwaardig zullen vinden. Hij nam de ringvinger van zijn arme vrouw mee.

Hij ging voor onbepaalde tijd op reis, zonder een adres achter te laten. Hij had geen haast. Het zou net zo lang duren als het moest duren. Hij bewaarde zijn geliefde in zijn gedachten – en haar vinger in zijn zak – en reisde langs enkele plekken waar ze samen waren geweest, en ontdekte ook nog een paar nieuwe. Ze gingen naar een opera in Verona, net zoals ze op hun huwelijksreis hadden gedaan, dineerden in goede restaurants in Chartres en Barcelona, en wandelden samen urenlang door de Schotse Hooglanden. Ik meen dat ze zelfs een stuk van de pelgrimsroute naar Santiago liepen.

Gedurende de hele reis bewaarde Miguel de vinger van zijn overleden vrouw in zijn zak en raakte die af en toe aan, als hij genoot van zijn gesprekken met haar, net zoals hij had gedaan tijdens hun gelukkige leven samen. Uiteindelijk, toen hij alles had gezegd wat er te zeggen viel, ontdekte hij een mooie plek bij een rivier – waar, dat heeft hij me nooit verteld – en begroef de vinger. Toen ging hij weer terug naar huis om zijn oude leven op te pakken. Er was een einde gekomen aan zijn rouw. Is dat geen prachtig verhaal?'

'Suarez,' zei Fabián. 'Wat heeft dit alles nou met die vloek te maken?'

'Niet zo ongeduldig,' zei Suarez. 'Toen Miguel weer thuiskwam, vond hij bewijzen van verschillende, wanhopige pogingen om contact met hem te krijgen: een berg van brieven en briefjes, veelal persoonlijk afgeleverd. Ook met zijn familieleden was meerdere keren contact gezocht. Het leek alsof de Amerikaan toch spijt had gekregen van zijn aankoop.

Sinds hij het hoofd had verworven, had zijn leven verscheidene slechte wendingen genomen. Hij was verwikkeld geraakt in een financieel schandaal en was zijn baan bij de handelsbank waar hij werkte kwijtgeraakt. Hij viel in ongenade bij veel van zijn vrienden, die hem niet meer wilden kennen. Om het nog erger te maken werd hij op weg naar de rechtbank, waar hij zijn zaak wilde bepleiten, aangereden door een taxi die te snel reed. Zijn verwondingen waren zo ernstig dat de ziekenbroeders genoodzaakt waren allebei zijn benen te amputeren, ter plekke, op de trappen van de rechtbank. En alsof dit nog niet erg genoeg was, hoorde hij, toen hij weer bijkwam in het ziekenhuis, dat die taxi zo hard had gereden omdat zijn vrouw erin had gezeten en de chauffeur had aangespoord zo snel mogelijk naar de rechtbank te rijden, zodat zij een echtscheiding kon aanvragen.

En dat was nog niet alles. Net toen de verzamelaar leerde zijn nieuwe leven als in ongenade gevallen, gescheiden en veroordeelde crimineel in een rolstoel het hoofd te bieden, begon hij te lijden aan een vreemde spierziekte, die geen enkele door hem geraadpleegde specialist kon verklaren. Uiteindelijk begon het hem te dagen en begreep hij dat hij het hoofd moest teruggeven aan de rechtmatige eigenaar. En dat deed hij.

En toen Miguel overleed, jaren later, stond in zijn testament dat hij het hoofd aan mij wilde nalaten. Ik heb het rechtmatig geërfd, begrijp je, wat betekent dat het mij geluk moet brengen – en op een dag jou ook, Fabián, als je tenminste in dat soort dingen gelooft.'

Fabián dacht na.

'Ik geloof dat gedeelte met die vinger niet,' zei hij. 'Dat is het enige wat ik niet geloof.'

'Dat, mijn jongen, is het waarachtigste deel van het hele verhaal. Het verlies van een geliefde kan vreemde dingen doen met mensen. Weet je, verschillende vrienden vroegen Miguel destijds waarom hij de dood van zijn vrouw had verwerkt op zo'n... onorthodoxe manier. Miguel glimlachte dan alleen maar en zei, heel zachtjes: "Verdriet stelt verschillende vragen aan elk van ons." En hij had gelijk. Ik heb een paar behoorlijk buitenissige reacties op de dood gezien, door de jaren heen. Toen ik in Andalusië werkte, was er een oud vrouwtje wier kind was overleden voordat ze het had kunnen laten dopen. Liever nog dan het in ongewijde grond te begraven, bewaarde ze het kinderlijkje de rest van haar leven in een augurkenpot in haar keuken.'

'Ik hoop maar niet dat ze het in een dronken bui per ongeluk als ingrediënt gebruikte,' zei Fabián.

'Nee, dat mag ik hopen,' zei Suarez. 'Ik heb meer dan eens van haar kookkunsten genoten.'

'Wat vind jij, Anti? Zullen we Suarez vragen of we het banvloekhoofd mee naar school mogen nemen om de meisjes bang te maken?' zei Fabián.

'Het zou zeker genoeg gespreksstof opleveren,' zei ik.

'Vergeet 't maar,' zei Suarez. 'Jullie geven het vast cadeau aan iemand die jullie niet mogen, en ik vermoed dat een aanklacht wegens hekserij mijn medische carrière niet veel goeds zal brengen. Bovendien, als je wist hoe bijgelovig sommigen van mijn patiënten zijn... Nee, het blijft hier. Maar je begrijpt nu wel dat die IJsprinses niet het enige opwindende relikwie is, ondanks je vrees dat alles al ontdekt is. Je hoeft niet verder te kijken dan je eigen familie, Fabián.'

Hij glimlachte toen hij dit zei, stond vervolgens op en zoende zijn neefje teder op het voorhoofd. Mij gaf hij een hand, zoals gebruikelijk, en zei: 'Goedenacht, jongens. Ik ben moe van het vertellen van al die verhalen. Slaap lekker. En drink niet al mijn rum op.'

Het was een berekend vertoon van tolerantie. Er zat voor ons allebei nog maar een klein slokje in de fles, maar het idee dat we de hele nacht op konden blijven en onder het genot van Suarez' rum de wereld op orde konden brengen, was een leugentje dat we beiden maar al te graag geloofden.

Later wensten Fabián en ik elkaar een goede nacht en ging ik naar boven, naar de logeerkamer van Suarez. Ik verwachtte dat mijn hoofd zou tollen, niet alleen van de rum, maar ook van bevroren prinsessen en krijgstrofeeën, van afgehakte vingers en baby's in 't zuur. Mijn gedachten slóegen ook op hol – maar niet, zoals ik had verwacht, door alle eigenaardige voorwerpen van die dag, maar door visioenen van Miguel de Torre, die over de heide wandelde, kamers in hotels boekte en genoot van etentjes bij kaarslicht, maar ondertussen in gesprek was met zijn dode geliefde, voortdurend op zoek naar een goede plek om haar achter te laten.

Het gevolg was dat ik nog steeds wakker lag toen ik het geluid hoorde, het weerkaatste door het donkere huis alsof iemand je vanaf de bodem van een put toeriep: Fabián riep in zijn slaap om zijn moeder.

TWEE

Mijn ouders waren twee jaar en drie maanden geleden naar Ecuador verhuisd. In die tijd waren Fabián en ik goede vrienden geworden, maar ik weet vrij zeker dat dit niet gebeurd zou zijn als een met water gevulde ballon, aan het einde van mijn tweede week in het land, een andere baan zou hebben gemaakt. Zonder dat dunne latexmembraan, volgegoten en uitpuilend van troebel water, dichtgeknoopt en naar de straat gedragen voor de strijd, zouden we de eerste maand niet hebben volgemaakt.

Om te beginnen verschilden we nogal. Fabián was lang en donker, met ogen als gebroken smaragd: een lome panter, vergeleken bij het piepende albinobiggetje dat ik was. Hij leek ouder dan hij was, terwijl ik consequent voor iemands jongere broertje werd aangezien. Bovendien genoot hij een soort universele bewondering, waaruit nou niet bepaald bleek dat hij om een nieuwe vriend schreeuwde.

Hij had een arsenaal aan in feite zinloze, maar indrukwekkende trucjes tot zijn beschikking, dat hij op cruciale momenten in stelling bracht om indruk te maken op jongere kinderen (en, zo hoopte hij, ook op meisjes): dubbelgelede vingers, verdwijnende lucifers, achterwaartse flikflakken, rookkringetjes. Wat je ook kon bedenken: als het enige uitsloverij vereiste, was hij er goed in. Hij kon sloten openmaken. Hij kon knopen leggen in de steeltjes van *capulí* – met zijn tong. Hij had een stukje huid op zijn hand waarvan hij beweerde dat er geen zenuwen zaten, en dat daardoor ongevoelig was voor pijn. Af en toe, maar niet zo vaak dat het algemeen bekend werd, mompelde hij duister dat hij van een sjamaan afstamde. Hij deed er alles aan om te voorkomen dat je de voor de hand liggende conclusie zou trekken, namelijk dat hij een normaal menselijk wezen was, maar wist die pose tegelijkertijd moeiteloos te laten lijken. Hij was de charmantste leugenaar die ik ooit heb ontmoet en had, op het eerste gezicht tenminste, geen behoefte in zijn leven aan een astmatisch Engels joch dat de taal niet eens sprak. En toch, met de grootmoedigheid van de almachtigen, koos hij ervoor om meteen publiekelijk mijn vriend te worden, legde hij de andere kinderen het zwijgen op als ze in mijn bijzijn te veel Spaans spraken, en nodigde hij me op de vrijdag van mijn allereerste week uit om na schooltijd mee te gaan naar Suarez. Hij was ook getuige van veel van mijn astmatische aanvallen en de bloedneuzen waaronder ik in 't begin gebukt ging door de dunne lucht van Quito, en wierp zich vervolgens op als vaste verzorger, telkens als mijn ziekelijke lichaam me in de steek liet. Maar het was de waterballon die daar een einde aan maakte.

Mijn ouders kwamen aan in Quito tijdens carnaval, net voor het grote vasten, toen de watergevechten op straat op volle sterkte woedden. Het is een traditie: in die tijd van het jaar is iedereen een potentieel slachtoffer, en het is erg belangrijk dat je het natspatten goedgemutst doorstaat. Als je geluk hebt, tref je een vijfjarige met een waterpistool, maar sommige jongeren maken er echt werk van en rijden rond in auto's met een heel arsenaal aan kant-en-klaar wapentuig. Dat gebeurt nu eenmaal. En ik neem aan dat Suarez tegen Fabián had gezegd dat het leuk zou zijn om die nieuwe jongen mee te nemen en hem iets van de kleurrijke, plaatselijke gekte te laten beleven.

We dwaalden door de met keien geplaveide straatjes van de Oude Stad toen we in een hinderlaag van een stel oudere kinderen liepen. Een van hen gooide een waterballon, regelrecht naar het hoofd van Suarez. Hij spatte niet uit elkaar – stuiterde simpelweg van zijn schouder – maar om een of andere reden, en ongewoon voor Suarez, zag hij de lol er niet van in. Dreigend en mopperend liep hij op de jongens af, maar aangezien die voet bij stuk hielden en zelfs een gevechtshouding aannamen, was dit waarschijnlijk niet zo'n goed idee, en dat zei Fabián ook tegen zijn oom. Suarez draaide zich om, zei dat we weggingen en stormde ervandoor. Ik zou het een paar maanden later nooit hebben gedaan, maar als onschuldige dertienjarige in een vreemd land was ik me niet bewust van het gevaar van de situatie. Zonder erover na te denken pakte ik de waterballon en gooide die zo hard mogelijk terug naar de groep jongens. Tot hun verbazing, en de mijne, spatte hij uit elkaar, helemaal over hen heen. Gedrieën renden we vervolgens door de straten, Fabián en ik schaterden, Suarez probeerde woedend te lijken maar vond het ook te grappig, totdat mijn moed vervloog in een catastrofale astmatische aanval, een paar blokken verwijderd van de plaats delict.

Fabián was onder de indruk. Hij nam aan dat de jongens messen hadden, of erger. Dat was vrijwel zeker niet het geval. Al die watergevechten zijn niets meer dan wat lol trappen – de enige misdaad is het al te serieus te nemen, zoals Suarez deed – maar zo zag Fabián het niet. Op school hemelde hij me wekenlang op, voordat hij besefte dat het verhaal hem, vergeleken met mij, afschilderde als karakterloos. Uiteraard hadden de straatjongens in zijn versie hun messen al getrokken toen ik de ballon gooide, en daarmee uitgehaald naar de mouw van Suarez' jasje, dus wisten we dat ze het meenden.

Vanaf dat moment werden mijn geloofsbrieven kennelijk in orde bevonden, en naarmate we elkaar beter leerden kennen, ontdekten we steeds meer overeenkomsten. In het begin had ik de gewoonte om naar volstrekt normale dingen te staren, alsof ik zojuist op een vreemde planeet was geland, iets wat Fabián aanmoedigde. Hij zei dat de dingen die hij eerder als een gegeven had aangenomen interessanter werden als hij ze aan me uit moest leggen. Hij nam zijn verantwoordelijkheid als gids af en toe wat te serieus en wees me ijverig op varkens, winkelcentra en vliegtuigen voordat ik hem – tactvol – vertelde dat deze dingen ook bestaan waar ik vandaan kwam. Later ging hij met Suarez op vakantie naar Engeland en vertelde me bij terugkomst gekscherend dat hij verbaasd was dat het land niet helemaal was volgebouwd met cottages met rieten daken, en dat de koningin niet eigenhandig mensen executeerde. Hij bracht wat zandkoekjes voor me mee.

En hier waren we dan, iets meer dan twee jaar verder. Het carnaval was weer geweest, een maand of zo geleden, maar dit jaar waren we binnenshuis gebleven. We werden te zeer in beslag genomen door het gekeuvel met Suarez en door zijn gekrompen hoofd om het gevaar daarbuiten, in de echte wereld, op te zoeken.

Hoe tactvol en medelevend ik ook wilde lijken, ik kan nu onmogelijk geloven dat ik twee jaar lang een vriend had die zijn ouders had verloren, maar dat we dat onderwerp niet eenmaal hadden aangeroerd tijdens al onze gesprekken. En toch weet ik dat het zo is, omdat ik me herinner dat ik, toen ik hem die nacht bij Suarez hoorde schreeuwen, dacht dat dit de eerste keer ooit was dat ik Fabián zijn moeder had horen noemen. Tot op dat moment wist ik alleen wat ik in de verhalen op school had gehoord: dat zijn vader zeer zeker dood was, en dat zijn moeder... afwezig was.

Er waren natuurlijk geruchten.

'De moeder van die jongen is ontvoerd door guerrilla's,' zei een roodharige jongen met wie ik de eerste dag omging en die ik daarna amper nog sprak.

'Enorm veel losgeld geëist,' bevestigde de dochter van een van mijn moeders vriendinnen, toen we in de rij stonden tijdens een brandalarmoefening.

'Zijn vader is in stukken gesneden als een geroosterd zwijn,' beweerde een jongen met een bandana, die zo zijn eigen, ernstige persoonlijke problemen had.

'Ik heb gehoord dat er een mislukte reddingspoging is ondernomen,' zei iemand.

'Ja, en zijn oom heeft per post een mensenoor toegestuurd gekregen,' zei een ander.

De verhalen weerspraken elkaar, om het maar mild te zeggen, maar ze waren alomtegenwoordig en iedereen leek een andere versie te hebben. Tegen de tijd dat ik Fabián echt leerde kennen, leken ze zo absurd dat ik er niet meer over nadacht – en toen passeerden we het punt waarop het nog redelijk was om ernaar te vragen. Trouwens, hoe dikker we bevriend raakten, des te meer besefte ik hoe onwaarschijnlijk het was dat de verhalen over hem enige feitelijke grondslag hadden. Hij was de koning van het aangedikte verhaal, de gekruide versie van gebeurtenissen, en niets van wat hij zei kon je voor waar aannemen.

Nadat hij me officieel als vriend had erkend, werd mij meer dan eens gevraagd om een of ander weerzinwekkend detail – verzonnen door de laatste fantast die graag een bijdrage wilde leveren aan Fabiáns legende – te bevestigen of te ontkennen. Ik hulde me in stilzwijgen, wat me de schijn van waardigheid gaf, maar in werkelijkheid diende om te verhullen dat ik beschamend genoeg niet meer zicht op de waarheid had dan ieder ander. Het effect hiervan was dat men geloofde dat wat ik wist veel schokkender was dan alles wat ze zelf hadden bedacht, en zo ontwikkelden de geruchten zich steeds verder. Fabián maakte duidelijk dat hij nooit een woord aan het onderwerp van zijn ouders zou wijden en liet toe dat er een aura van mysterie om hem heen ontstond, zonder ooit een verhaal te hoeven beamen of te ontkennen, of het risico te lopen welke trieste, prozaïsche waarheid er dan ook achter schuilging te vertrappen. Uiteindelijk was het enige feit dat er iets toe deed dat zijn ouders er gewoon niet waren.

Maar dat stond allemaal op het punt te veranderen. Zijn geschreeuw 's nachts was misschien een waarschuwing dat zijn uitwendige pantser van nonchalance het dreigde te begeven, maar pas toen Fabián me vertelde dat hij een visioen van zijn moeder had gehad, toen hij tijdens de jaarlijkse *Semana Santa*-optocht naar de glazen kooi met de Maagd Maria had gekeken, wist ik dat we een serieus probleem hadden.

De optocht werd twee weken na onze avond met het gekrompen hoofd gehouden, in weerwil van een officiële waarschuwing voor een aardbeving. De seismologen voorspelden geen zware, en los daarvan, er was wel meer nodig dan een kleine beving van tektonische platen om een traditie, zo onaantastbaar heilig als Pasen in Quito, te bedreigen.

De keienstraatjes kolkten van de mensen. Prachtige, vergulde *paso's* en groepen jammerende boetelingen paradeerden door een sfeer van vlaggetjes, straatkeukens en muziek. De karakteristieke mist die bij grote hoogte hoort, hing vlekkerig in de lucht, ondanks de felle zonneschijn.

Ik was er niet bij, deze keer.

Fabián en ik waren van plan geweest de dag samen door te brengen, maar mijn ouders hadden mij op het laatste moment aangelijnd en dus moest ik afzeggen. Daardoor verliepen onze ochtenden heel verschillend, en terwijl Fabián in de Oude Stad zijn religieuze ervaring had, stond ik in een ongemakkelijk zittend pak tussen geurende rozenstruiken door een telescoop naar de optocht te kijken en wenste dat ik die samen met hem kon bekijken in plaats van lauwe Buck's Fizz te drinken op het tuinfeest van de Britse ambassadeur.

Het volgende is geconstrueerd op basis van mijn eigen herinneringen aan het tuinfeest, en het gedetailleerde verslag van de optocht dat Fabián de volgende vrijdag uitbracht, terwijl we bier dronken in de bibliotheek van Suarez. Nou ja... dat, en een te verwaarlozen hoeveelheid dichterlijke vrijheid. Laten we gewoon zeggen dat het ongeveer zo ging:

Fabián schuifelde in zijn eentje door de menigte. Hij was met Suarez en een paar van Suarez' minder interessante vrienden naar de optocht gegaan, maar loosde hen zo snel mogelijk. Hij en Suarez hadden afgesproken elkaar om drie uur bij de hoofdingang van het klooster van San Francisco te treffen, mochten ze elkaar kwijtraken, en Fabián verdween zo snel hij kon in de menigte. Misschien genoot hij meer van de optocht, nu het een wereld was die hij kon ontdekken, in plaats van een verplicht familie-uitje. Misschien hadden de rituelen nu meer betekenis voor hem. Ik weet het niet. Het is niet gemakkelijk om uit te leggen wat er vervolgens gebeurde.

Bij de marktkraampjes werd nog steeds handel gedreven, ondanks het gedrang van de menigte, maar de koopwaar was feestelijker van aard dan normaal. De praktische dingen – batterijen, schoonmaakspullen en elektrische apparaten – waren vervangen voor frivolere goederen: panfluiten en ocarina's, cd's en cassettes met inheemse muziek en, voor de cokefanaat in je vriendenkring, kleine zilveren neuslepeltjes (waarvan Fabián het nut nog maar net begon te vermoeden). Kraampjes verkochten kleurrijke, plaatselijke kleding en stapels imitatiesportkleding uit het buitenland. Een oude vrouw liet mensen tegen betaling bellen via een illegaal aangelegde aansluiting op het telefoonnet. Indianengezinnen met slappe Trilby-hoeden staken prachtige kindjes in de lucht, zodat ze de optocht konden zien. De heldere, zwarte kraaloogjes van de kinderen schoten heen en weer, namen het allemaal op, net als Fabián had gedaan toen hij zo oud was. Hun ouders zagen er verweerd en verpauperd uit, maar straalden desalniettemin, alsof ze figuranten waren, ingehuurd om dat cliché van geestelijke rijkdom uit te beelden. Op de paso's, de draagplateaus met beelden, stonden de gebruikelijke religieuze iconen, oorspronkelijk bedoeld om de indígenas schrik aan te jagen en hen door het uitbeelden van pijn en geweld tot aanbidding te bewegen – attributen die een onbetwist, traditioneel onderdeel van de praalvertoning waren geworden. Boetelingen volgden blootsvoets, sommige met sinistere Ku-Klux-Klan-achtige hoofdkappen, andere minder beschroomd om hun schaamte aan het publiek te tonen. Vele sleepten meterslange, houten kruizen mee en droegen doornenkronen – iemand droeg er zelfs een van prikkeldraad. De boetedoening bleef niet beperkt tot degenen die recht van lijf en leden waren: er schoof een man op heuphoogte langs Fabián, zijn rechterarm duwde zijn rolstoel voort, terwijl hij met zijn linkerarm een kruis op zijn schouders omklemde, dat met het uiteinde over de kinderkopjes sleepte.

Fabián herinnerde zich dat hij met zijn vader naar de optocht was geweest, toen hij vier of vijf was, en op zijn schouders was gehesen om het beter te kunnen zien, en zich de pijn had voorgesteld. Hij begreep niet waarom ze het deden, leunde voorover en fluisterde in het oor van zijn vader: 'Waarom doen ze dat, *papi*?'

'Ze hebben berouw van de dingen die ze hebben gedaan,' zei zijn vader. 'En nu laten ze God zien dat ze spijt hebben.'

Fabián kon zich niet voorstellen ergens zo veel spijt van te hebben dat hij een boom door de straten zou willen slepen. Hij greep met één hand de rood-witte halsdoek die zijn vader altijd droeg en met zijn andere hand pakte hij een geruststellende pluk van zijn vaders haar, om maar niet voorover in de menigte te vallen.

Die herinnering maakte hem hongerig naar troostvoedsel. Hij stond stil bij een kraampje met empanada's en *cuy*, kocht een kaasempanada en at die slenterend op. De geur van cuy, geroosterd op houtskool, deed hem denken aan een incident dat plaatsvond vlak nadat ik uit Engeland was aangekomen. Ik was zowel opgewonden als met walging vervuld, toen ik erachter kwam dat cavia's een nationale lekkernij waren: ik had er thuis een als huisdier gehad. Fabián had me een broodmager pootje laten afkluiven, voordat hij onthulde wat voor vlees het was. Hij wilde de uitdrukking op mijn gezicht zien op het moment dat de informatie inzonk, en beweerde dat hij onder de indruk van mijn acteertalent was, toen ik probeerde niet verrast te kijken.

Hij at zijn empanada op en likte zijn vingers af. Dit deed hem denken aan Miguel de Torre, en diens aandenken aan zijn geliefde. Hij zou niet echt een vinger van zijn moeder willen hebben of zoiets zieks. Maar tegen een lok van haar haar, zoals je in films zag, had hij geen bezwaar. Of stel dat hij een halve gouden dubloen zou hebben om aan een ketting rond zijn nek te dragen, tot de dag dat ze beiden glorieus herenigd werden. Zijn helft zou precies op zijn moeders helft passen, en ze zou hem aankijken met tranen van ongeloof in haar ogen. Hij schaamde zich voor die gedachte en merkte dat hij rondspeurde of iemand zijn treurige gezicht had gezien. Fabián huilde nooit: niet tijdens de begrafenis van zijn vader, noch tijdens de herdenkingsdienst voor zijn moeder.

Mij had hij wél zien huilen. In het begin had ik heimwee en een paar klasgenoten vonden mij een beetje pathetisch – in weerwil van die vreemde, psychotische episode met de waterballon – maar om een of andere reden schaamde ik me er niet voor om in het openbaar te huilen. Niet dat Fabián er niet mee weg zou komen als hij zou huilen. Door zijn omstandigheden kon hij min of meer doen wat hij wilde, vergeven werd hem toch wel. Zijn status als wees had een machinerie van sympathie in werking gezet die te allen tijde doordraaide onder de oppervlakte, waardoor hij alles kon maken. Maar nog steeds huilde hij niet.

Er schoof nog een rolstoelende boeteling langs. Hij deed Fabián denken aan de onfortuinlijke Amerikaan, de tsantzaverzamelaar uit Suarez' verhaal. Het herinnerde hem er ook aan dat hij het alles bij elkaar opgeteld nog helemaal zo slecht niet had, – hij droeg tenminste niet vrijwillig een kruis met zich mee in een rolstoel. Een streng pens, die vastzat in het wiel, hinderde deze rolstoeler in zijn voortgang. De streng was in de spaken van het wiel gedraaid en trok nu de aandacht van een zwerfhond. Het was ongepast om deze mensen te helpen, maar Fabián liep naar de achterkant van de rolstoel, zodat de boeteling hem niet zou zien, en trok het obstakel los. Hij gooide de reep pens in de goot, veegde zijn hand aan zijn broekspijp af en liep door.

Hij vroeg zich af hoe het er op het feestje van de ambassadeur aan toe ging.

Het antwoord op die vraag was: potsierlijk. Een feest in zo ouderwets Engelse stijl, dat het in Engeland nooit meer zo plaats zou hebben gevonden. De afbrokkelende Oude Stad op de heuvel beneden krioelde van de mensen, en de sfeer daarboven had daar niet meer van kunnen verschillen. Er was stilton, speciaal ingevlogen in diplomatieke postzakken, en de gasten paradeerden rond, behangen met medailles. Sommige droegen deftige helmen met veren en andere zelfs laarzen met sporen. Als dit gaucho's waren geweest die hun vee roosterden en elkaar met messen afmaakten op de pampa's, oké dan, dat kon ik wel hebben, maar dit waren voormalige kostschooljongens in gestreken wit linnen, die amper buiten de ambassade waren geweest. Hun sporen waren glanzend gepoetst en hadden waarschijnlijk nooit iets gezien dat ook maar op de flank van een paard leek, als je sommigen van de kolossale vrouwen die er rondliepen tenminste buiten beschouwing liet.

Mijn moeder, die altijd opbloeide door conversaties, schoot van groepje naar groepje en hield iedereen bij de les. Mijn vader hobbelde mee in haar kielzog, wipte van bank naar bank, op zoek naar interessante politieke roddels van de plaatselijke hoogwaardigheidsbekleders.

Ik keek naar de Oude Stad en vroeg me af of Fabián zich aan onze afspraak zou houden en als groet een vuurpijl zou richten op het standbeeld van de gevleugelde maagd op de Panecilloheuvel. Veel hoop hierop koesterde ik niet – van alle plannen die Fabián en ik smeedden, ging er vrijwel nooit eentje door – en ik werd veel meer in beslag genomen door mijn pogingen een gesprek aan te knopen met de dochter van een Franse bloemenexporteur: een rijpe zeventienjarige met sproeten en haar nog nat van de douche. Ze droeg de meest meedogenloze witte jurk die ik ooit had gezien en ik was al geruime tijd stiekem bezig verliefd op haar te worden. Ze had het afgelopen half uur een wellustige oude snorremans met ceremonieel zwaard op afstand gehouden, maar nu was het haar gelukt te ontsnappen en probeerde ik dronken genoeg te worden van de slappe Buck's Fizz om op haar af te stappen en haar mee te tronen naar de bosjes.

Ik koos het moment en daalde van de stenen trap af, terwijl ik mijn toespraak voor de bruiloft over een paar jaar oefende ('we kwamen elkaar tegen op een tuinfeest, in de schaduw van Pichincha') en wenste dat ik een paar sporen had om haar nieuwsgierigheid te prikkelen, toen opeens mijn moeder opdook en me een dertienjarig engeltje overhandigde dat zojuist in het land was aangekomen en niemand kende.

'Dit is Eugène,' zei ze. 'Hij komt uit Frankrijk. Ik heb gezegd dat jij hem wel even rond zult leiden, lieverd. Geniet maar van het feest – eet je wel wat? Er zijn heel lekkere miniatuur-*shepherd's pies*.'

'*Salut*, Eugène,' zei ik. 'Mijn Frans is niet zo goed, maar ik weet iemand met wie we wel even kunnen praten.'

'Ik ben tweetalig,' zei Eugène met een engelachtige glimlach.

'Mooi. Dan kun jij vertalen.'

Fabián keek hoe de paso met de Maagd Maria naderde. Ze deed hem aan zijn moeder denken, en daar kreeg hij hoofdpijn van. De herinneringen aan zijn vader waren tastbaar, overeenkomstig met de zekerheid van zijn dood: verklaringen, uitgesproken meningen en handelingen. De herinneringen aan zijn moeder waren lastiger te vangen, strokend met haar lot: verdwijning, in plaats van de dood. Dat maakte het rouwen om zijn moeder moeilijker en daar voelde hij zich schuldig over. Sterker, zelfs het besef dat hij níét aan haar dacht bezorgde hem een schuldgevoel.

Fabián keek hoe de paso naderde en probeerde zich op te stellen op een plek waar hij de muziek van maar één marktkraampje zou horen. Overal waar hij stond, zo leek het, hoorde hij verschillende panfluitdeuntjes op elkaar botsen, vaak met een manisch, voodoo-achtig contrapunt van salsamuziek. De geur van gegrilde cavia's riep niet langer herinneringen op; die had zich met zure lichaamsgeuren vermengd tot een muskusachtig en onplezierig aroma. De randen van dingen begonnen in elkaar over te lopen, zoals een tekening met zacht potlood waarover met een duim wordt gewreven. Een groep politiemannen duwde de menigte terug naar de rand van de straat. Fabián verloor zijn evenwicht in het gedrang. Hij gleed uit en kwam half op het trottoir en half in de met keien bestrate goot terecht, terwijl hij dom naar de vaantjes bleef kijken die tussen de huizen waren gespannen. De menigte, die geagiteerd protesteerde tegen deze hardhandige aanpak, werd nog steeds naar achteren en over hem heen geduwd. Hij was met zijn hoofd op het trottoir gevallen en het begon te bonzen. De Maagd doemde boven hem op, dobberend op de menigte, met haar handen ineengeslagen en haar blik in de verte. Fabián zag dat haar gelaatskleur bleek was, vergeleken met al het goud van de optocht. Hij wist dat hij weer overeind moest zien te komen.

Op dat moment werd de dichtstbijzijnde politieman ongeduldig en raakte een beetje in paniek. Hij gaf de menigte een nog hardere duw met zijn wapenstok, en een groep dicht op elkaar geperste mensen viel als één man achterover, boven op de liggende Fabián, en vertrapte hem.

Een levendig licht schoot als een mes door zijn blikveld en het laatste wat hij zag voordat de menigte hem het zicht ontnam, was een nieuw gezicht, dat vanuit de glazen doos van de Maagd op hem neerkeek. De wasachtige dame met haar mysterieuze glimlach was vervangen door zijn moeder, in vlees en bloed. Vreugde straalde uit haar ogen, en de traan op haar wang liep niet langer in een kunstmatige poppenrimpel, maar gleed zachtjes langs echte huid naar beneden.

De verbijstering en het geluk die hij ervoer, overstegen zijn paniek over het verpletterd worden door zo'n grote menigte en leidden hem af van het feit dat zijn arm op twee plaatsen was gebroken. Toen een derde en laatste golf hem overdekte, verdween het visioen van zijn moeder en trok de informatie van zijn arm en hoofd door zijn hele lichaam, als een serie beheerste explosies.

Als gevolg daarvan zag hij de stofwolken niet, die loskwamen van het gebouw achter hem toen de aardbeving begon.

Ik vorderde al aardig met mijn poging de dochter van de Franse bloemenhandelaar te versieren en prees mezelf dat ik Eugène had meegebracht om voor me te tolken. Maar ik kon het schudden toen bleek dat het meisje zijn oudere zus was, zelf perfect Engels sprak en dat ze me allebei vanaf het begin in de zeik hadden genomen. Derhalve was ik niet vergevorderd met verleiden, maar zat woedend te mokken achter een standbeeld van Columbus en vroeg me af of ik het zou wagen een sigaret op te steken, toen de beving begon.

In de Oude Stad zou een aardbeving een serieus effect hebben gehad, met verrot pleisterwerk dat van de gemetselde huizen was gestort, of een ingestorte marktkraam met regenstokken en hasjpijpen, maar hierboven voltrok de gebeurtenis zich tot mijn ergernis als een bijkomstigheid. Het enige echte resultaat was een zacht gerinkel van het glaswerk op de schraagtafels van de ambassadeur, waardoor de aardbeving meer fungeerde als grappig extraatje bij het feest dan als iets ernstigs. Iets waarvoor de in lila gestoken dames hun gastheer een compliment zouden maken: 'Een aardbeving! Wat léúk van je, David.' De mensen liepen instinctief weg van het huis, maar toen vertelde een lakei ons via de luidsprekers dat niemand zich zorgen hoefde te maken, omdat dit een van de meest aardbevingsbestendige gebouwen van Quito was. Iedereen ontspande zich en lachte. Iemand zei: 'Dat is het voordeel, hè, als je in een modern huis woont.' Een butler opende theatraal een fles champagne met een sabel.

Ik dacht aan Fabián, daar beneden in de Oude Stad. Hij zou zich vast de aardbevingsoefeningen op school herinneren, en hem zou niets mankeren, dus was er niets om me zorgen over te maken. Maar het irriteerde me dat ik er niet bij was. Ik was, zo leek het, voorbestemd om een saai leven te leiden en nooit in de buurt te zijn als er iets leuks gebeurde. Fabián had het allemaal, inclusief een oom met een gekrompen hoofd, terwijl ik dat bleke Engelse jochie was dat niet eens de dochter van een bloemenhandelaar kon versieren zonder voor gek te worden gezet door haar kleine broertje. Sommige mensen beleefden nooit iets, tenzij ze eropuit gingen en het avontuur opzochten, dacht ik. Dus nam ik me op dát moment voor het te gaan zoeken bij de eerste gelegenheid die zich voordeed, en keerde het uitzicht de rug toe om te zien waar de drank was gebleven.

De beving was voorbij. Ze haalde maar 2,1 op de schaal van Richter, maar had toch veel mensen schrik aangejaagd, niet in de laatste plaats de dragers van de Maagd Maria. Deze woog minstens anderhalve ton en was tijdens het tumult bijna omgekiepeerd boven op de menigte. De mensen krabbelden weer op. De politieman veegde hun de mantel uit voor hun ordeloze gedrag en zei: 'Zie je nou hoe snel een ongeluk is gebeurd?' Een boeteling had zijn kruis op zijn hoofd laten vallen en jammerde nu gemeend. Paniek brak uit toen gezinnen merkten dat ze elkaar uit het oog waren verloren.

Fabián lag als een zielig hoopje in de natte goot met een rare knik in zijn arm, en als door een wonder vond Suarez hem al na een paar minuten. Hij knielde naast hem, bekeek de verwonding van zijn neefje en nam aan dat het door de aardbeving kwam. De arm vertoonde een paar gemene breuken, maar zou wel genezen. Suarez maakte zich veel meer zorgen over het gedrag van zijn neefje. Hij hoopte maar dat Fabián geen hersenschudding had. Hij leek niet te merken dat Suarez naast hem zat, en staarde naar de lucht met een brede, idiote grijns die Suarez nooit eerder bij hem had gezien. Wat Fabián betrof was alles in orde. Hij zwaaide naar zijn moeder met zijn slappe, gebroken arm en dat was het enige wat ertoe deed, op dat moment.

Zoals ik al zei, zo ging het ongeveer.

Op dat moment had ik geen idee van het drama dat zich had afgespeeld, en pas toen ik na Pasen weer op school kwam, stak het verhaal de kop op en begon zich te ontwikkelen toen Fabián opdook met een dramatisch gipsverband om zijn rechterarm. Een mooie kwetsuur kan je, onder de juiste omstandigheden, behoorlijk wat roem opleveren, en Fabián haalde het onderste uit de kan.

Mijn moeder had me zojuist bij school afgezet en ik liep naar het klaslokaal, terwijl ik voor Fabián een gedurfde variatie op mijn ontmoeting met de dochter van de Franse bloemenhandelaar voorbereidde – en voor ieder ander die het wilde horen – maar ik werd al afgetroefd voordat ik de kans kreeg om te beginnen. Verena Hermes zette me klem in de gang en deed verslag van het nieuws.

'Heb je Fabián al gezien?' vroeg ze.

'Nog niet.'

Ze leek blij dat te horen. Haar talrijke oorbellen rinkelden en een golf van haar geur overstelpte me, toen ze samenzweerderig voorover leunde. 'Hij heeft een vreselijk ongeluk gehad. Fabián zat midden in die aardbeving en hij heeft zijn arm gebroken toen hij een meisje probeerde te redden dat op het punt stond door de menigte verpletterd te worden.'

'Klinkt erg heldhaftig,' zei ik.

'Hij is zó cool,' zei Verena. 'Maar hij praat er niet graag over. Dus doe een beetje rustig aan met 'm, wil je?'

'Zal ik proberen,' zei ik tegen de zwierige, blonde paardenstaart, nadat ze zich had omgedraaid en wegbeende naar het klaslokaal.

Fabián zat te midden van een groep bewonderaars en gebaarde wild met zijn gipsen arm, zelfs tijdens het signeren daarvan door sommige toehoorders. Toen ik dichterbij kwam, zag ik dat Verena haar naam al met een dikke rode viltstift op de meest in het oog lopende plek had geschreven.

'Ik hoor dat je er niet graag over praat,' zei ik.

'Nee, klopt,' zei Fabián. 'Het roept te veel herinneringen op. Maar hou nu je kop en luister. Dank je, Andrea, wat een mooie handtekening. Goed, als jullie allemaal even meekomen naar het modelskelet, dat laat ik zien waar mijn arm gebroken is. Deze botten worden het spaakbeen en de ellepijp genoemd, en mijn ellepijp is hier gebroken, en daar. Een stukje bot zal altijd rond blijven zwerven in mijn arm – een herinnering aan wat het kost om een held te zijn. Niet huilen, dames. Jullie weten dat ik voor velen van jullie hetzelfde had gedaan. Sommige mensen schijnen nu eenmaal altijd op het goede moment op de juiste plek zijn...'

DRIE

Mijn ouders hadden geen huis als een speeltuin, zoals Suarez, dus als Fabián bij mij logeerde, brachten we het grootste deel van het weekeinde door in de Sporting Club, een afgesloten terrein in de Nieuwe Stad, waar expats veilig konden dobberen in het diepblauwe olympische dakzwembad, met uitzicht op de vulkanen aan de horizon, aerobicslessen konden volgen of, meestal het geval, een lichtgeroosterde boterham met kaas bij hun campari-soda konden bestellen.

Fabián en ik stroopten rond en maakten de plek minder ontspannend voor de andere bezoekers door openlijk hun ontluikende dochters in bikini te taxeren, rond te klooien op de bowlingbaan of ingewikkelde synchroonduiken in het zwembad uit te proberen. Mijn moeder werkte zich intussen in 't zweet op de kleien tennisbanen, terwijl mijn vader beleefde gesprekken met de andere leden voerde in de bibliotheek – een ruimte die qua sfeer niet meer af kon wijken van haar naamgenoot bij Suarez. Deze bibliotheek deed aanspraak op die titel op basis van haar lambrisering, een paar vergeelde paperbacks en een tafel met de *Herald Tribune*, en ik durf met zekerheid te stellen dat er binnen haar muren geen enkel interessant gesprek is gevoerd. Ooit. Op mij kwamen, op dat moment, mijn ouders zo verpletterend voorspelbaar over, dat ik nooit begreep waarom Fabián naar hen leek te smachten: een mooi voorbeeld hoe de relatieve glamour van zijn leefwereld me blind maakte voor de keerzijde ervan.

We zouden dat weekeinde naar de Sporting Club gaan, maar het uitje werd op het laatste moment afgeblazen vanwege Fabiáns arm en er werd geen alternatief plan bedacht. Stiekem was dit een opluchting voor me, omdat Fabián nu niet zijn laatste en meest beschamende trucje in het zwembad kon uithalen: door wat hij zijn 'negatieve drijfvermogen' noemde, zonk hij met lucht in zijn longen naar de bodem van het diepe en bleef doodstil liggen, wat bij de oude badmeester voor groeiende onrust zorgde. In plaats daarvan bracht ik de zaterdagmiddag alleen door, ronddobberend in het diepe in een poging het geheim van zijn negatieve drijfvermogen te ontdekken, of in elk geval mijn eigen, treurige en naar adem happende record onder-water-blijven te verbeteren. Het belangrijkste was echter dat we een waardevolle kans misten om te praten over wat er wérkelijk was gebeurd op de dag dat Fabián zijn arm brak.Ook de volgende week zag ik hem weinig. We hadden een vriendschap die ertegen kon als iemand ruimte nam, en naïef als ik was, nam ik aan dat hij zich niet vaak liet zien omdat hij druk bezig was zijn nieuwverworven heroïsche reputatie te verzilveren. Pas een week later kwam de waarheid aan het licht: hij had het grootste deel van de week alleen doorgebracht, worstelend met de steeds verontrustender mentale avonturen die zijn brein hem voorschotelde, en had toegelaten dat zijn eigen versie van de gebeurtenissen tijdens de paasoptocht wortel had geschoten.

Als verdediging kan ik aanvoeren dat ik thuis zo mijn eigen sores had. Een enorme dreiging die zich al maanden schuilhield in de schaduwen en die ik uit alle macht probeerde te negeren, denderde met zwaailichten uit het duister tevoorschijn, zonder waarschuwing, en ik moest al mijn energie aanwenden voor ontwijkende manoeuvres.

Het cruciale moment deed zich voor op een namiddag, toen

mijn moeder me van school ophaalde. Ongeacht haar stemming reed ze als de bestuurder van een vluchtauto, maar toen we die middag in haar Japanse jeep wegbliezen bij de schoolhekken, probeerde ze meer dan ooit om aan de saaie zwaartekracht van Quito te ontsnappen en ons in een baan om de aarde te laten belanden. Ik had meteen moeten zien dat ze gespannen was en de dingen niet op de spits moeten drijven, maar ik ben nu eenmaal hopeloos onopmerkzaam, soms.

Ik had haar aan het begin van de rit verteld wat we die dag tijdens de geschiedenisles hadden behandeld: de beroemde ontmoeting in Guayaquil, tussen San Martín en Bolívar, in 1822, waarna San Martín zonder aanwijsbare reden opzij stapt en Bolívar de geschiedenis in kan gaan als de Grote Bevrijder van Zuid-Amerika. Het was geen gewoonte van me om bruisend uit school te komen en te vertellen wat ik had geleerd, en meestal vond ik geschiedenis ook niet zo interessant, maar af en toe wekte een onderwerp mijn belangstelling. Niet alleen was dit een gebeurtenis die de geschiedenis van een continent had bepaald en die precies hier, in Ecuador, had plaatsgevonden, het was ook om andere redenen een boeiend verhaal. Tot op de dag van vandaag weet niemand wat zich precies afspeelde tijdens die ontmoeting – noch waarom San Martín, die toch al aardig wat bevrijdingsacties achter de rug had, zo gedwee plaatsmaakte en Bolívar de geschiedenis in liet gaan als bevrijder van het continent. Het had net zo goed een *Boy's Own*-verhaal kunnen zijn, over mannen en hun lotsbestemming, en net als koning Arthur, die was voorbestemd om een zwaard uit een steen te trekken, leek Bolívar het maar gemakkelijk te hebben gehad. Als mensen een stap opzij willen doen om jou een rol in het verhaal te gunnen, dan zijn macht en verantwoordelijkheid een stuk gemakkelijker te dragen, dacht ik. En hoe zit het dan met degenen met meer middelmatige lotsbestemmingen? Wat betekende het voor mij, een bleek Engels jochie met haperen-

47

de longen en zonder oom die een gekrompen hoofd in de rondte zwaaide?

Mijn moeder was niet onder de indruk van mijn enthousiasme voor het onderwerp. Ze vroeg, op een toon die niet strookte met de doodswens die uit haar rijstijl bleek, of ik me niet beter bezig kon houden met wat er in mijn éígen land plaatsvond, in 1822. Mijn sarcastische repliek (iets in de geest van: 'Weet jíj dan wat er destijds in Engeland gebeurde?') werd beantwoord met zwijgen en het diep intrappen van het gaspedaal. Alweer een waarschuwing. Maar fataal genoeg verveelde ik me en was ik een beetje opstandig.

Hoewel ik wist dat het een belediging was voor haar intellectuele accuratesse en belangstelling voor details, herhaalde ik soms als een papegaai wat Suarez Fabián en mij in de weekeinden vertelde, om te zien wat voor reactie ik daarmee uitlokte. Meestal leverde het goedmoedig gelach op, gevolgd door de guitige berisping dat ik met verkeerde vrienden omging en dat het hoog tijd was dat ik een fatsoenlijke opleiding kreeg. Maar niet vandaag.

Ik verkondigde dat ik had nagedacht over de oorlog met Peru.

'Wat vind je daarvan?' zei ze, alert.

Ik stak van wal met een van Suarez' favoriete tirades, over hoe al het kleinschalige gekibbel tussen ons en de Peruanen Ecuador afhield van het grotere plan. En dat de precolumbiaanse beschavingen net zo erg waren. Hoe de Zuid-Amerikanen hun kans op eenheid hadden verspeeld, omdat ze het contact met hun mystieke kant hadden verloren door falende verbeeldingskracht, die ze hadden geërfd van de conquistadores. Die uitdrukking, 'falende verbeeldingskracht', die hakte er echt in bij haar. Vanaf het moment dat ik dat had gezegd, begon ze nog roekelozer te rijden en rammelden de armbanden rond haar pols op het ritme van haar steeds hectischer wordende geschakel. De precieze details van het gesprek dat daarop volgde zijn niet relevant, maar laat ik zeggen dat ik Suarez' overtuiging verwoordde: dat iets geloven omdat het een goed verhaal is, net zo waardevol is als iets geloven omdat het toevallig wáár is. Er kwam een einde aan toen zij de motor liet razen en zei: 'Het enige wat ik daarop te zeggen heb, is dat dit een walgelijke houding ten opzichte van de geschiedenis is.'

Stilzwijgend reden we over een van de snelwegen van Nieuw Quito, langs een betonnen muur met een gedetailleerde graffiti van Picasso's *Guernica*.

En toen zei ze het.

'Ik denk dat het tijd is om dat plan om jou naar een school in Engeland te sturen wat eerder in werking te zetten.'

Als ik erop terugkijk, ligt het voor de hand dat het halfbakken herhalen van Suarez' flexibele kijk op geschiedenis mijn moeder zou irriteren. Het feit dat ze eerder had gedaan alsof besmettingen met het Suarez-virus grappig waren, betekende niets. Als ik haar toen beter had gekend, had ik wel geweten dat mijn moeders waarde in de wereld werd bepaald door feiten, en dat dit altijd zo was geweest. Hetzelfde geldt niet noodzakelijkerwijs voor mijn vader.

Een van de vele duistere kunsten die mijn moeder tot haar beschikking had was haar doctoraal in de psychologie, en ik ben ervan overtuigd dat ze dat in de loop der jaren herhaaldelijk in stelling heeft gebracht om haar zin te krijgen, zowel van mijn vader als van mij. Voordat ik werd geboren besloten mijn ouders als globetrotters te leven, iets wat hun huwelijksleven zou karakteriseren, en de reden daarvoor was mijn vaders werk. Als vroegrijpe verslaggever schoot hij omhoog bij Reuters en werd op jonge leeftijd correspondent in West-Afrika. Dat hij dit zonder opleiding bereikte, geeft wel aan hoe hoog het agentschap hem aansloeg. Ze zagen hem als een van die mensen die puur op intuïtie kunnen werken, die genoeg hebben aan de universiteit van het leven, en respecteerden hem daarom.

Mijn moeder greep de kans om met hem mee te gaan naar Kinshasa met beide handen aan en wierp zich ijverig op haar academische werk. Zo schreef ze een paper die nu wordt gezien als standaardwerk over de psychologie van migranten, gebaseerd op een reeks opgenomen interviews met mensen die uit de Nieuwe Wereld begonnen terug te komen, op zoek naar hun wortels. Zo wendde ze de omstandigheden, veroorzaakt door mijn vader, voor haar eigen gewin aan, tot zelfs mijn vader zich afvroeg of ze nu door zijn of haar werk in Congo terecht waren gekomen.

De balans sloeg uiteindelijk door in mijn moeders voordeel, door de gebeurtenissen die hun vertrek uit Afrika bespoedigden. Toen ik nog jong was, was dit verhaal omgeven met geheimzinnigheid, maar ik heb het inmiddels vaak genoeg gehoord van pa als hij een paar borrels op heeft, om het fijne ervan te weten. In een notendop: hij werd door Reuters ontslagen omdat hij op een slappe nieuwsdag een persbericht verzon. Er rommelde een burgeroorlog in Angola en hij was al drie maanden vergeefs op zoek naar bewijs van interessante wreedheden om het vuurtje op te stoken. Toen mompelde een van zijn militaire informanten tijdens een borrel iets over een op handen zijnde staatsgreep, en de volgende dag zette hij het verhaal op de telex, zonder al te veel over de feitelijke grondslag na te denken. Het deed behoorlijk wat stof opwaaien.

Daardoor kwam er een einde aan een veelbelovende carrière in de journalistiek, en hoewel hij nu voor een klein persbureau in Quito werkte, was het mijn moeders onderzoek naar de sociale status van mestiezen en indianen dat ons aan Zuid-Amerika bond. Er was in 1990 iets gebeurd wat mensen nu als *El Levantamiento* betitelen – De Opstand – en de status van de indígenas was een heet hangijzer. Mijn moeder vond dat geweldig en produceerde niet alleen artikelen over de indianen die naar verluidt hun geboorterechten opeisten en compensatie vroegen voor eeuwen van onderdrukking, maar ook over de tot dat moment dominante blanken en het effect dat de astronomische snelheid waarmee ze uit de gunst waren geraakt, op hún gevoel voor eigenwaarde had. Mij leek het allemaal behoorlijk menens, maar dat zou ik nooit tegen haar hebben gezegd. En natuurlijk schreef zij, evenals mijn vader, voor een afzetmarkt buiten Zuid-Amerika – om op dat moment als buitenstaander in Quito over dergelijke kwesties te publiceren, zou het bestaansrecht van die hele 'revolutie' in twijfel hebben getrokken.

Geleidelijk en veel onherroepelijker dan de zogenaamde omwenteling die plaatsvond in het land waar we woonden, was mijn vaders carrière naar de achtergrond verdwenen; we begrepen dat we het land pas zouden verlaten wanneer háár werk erop zat, en niet andersom. Hij had niets meer te zeggen over hun reisplannen. Wat niet wil zeggen dat dit gepaard ging met een machtsstrijd – hij was gewoon helemaal tevreden als hij in haar kielzog mocht meedobberen en zich gedeisd kon houden.

In serieuze kwesties, waarin ik ook hoopte een stem te hebben, was het altijd aan te raden hem als eerste te benaderen, of hen beiden sámen. Het tegen haar alleen opnemen stond gelijk aan zelfmoord. Dus, zodra het dreigement in de auto werd geuit, wist ik genoeg, hield mijn kaken stijf op elkaar en bracht mijn opleiding niet meer ter sprake tot het avondeten, in de hoop op wat versterking.

Ik hield mijn moeder zo goed mogelijk bezig met vragen over haar werk, totdat we bijna thuis waren. De monoloog die volgde gaf me de kans om mijn gedachten op een rijtje te zetten en alvast een weerwoord te bedenken op haar dreigement. Uiteindelijk schoot de jeep een steile helling op, doorboorde de nevel van diesel en vliegtuigdampen die over de stad lag en toen landden we tussen de goed verzorgde gazons van de voorstad.

De wijk waarin we woonden heette Quito Tenis, genoemd naar de tennisclub. Niet naar een oud gehucht, een rivier of een Incabegraafplaats uit de oudheid, maar naar een tennisclub. Al in de jaren zeventig hadden stedelingen in goeden doen de weg gevonden naar de overvloedige hoeveelheid asfalt, de prettige groenvoorziening en de veilige, omheinde appartementen, en het duurde niet lang voordat er een levendige, selecte gemeenschap ontstond van advocaten, politici, doktoren, ingenieurs en buitenlanders. Hoewel Tenis al hoog op de noordwestelijke rand van de vallei lag, hadden de architecten er verschillende enorme flatgebouwen neergezet. Het resultaat was een verzameling witte, aardbevingsbestendige torens die hoog boven de smog uitstak. Stel je een wankelende toren van suikerklontjes voor, oprijzend uit het slijk der aarde.

Ons eigen woonblok stond in een beveiligde groep gebouwen, met gewapende bewakers bij de hoofdingang. Zodra onze auto naderde, deden ze de enorme metalen deuren naar de parkeergarage in de kelder open. Toen we er pas woonden, vond ik dat opwindend – een beetje als wonen in een vleermuizengrot – maar het nieuwe was er intussen wel af.

Mijn moeder zette de jeep snel op de voor haar gereserveerde plaats en deed de motor uit. De hete radiateur zuchtte van opluchting. Ze was op zoek geweest naar meubels, en de achterveren van de auto hingen door onder het gewicht van een stoel die uit glanzend gepoetst, tropisch hardhout was gesneden en die ik naar het appartement moest dragen.

'Maar gebruik de goederenlift, wil je?' zei ze. 'Ik wil geen gezeur over krassen op de vloer van de normale lift. En in godsnaam, hou op met mokken. Er is nog niets besloten.'

En toen liep ze naar de personenlift, haar hakken klakkend over de betonnen vloer, mijn tas op veilige afstand tussen haar vingertoppen geklemd. Ik deed de auto op slot, zette de stoel op mijn schouder en zeulde die moeizaam naar de goederenlift. Mahonie is zwaar.

Ik keek hoe de cijfers oplichtten in het donker naarmate mijn moeder verder omhoogging, en duwde op de andere, viezere knop om de goederenlift te roepen. Die had ik nog niet eerder gebruikt, en ik was verrast toen de deuren opengingen. De binnenkant was bekleed met dik bruin materiaal om de klappen te absorberen van meubilair en apparaten die bij de bovenliggende appartementen werden afgeleverd. Het materiaal had meer geabsorbeerd dan alleen klappen – de stank van oude rook en zweet, van koffie en vervuiling. Ik was de personenlift gewend, en die was afgewerkt met glanzend, 'industrieel' metaal, zonder zachte bekleding doordrenkt met geur. De afmetingen van deze lift waren hetzelfde, en hij vertrok en kwam aan op dezelfde verdiepingen, maar van binnen had er geen groter verschil kunnen zijn. Het was alsof ik tijdelijk in een alternatieve versie van de realiteit terechtkwam. Zelfs het belletje dat klonk toen de deuren opengingen leek op een ruwere versie; harder en rafeliger, alsof er een cruciaal, dempend onderdeel was afgebroken. Ik zette de stoel neer en nam, gezeteld op mijn troon, even de nieuwe omgeving in me op. Toen reikte ik omhoog, duwde op knopje nummer zeven en veegde de olie die daardoor op mijn vingertop kwam af aan de bruine bekleding. De machine kwam hortend in beweging.

Halverwege stopte de lift met een ruk. De tl-buis in het plafond knipperde en ging uit, en een zucht van stervende machinerie klonk door het gebouw. Door de noodtoestand als gevolg van de oorlog met Peru viel de stroom regelmatig uit, maar meestal kwamen de storingen niet zo hoog in de voedselketen terecht dat ze Quito Tenis bereikten. In zijn zoektocht naar energiebesparing rantsoeneerde de minister van Binnenlandse Zaken liever diegenen met minder energiehongerige apparaten, en minder politieke invloed. Toch gebeurde het weleens, en ik wist dat ik deze storing in de lift uit moest zitten. Mijn moeder wist waar ik was en zou zo nodig actie ondernemen om me eruit te krijgen.

Ik ademde diep in en ontspande me in de stoel. Nu de lift in duisternis was gedompeld, werd ik hypergevoelig voor alle geuren waarmee de bekleding bezield was. Zij rook naar de wereld buiten; een wereld waarover ik, in dit land tenminste, bijzonder weinig wist. Ik stelde me condors voor, cirkelend boven watervallen, indianen in poncho's, sjokkend door mistige bergdorpjes, en kinderen met een olijfkleurige huid die op het strand met een versleten voetbal speelden, tot ik me realiseerde dat deze beelden regelrecht uit toeristenfolders over mijn geadopteerde land kwamen. Ik had ze evenmin gezien als het vuurwerk boven de kathedraal in Cuenca, was evenmin op een mountainbike de helling van de Cotopaxi afgeraasd, noch had ik primitief overnacht in het regenwoud, in een of andere *lodge* voor ecotoeristen. Ik had net zo goed de hele afgelopen twee jaar door kunnen brengen in die donkere, beklede cel. En nu werd de kans dat ik het alsnog in werkelijkheid zou zien met het uur minder. Toen het licht weer knipperend aanging en de lift omhoog zwiepte, deed ik mijn ogen open, die gevuld waren met jongenstranen. Snel veegde ik ze weg en droogde mijn hand aan de liftbekleding, net voordat de deur openging.

De twee liftschachten lagen naast elkaar, maar elke lift had een eigen hal die naar verschillende delen van het appartement leidde: de personenlift bracht je naar een receptieruimte met een leistenen vloer; de goederenlift leverde je af in een vestibule met opzichtige tegels, die naar de achterkant voerde – een deel van het appartement dat we nog steeds het bediendenvertrek noemden, hoewel mijn moeder nooit de moeite had genomen een meisje aan te nemen. 'Om te beginnen sta ik niet achter het idee, en verder zie ik er weinig heil in om zonder reden jonge, huwbare meisjes bij je vader onder de aandacht te brengen,' zei ze. Het idee dat mijn vader vreemd zou durven gaan, en al helemaal onder hetzelfde dak als waar mijn moeder woonde, was belachelijk, maar haar eerste reden was dodelijk serieus. Dus hoewel het appartement volledig was ingericht voor huishoudelijke dwangarbeid, werd er alleen voor de grap op het koperen belletje in de vloer van de eetkamer gedrukt, en diende de kleine slaapkamer voor de bediende als opslagplaats voor de dozen met 'onmisbare' dingen, meegenomen uit Engeland, maar nog niet opengemaakt sinds onze aankomst. Fronsend over deze herinneringen aan 'thuis' sleepte ik de stoel naar binnen, zette die neer en liep naar de keuken. Mijn vader bewaarde een tray met kleine bierflesjes achter in de koelkast, en ik besloot dat ik wel een clandestiene beloning had verdiend voor mijn moeite.

Het was niet zozeer dat mijn moeder altijd haar zin moest hebben; het was meer dat ze, als je er een andere mening op nahield, zo'n retorische kracht op je losliet, dat je het van schrik met haar eens werd. Vanaf het moment dat ze weerstand bespeurde, balde al haar intellect zich samen tot een onstuitbare, doelgerichte pijlpunt, en dat maakte het onverstandig om het al te zeer met haar oneens te zijn. Mijn vader, zwoegend als een boer op de helling van deze geliefde maar nog steeds actieve vulkaan, behandelde haar met respect en wist wanneer hij een stapje terug moest doen, maar ik miste het voordeel van zijn jarenlange ervaring.

Het enige wat je moest doen, was weten wanneer je je mond dicht moest houden. Dat was van elementair belang. En hoe onhandig ik ook was, onder normale omstandigheden zou ik wel tot die conclusie zijn gekomen. Los daarvan: als ik Fabián die week had kunnen opzoeken, had ik zijn mening kunnen peilen en een meer overdachte strategie kunnen uitwerken. In plaats daarvan zat ik alleen in mijn kamer, die uren voor het avondeten, en ik besloot dat ik deze crisis het beste kon bezweren door er met veel bombarie overheen te walsen en een beroep te doen op het hart van mijn moeder. Als ze zag hoeveel ik over Zuid-Amerika had geleerd en hoe graag ik hier woonde, dan zou ze wel inzien dat het waardevol was om me hier te laten blijven. Het was immers ook háár passie. Ik hoefde haar alleen maar te overtuigen. En niet voor het eerst wenste ik dat ik even vaardig als Fabián was in het onzin verkopen. Bij gebrek daaraan vijzelde ik in de aanloop naar het avondeten mijn zelfvertrouwen op met verschillende clandestiene bezoekjes aan mijn vaders biervoorraad.

Toen we gedrieën rond de tafel zaten, stak ik meteen van wal met een van Suarez' meest op het gemoed werkende tirades, over Machu Picchu. Een kwartier lang ging ik door over de talisman-achtige kracht van die plek voor Zuid-Amerika, dat daar het collectieve geheugen werd bewaard en dat daar de sleutel lag tot het eventuele ontstaan van een Bolivariaanse republiek.

'Als je talismanachtige krachten zoekt, pak dan de encyclopedie en zoek Stonehenge maar eens op,' zei mijn moeder.

Smalend wees ik Stonehenge af als een zinloze hoop stenen, en ik wist al dat ik mijn doel had gemist terwijl ik het zei. Ik werd geacht mijn liefde voor Zuid-Amerika te tonen, niet mijn haat jegens Europa.

'Het klinkt alsof je vriend Suarez te veel Neruda heeft gelezen en te weinig goede journalistiek,' ging mijn moeder verder. 'En wat jou betreft: jij zou meer moeten proberen om zélf dingen te weten te komen, in plaats van blind te geloven wat die man beweert.'

Het was nu nog maar een kwestie van tijd voordat het onderwerp van school weer ter sprake zou komen. Toen dat gebeurde, probeerde ik het abstract en hypothetisch te houden, vroeg me af waarom we daarover geen beslissing konden nemen als het moment daar was, en sloot af met een verzoek om het zout aan te geven, in de hoop dat dit een nieuw gespreksonderwerp zou inluiden. Ik kon Fabián bijna horen lachen, zo slecht was ik hierin.

'Dat moment is nú, Anti,' zei mijn moeder. 'En niet ergens in de toekomst.'

Zelfs op dit punt had ik, als ik minder heethoofdig was geweest of minder aangeschoten, die opmerking nog kunnen negeren, in stilte instemmend knikken en wachten tot iemand een ander gespreksonderwerp aanroerde.

Mijn moeders brein was in staat van het ene op het andere onderwerp te springen, met al de lenigheid van een berggeit, en het zou niet lang duren voor er een nieuw, wederzijds aanvaardbaar onderwerp zou opduiken, waarna de eerdere beweringen, hoewel vol vuur geuit, waarschijnlijk vergeten zou worden. Maar in mijn opgewonden toestand vond ik haar implicatie evenwel schokkend. Ik zei dat er helemaal niets mis was met de Internationale School, en dat het bovendien inhumaan was om te overwegen mij uit Ecuador te verbannen terwijl ze er zelf wilden blijven.

'Bespaar me je emotionele chantage,' zei mijn moeder glimlachend. 'Je zult het daar prima naar je zin hebben.'

Ik raakte snel door mijn alternatieven heen. Ik wendde me tot mijn vader, die zich tot dusver afzijdig had gehouden, en vroeg zijn hulp.

'Sorry, vent,' zei hij tot mijn woede. 'Ik denk dat ik het deze keer met je moeder eens ben.'

Mijn positie was al slecht genoeg. Maar toen, alsof iemand me te grazen nam, klemde mijn borstkas zich samen in voorbereiding op een astma-aanval, en al mijn laatste, wanhopige tegenwerpingen werden ondermijnd door een verlammend gepiep.

Mijn moeder werd kwaad, iets wat niet vaak voorkwam.

'En je kunt ons die aanval met consumptie ook besparen,' zei ze snibbig. 'Je weet zelf ook wel dat de dokter heeft gezegd dat je astma voor negentig procent psychosomatisch is, dus denk niet dat je daarmee veel sympathie oproept. Trouwens, als het echt zo slecht gaat, dan kan het alleen maar goed zijn om de ijle lucht van Quito te verlaten en terug te gaan naar Engeland.' Ze nam een slokje wijn en keek me recht aan. 'Oké?'

Mijn vader legde zijn hand tussen mijn schouderbladen en zei dat ik diep moest inademen. Ik knikte zwakjes.

'Da's geregeld dan,' zei mijn moeder. 'We gaan proberen om je aan het einde van de zomer op een nieuwe school te krijgen.'

En daarna volgde vermoedelijk een weinig stichtelijke episode vol geschreeuw en dichtgeslagen deuren, die het beste maar vergeten kan worden.

Er was een oude scharensliep in Quito, die in een vooroorlogse pick-up van deur tot deur ging. Gewoonlijk kondigde hij zijn komst al roepend aan, ongeacht de buurt of het type bebouwing. Nooit eerder was me opgevallen hoe belachelijk en hoe glorieus hij was – dit levende fossiel dat naar een heel flatgebouw omhoog schreeuwde, alsof het voor hem niets anders was dan een hutje in de bergen – tot ik hem later die avond zag, toen ik uit mijn slaapkamerraam hing en woedend een steelse sigaret rookte.

Toen we uit het Verenigd Koninkrijk weggingen, was ik twee jaar jonger geweest. Ik had geen idee hoe het zou zijn om daar weer naar school te moeten, maar optimistisch stemde het me niet. Ik kreeg visioenen van vreselijk slecht eten en gereglementeerd geweld. Er was nog steeds kans dat de beslissing werd teruggedraaid. Mijn moeder brieste wel vaker iets, zeker als ze werd tegengesproken, en vaak betekende het niets. Aan de andere kant leek ze het serieus van plan en kon ik niet rekenen op de hulp van mijn vader. Zelfs als hij tegen dit schandalige voornemen was, en heel zeker wist ik dat niet, bestond er alle kans dat hij zou zwichten en het zonder veto zou laten doorgaan.

Vanuit ons appartement op de zevende verdieping kon je door de toppen van de dennenbomen de straat zien. Ik keek hoe de scharensliep zijn pick-up parkeerde, heen en weer liep met zijn canvas gereedschapstas, terwijl hij luidkeels riep naar hele flatgebouwen vol mensen die nooit zouden reageren. Als blijk van solidariteit riep ik naar hem en wuifde, maar hij legde zijn tas in zijn auto en reed weg, zonder me gezien te hebben, alsof hij helemaal geen reactie had verwacht.

Ik had het voorgevoel dat er twee soorten emoties zouden volgen: ten eerste de spijt dat ik dit land moest verlaten zonder het zelf eerst goed bekeken te hebben; ten tweede de angst voor een veel kleurlozere wereld, die geniepig naderbij sloop. Als gevolg daarvan nam ik me voor te zorgen dat het heden alle nostalgische gevoelens later waard zou zijn.

VIER

De vrijdag daarop ging ik, zoals gewoonlijk, weer logeren bij Fabián en Suarez. Maar achter in mijn hoofd klonk een schril stemmetje vol zelfbeklag bij alles wat ik als gegeven aannam, en ik kreeg werkelijk medelijden met mezelf. Dat is iets waarin ik altijd nogal goed ben geweest. Desondanks probeerde ik wanhopig de realiteit zo lang mogelijk op afstand te houden, hoezeer ik van binnen ook kookte.

We zaten gedrieën rond de keukentafel en nuttigden het avondeten. Suarez dronk rum, Fabián en ik dronken *naranjilla*-sap. Elk ander moment had ik hierover gezeurd, omdat ik er nooit aan kon wennen en me af en toe afvroeg waarom we niet gewoon limonade kregen. Maar op deze dag was het sap – de naranjilla is een bizarre mengvorm van sinaasappel en tomaat – alweer zo'n bekend kenmerk van een landschap dat ik vol melodrama had besloten te gaan missen, en daardoor genoot ik van elke intense, vluchtige slok. Zulke duidelijke, lichamelijke herinneringen zorgen ervoor dat mijn jeugd keurig in hokjes is ingedeeld. Ik dronk een glas naranjilla in een exotische sapbar, jaren na mijn vertrek uit Ecuador, en een hele reeks netjes gecatalogiseerde herinneringen diende zich aan – hoewel ik bij die gelegenheid niet genoot van de smaak.

'Ik heb gehoord dat Fabián een held is,' zei ik.

'Is dat zo?' zei Suarez. 'Ik dacht niet dat helden doorgaans hun eigen pr deden, maar je zult wel gelijk hebben. Wat heeft hij volgens de verhalen nu weer gedaan?'

Ik vertelde het verhaal dat Fabián een meisje had gered tijdens de aardbeving, waaraan in de afgelopen dagen een aantal nieuwe en boeiende aspecten waren ontsproten. In één versie had een losgeslagen politieagent Fabián tijdens de redding met traangas bespoten. Een andere variant repte over een hondsdolle hond, die naar het broodje pens van het meisje hapte en die Fabián op afstand moest houden.

'Nou, als de mensen dat zeggen, dan zal het wel waar zijn,' zei Suarez. 'Gefeliciteerd, Fabi.' Hij hief zijn glas om een toast uit te brengen.

'Het stelde niets voor, oom. Ik deed gewoon wat elke man gedaan zou hebben,' zei Fabián.

'Het was vooral ook zo bescheiden van je om niets van dit alles te onthullen op de dag zelf. Ongetwijfeld was je dat door de schok vergeten en lukte het je pas na dagen het gebeurde op een rij te zetten.'

'Ongetwijfeld, ongetwijfeld,' zei Fabián. 'Jij bent de medicus.'

Suarez straalde. 'Wel eigenaardig dat ik op dat moment helemaal geen kinderen in nood heb gezien, bij jou in de buurt. Het enige wat ik zag was een kleine *huahua* die compleet platgewalst in de goot lag en naar de lucht staarde. Ik moet mijn ogen maar eens laten controleren.'

'Da's misschien maar beter,' zei Fabián. 'Je wordt ook een jaartje ouder, oom.'

Er volgde die avond geen late sessie verhalen vertellen met Suarez. Hij ging uit en liet ons alleen in de bibliotheek, met een paar biertjes en Jerry Lee Lewis.

Ik wist dat er meer achter het verhaal van Fabiáns arm moest zitten dan wat ik al had gehoord. Of, waarschijnlijker, dat er mínder achter zat. In de huidige vorm was het allemaal prima om Fabián als held neer te zetten, maar ik wist dat de waarheid snel aan het licht zou komen.

Het zal duidelijk zijn dat 'de waarheid' iets was waarmee Fabián en ik losjes omsprongen. Het beste verhaal was meestal het verhaal dat we beiden geloofden. Dat karakteriseerde onze vriendschap. Maar er was ook een onuitgesproken afspraak – of die bestond wat míj betrof tenminste – dat we allebei wisten wanneer verhalen te ver gingen en de grens met het rijk der fabelen overschreden werd.

Hij vertelde me bijvoorbeeld over een hitsige schermutseling in het papiermagazijn, met Verena, en dan ging ik mee in het verhaal, tot op het punt waarop dingen te ver gingen. We hadden een beproefde methode om de werkelijke gebeurtenissen vast te stellen, zonder afbreuk te doen aan de geloofwaardigheid van de verteller, en die ging ongeveer zo: 'Goed, je zit daar dus met je hand onder haar rok en ze smeekt je om verder te gaan,' zei ik dan, 'en de leraar komt opeens binnen. Wat een nachtmerrie. Geen wonder dat ze er helemaal verhit en opgewonden uitzag toen ze het lokaal weer binnenkwam.'

'Ja, nou en of,' zei Fabián dan. 'Ik was zelf ook behoorlijk opgewonden, weet je.'

'Wat een afknapper,' zei ik dan. 'Nou, misschien volgende keer.'

'Zeker weten. Op een dag...'

Het zou even stil zijn, en dan zei ik: 'Er had van alles kunnen gebeuren in dat magazijn, niet?'

'Echt wel,' zei Fabián dan. 'Er had van alles kunnen gebeuren. Alles, van een volledige penetratie tot wat onschuldig geflirt, afgesloten met een trap in mijn ballen.'

'Dus, op die schaal van waarschijnlijkheid, wat zou een persoon zonder enige fantasie zeggen dat er was gebeurd in dat magazijn?'

'Een werkelijk fantasieloos persoon zou waarschijnlijk hebben gezegd dat hij Verena volgde naar het magazijn, in de hoop even te kunnen voelen, maar dat ze hem daarop met een kleinfoliomap om de oren sloeg en hem daarna dwong om ongeveer drie ton aan papier voor haar naar het lokaal te dragen. Iets in die geest.'

'Wat fantasieloos.'

'Nogal, ja. En ook zo teleurstellend,' zei Fabián dan.

Omdat we al een versie hadden van de gebeurtenissen op de Semana Santa-parade, verwachtte ik het werkelijke verhaal op soortgelijke manier naar boven te kunnen halen. Wat ik niet verwachtte was dat 'de waarheid' het verhaal compleet aan flarden zou schieten.

'Ga je me nog vertellen hoe je je arm werkelijk hebt gebroken?' zei ik.

'Die arm, dat is niet het mooiste van het verhaal,' zei hij.

En hij vertelde me dat hij een visioen had gehad; hoe zijn moeder tijdens de paasoptocht vanuit haar glazen maagdenkooi naar hem had gekeken.

Ik had geen flauw idee hoe ik moest reageren. In twee jaar van ongein was er niet eenmaal een religieuze ervaring ter sprake gekomen. En, zoals ik al zei, we hadden het nooit ook maar met één woord over zijn moeder gehad.

Ik hield mijn mond en probeerde mijn groeiende bezorgdheid te verhullen, terwijl hij ogenschijnlijk rationeel doorging over de redenen waarom zijn moeder volgens hem had verkozen zich in een glazen kooi aan hem te vertonen.

'Ik weet het niet zeker, maar ik dénk dat het betekent dat ze ergens opgesloten zit,' zei hij. 'Wat denk jij?' Hij keek me kalm en glimlachend aan.

'Wat ík denk?'

'Ja.'

Ik zette mijn biertje op tafel, en toen zei ik iets vreselijk stoms:

'Fabián, wat zou iemand zonder enige fantasie zeggen dat er gebeurd is?'

Zijn ogen schoten vuur in mijn richting.

'Ik loop je hier niet droog te neuken, weet je,' zei hij. 'Ik heb mijn moeder écht gezien, in de menigte.'

Een van de valkuilen in de vriendschap met Fabián waren de momenten van paniek en onzekerheid als hij halverwege het spel de regels veranderde zonder je dat te vertellen. Ik was daaraan gewend. Ik had het ook met anderen uitgehaald, als hij erbij was. Maar op dit moment was ik erger uit het lood geslagen dan ooit tevoren in zijn bijzijn.

'Ik dacht...'

'Wat dácht je? Dat ik zoiets op school zou gaan vertellen? Ik vertel je de waarheid.'

'Dat weet ik, maar ik dacht... Je moeder is toch dood?'

Fabián slurpte van zijn bier en staarde naar de boekenplanken achter het bureau van Suarez. De jukebox wisselde ruw tussen 'Great Balls of Fire' en 'Roll over Beethoven'.

Hij leek iets te willen zeggen, keek toen weer naar zijn flesje bier. Hij nam een paar gulzige slokken en smeet het met zijn goede arm tegen de muur. Hij was niet linkshandig, maar toch was het een goede worp. De fles versplinterde precies op de maat met Chuck Berry, en de scherven schoten over de schaakbordvloer. Naast de jukebox vormde zich een ronde, schuimende plas.

'Geloof me nou maar gewoon, oké?' zei hij.

'Goed, ik geloof je,' zei ik.

'Als ik je over mijn ouders wil vertellen, moet ik nog veel zatter worden dan ik ben.'

'Ga je gang,' zei ik.

Een Fabián die ik niet kende kwam gevaarlijk dicht aan de oppervlakte. Hoewel de voyeur in mij diegene eens en voor altijd wilde ontmaskeren, was ik niettemin doordrongen van de noodzaak voorzichtig te werk te gaan.

'Hoe lijkt het je om het gekrompen hoofd weer tevoorschijn te halen?' zei Fabián, die opstond en naar de brandkast zwalkte. 'Het lijkt me wel leuk om dat ding nog een keer te zien. Geloof jij in al die onzin over die vloek, en die vinger van die geliefde?'

Oké, dacht ik. Oké, ik laat het nog even rusten. Ik speel dit spelletje gewoon mee.

'Ik weet 't niet. Ik denk 't wel. Ik weet hoe hij soms overdrijft om zijn verhalen mooier te maken. Maar denk jij dat hij tegen ons zou liegen?'

'Natuurlijk doet-ie dat. Hij heeft die tsantza waarschijnlijk zelf in een rommelwinkeltje gekocht. Stomme ouwe klootzak. Hij denkt nog steeds dat wij kinderen zijn. Hij denkt dat hij ons alles kan wijsmaken. Ik heb het opgezocht, weet je – er is een enorme zwarte handel in nagemaakte, gekrompen hoofden, gewoon van varkenshuid en rotzooi gemaakt, om aan toeristen te verkopen. De Shuar maken ze zelf ook na, voor hun rituelen, omdat ze geen mensenhoofden meer mogen afhakken. Er is echt geen klootkans dat dat ding echt is. Het boek waarin ik het heb opgezocht, beschreef ook hoe echte gekrompen hoofden worden gemaakt – ze laten de huid drogen boven een vuur en vullen die dan met kiezels, zodat ze het gezicht met hun vingers in de juiste vorm kunnen kneden. Het heeft helemaal geen reet te maken met een huid die om een steen in de zon wordt gedroogd.'

'Nou,' zei ik, 'ik denk dat je je moet afvragen of hij echt léék, op dat moment. Ik bedoel –'

'Ik heb hem gevraagd of ik me er beter over zou voelen dat mijn moeder er niet meer is als ik met haar vinger op reis zou gaan,' zei Fabián, terwijl hij de boekenplanken inspecteerde. 'Misschien niet helemaal eerlijk van me, gegeven het feit dat hij haar broer is. Hij zei dat ik het zelf mocht beslissen. Hij kwam gewoon weer met diezelfde stomme zin die hij altijd uitspreekt: "Verdriet stelt verschillende vragen aan elk van ons." Suarez is een idioot.'

'Kunnen we die scherven niet beter even opruimen?' zei ik.

'Nee, laat maar. Kom eens hier. Kijk eens hoe gróót deze encyclopedie is. Kijk eens hoeveel er allemaal te zien is, buiten. We moeten zélf iets daarvan gaan bekijken. Anders kunnen we ons net zo goed boven op een berg laten doodknuppelen, net als die arme Juanita. Ik wil niet meer bij Suarez en zijn nagemaakte gekrompen hoofd blijven. Ik wil mijn éígen gekrompen hoofden vinden.'

'Hoe lijkt het je om eerst nog iets te drinken te vinden?' stelde ik voor.

'Wat een nobel voorstel!' zei Fabián, die zich afwendde van de encyclopedie en een vinger naar me uitstak. 'Dat is nou het eerste verstandige dat ik vanavond van je heb gehoord. Jij blijft hier en houdt de oprit in de gaten, voor het geval Suarez terugkomt. Ik denk dat ik weet waar hij zijn fles tequila verbergt. En anders breek ik in bij Byron en steel ik zijn drank. Laat 'm maar eens proberen mij neer te schieten, als-ie durft.'

Fabián, die was vergeten dat Byron Suarez chauffeerde en er dus niet was om Fabián neer te schieten, zelfs al zou hij dat willen, liep weg uit de bibliotheek. Ik liep naar de boekenplank, waar hij had gestaan, zodat ik de koplampen van Byrons auto kon zien als hij en Suarez terug zouden komen.

Laat ik een paar dingen even duidelijk stellen.

De delen van de encyclopedie waren niet gebonden in leer met droogtescheurtjes van ouderdom, of versierd met bladgoud.

Er kwam geen wolk van eeuwenoud stof uit de rug van het deel dat ik opensloeg.

Ik schrok niet wakker, gefascineerd starend naar beschrijvingen van een vergeten continent.

De tweeëntwintigdelige familie-editie van de *Encyclopaedia Ecuatoriana* was in bruin imitatieleer gebonden, geïllustreerd met vergeelde kleurenfoto's uit de jaren zeventig en gedrukt op goedkoop, bijna doorschijnend papier. Zij stond in Suarez' boekenkast, tussen zijn indrukwekkende medische studieboeken en een verzameling ouderwetse, roodgerugde *Everyman Classics*. Je had elk ander middenklassenhuis kunnen binnengaan en dezelfde verzameling kunnen aantreffen. In een verlate poging om mijn moeders suggestie op te volgen, trok ik het deel S-T uit de kast en sloeg het open bij 'Stonehenge'.

Alleen al bij het lezen van die naam leek het alsof er een stoflaken werd weggetrokken van een stapel kleurloze Engelse herinneringen: motregen en parka's, wegrestaurants, een troosteloos bezoekerscentrum. Maar toen ik de tekst las, ging ik de plek in een heel ander licht zien. Waarom hadden ze me hier eerder niets over verteld? Hier ging het over druïden en zonnewendes, en geweldige raadsels. Ik had de encyclopedie opengeslagen in de verwachting dat het een saai, feitelijk naslagwerk zou zijn – het soort boek dat je geácht werd te raadplegen – maar deze tekst vertelde in vrijmoedig, onbesmuikt proza over de goede kosmische locatie van de plek, ging nader in op het mysterie van het transport van de stenen vanuit Wales en verwees me naar een andere tekst in een ander deel, over hoe Jozef van Arimathea Glastonbury had bezocht en er een speer had geplant, die was uitgegroeid tot een rozenstruik.

Er begon me iets spannends te dagen. Toen ik Byron twee jaar geleden voor het eerst ontmoette, vroeg hij me waar ik vandaan kwam en ik zei: Engeland.

'Ah, *Londres*,' zei hij toen. 'De stad der koningen.'

'Wat?' zei ik.

'Londen is een stad waar nog altijd koningen en koninginnen wonen,' zei hij weemoedig.

Destijds kwam die opmerking me als naïef voor, maar nu, met deze encyclopedie en al de teksten daarin, leken zijn woorden karakteristiek en beeldend – een lesje in hoe ontworteling ruimte bood aan nieuwe fantasie, hoe je, door op de juiste manier naar dingen te kijken, de fletste waarheden nieuw leven kon inblazen. Als zo'n nieuwe presentatie van feiten voor het grijze, oude Engeland werkte, wat zou het dan wel niet kunnen doen voor Ecuador, waar ingevroren prinsessen dagelijks het nieuws haalden?

67

Ik pakte een eerder deel en zocht naar een tekst over Inca's: veel data, veel feitjes, een vreselijk slechte foto van Machu Picchu, een houtgravure van de strijdende broers Huáscar en Atahualpa. Wat sappige en veelbelovende details over slachtingen onder Spaanse katholieken en banketten waar hersenen werden gegeten.

Iets verder, een stukje tekst over Isla de Plata: bekend als het 'Galápagos van de armen', overdaad aan inheemse diersoorten, bultruggen die er langstrekken, op weg van Antarctica naar Colombia, wordt ook Zilvereiland (of Geldeiland) genoemd vanwege de (tot dusver onontdekte) schat van Francis Drake, 72 ton zilver overboord gegooid, broedplek voor albatrossen en rotspelikanen.

Tot dusver onontdekt.

'Oké dan,' zei Fabián, die met een dienblad binnenstormde. 'Kijk eens, tequila, citroenen, zout. Ik heb het gevoel dat we aan het begin van een queeste staan.'

'Kijk dit eens,' zei ik, en ik liep met de encyclopedie naar de tafel.

'Ben je gek? Kijk dít maar eens, man! Wat het ook is, het kan wachten. Ga zitten.'

'Maar dit –'

'Je wilde toch dat ik iets over mijn ouders vertelde? Grijp die kans nu maar, voordat ik op andere gedachten kom.'

Fabián trok de stekker uit de jukebox, deed de hoofdverlichting uit en zette een paar ouderwetse discolampen aan, die Suarez aan het plafond van zijn bibliotheek had gemonteerd. Dit verhaal moest niet bij het licht van een kampvuur, maar bij de rondzwervende rode en blauwe lichtbundels worden verteld.

Voordat ik het boek terugzette op de boekenplank, prentte ik een plaatsnaam op de kaart in mijn geheugen: een klein kustplaatsje, niet ver van Isla de Plata, bekend als plek om te surfen. Er waren andere, grotere plaatsen en over sommige daarvan had ik vaker gehoord, maar deze plaatsnaam riep me toe en bleef als negatief op mijn netvlies gebrand, zelfs toen ik het deel had dichtgeslagen – zelfs toen de bibliotheek was veranderd in een kat-en-muisspel van ronddolende vlekken primaire kleuren.

De naam luidde Pedrascada.

Fabián ging achter het dienblad met tequila zitten en schonk twee glazen in. Plechtig sloegen we ze achterover en namen er nog eentje. De huivering na de tweede borrel maakte plaats voor nerveuze glimlachjes, maar Fabián zei: 'Niet lachen. Deze kunnen we wegnippen.'

Hij schonk nog twee borrels in. We zaten tegenover elkaar aan de tafel, alsof er zojuist een kaartspeler van vals spel was beschuldigd. Het enige geluid was het zachte gepiep van de roestige scharnieren van de discolampen.

'Zit je goed?' zei Fabián.

VIJF

Iets wat je niet over mij weet is dat mijn vader een *mestizo* was (zei Fabián). Hij zou het nooit hebben toegegeven, maar dat was hij. Zijn grootmoeder was een indiaanse, uit Peguche. Hij beweerde vaak dat zelfs zij technisch gezien een *mestiza* was, en dat zijn indiaanse bloed daardoor zo verdund was geraakt dat het niet meer bestond.

'*Mestizaje* is een betrekkelijk begrip,' zei hij dan. 'In Europa zou ik misschien als mesties worden gezien. Ik heb genoeg indiaans bloed in me om daar als anders te worden gezien. Maar niet in Ecuador. Hier ben ik blank. In feite ben ik een Castilliaan.' Wat hij werkelijk bedoelde, was dat hij zich schaamde voor zijn eigen grootmoeder. Suarez zou dat nooit goedkeuren, met al zijn onzin over afkomst en zijn liefde voor al die inheemse dingen, ondanks het feit dat híj bijna een pure conquistador is.

Maar mijn vader – señor Félix Morales voor jou – nou, die had dat nooit toegegeven. Hij probeerde zo veel mogelijk op een Europeaan te lijken, of wat daarvoor doorging, volgens hem: hij luisterde naar klassieke, Spaanse muziek en probeerde de paso doble te dansen alsof hij een of andere flamenco-expert was. Hij droeg zelfs de hele tijd zo'n rare rood-witte halsdoek; hij dacht kennelijk dat het verfijnd stond. Mijn moeder, die voor zover wij weten geen indiaans bloed had, hield van dansen en luisterde graag naar van die vreselijke panfluitmuziek. Ze sprak zelfs vrij goed Quechua.

Papi was opgegroeid met volksverhalen, over vrouwen die kalveren op de wereld brachten, en mannen die veranderden in condors – geweldige verhalen. Maar hij wilde ze nooit vertellen. Mijn moeder vroeg hem soms de verhalen van zijn grootmoeder te vertellen, maar dan zei hij: 'Als je een hoop van die boerenonzin wilt horen, kun je het wel opzoeken in een studieboek, of vraag het anders aan de eerste de beste *campesina* die bij haar hutje in de bergen gerst zit te malen.'

Hij las uitsluitend Spaanse literatuur en praatte soms zelfs een beetje slissend, alsof hij het accent van een *Madrileño* had. Hij was in zijn leven maar twee keer in Spanje geweest, en zelfs dan nog alleen op zakenreis voor het bouwbedrijf.

Al die revolutionaire praat is onzin, weet je. De bevolking mag dan voor een derde uit mestiezen bestaan, maar het is niet de dertig procent aan de top – en zelfs dan heb je het nog niet eens over volbloed indianen. Ik bedoel, kijk eens naar de mensen die in de Nieuwe Stad wonen. Vraag het aan de kinderen op school, of aan de vrienden van je ouders op die idiote sportclub: die denken nog steeds dat elke indiaan hetzelfde is. Het kunnen wat hen betreft net zo goed beesten zijn.

Goed, papi schaamde zich dus voor wie hij was – en ja, hij was onder de indruk van mijn moeders geld. Kijk maar eens om je heen – je denkt toch niet dat dit allemaal met dokteren is verdiend, of wel dan? Suarez en *mami* komen uit een welgestelde familie. Mijn vader vond dat wel prettig.

Ik vertel je dit alleen maar om duidelijk te maken wat voor soort man hij was. Hij was bang voor zichzelf, bang om door de mand te vallen, bang om niet echt te zijn of zoiets; ik weet 't niet.

Hier, neem nog een tequila.

Arriba, abajo, a centro, adentro. Goeie god, dit is sterk spul. Ga rechtop zitten. Luister je wel naar me?

Het was iets meer dan zeven jaar geleden. Ik was acht jaar oud.

We gingen er in de weekeinden vaak met de auto op uit. Mijn

71

ouders hielden ervan om de bergen in te gaan, in dorpscafés te eten, misschien nog een wandeling te maken, zulke dingen. Het was leuk, hoewel ik de hele tijd liep te zeuren, destijds.

Op een dag waren we ergens, heel hoog in de *cordillera*. We zouden een wandeling gaan maken, maar het regende hard, dus reden we naar een haciënda, om die te bekijken. De Hacienda La Reina heette die.

Het was zo'n boerderij die zo groot was dat er een heel plaatsje omheen was gegroeid: er was een school, een kerk en zelfs een postkantoor annex winkeltje voor de arbeiders en hun kinderen. Het was een prachtige plek. De huizen stonden tegen een achtergrond van enorme groene bergen. De lucht was fantastisch.

Toen we bij de haciënda aankwamen, bleek dat er een fiësta aan de gang was. Ik denk dat het Zaparo was – een indiaans oogstfeest. Een aanleiding voor mensen om eens lekker de bloemetjes buiten te zetten en naar de kloten te gaan.

De boerenknechten hadden urenlang zelfgestookte chicha en aguardiente gedronken en vielen neer, overal om ons heen. Er marcheerde een band door de velden die muziek speelde. De mensen droegen felrode hoofddeksels gemaakt van veren. Er werden lantaarns aangestoken.

Mijn ouders waren niet het soort mensen dat meteen weer in de auto stapt in zo'n situatie, en al snel aten ze wat, dronken ze van de drank en babbelden ze met de plaatselijke bevolking. Er hing een speenvarken aan een spit, waar spelende kinderen omheen zaten. Het was gaaf.

Ik weet niet hoe mijn vader zo snel zo dronken werd – ik denk dat hij de zelfgemaakte chicha, die ze in de bergen drinken, niet gewend was. Het is smerig, man. Weet je wel dat ze het met spuug maken? De vrouwen spugen in een kom met maïs en laten het dan fermenteren. Zieke troep, maar de indígenas zijn er gek op.

Er was een omheind veld, midden op het terrein waar het feest plaatsvond, met een afgescheiden, kleinere kraal ernaast, vol met stieren. Ik weet niet meer hoe het begon, maar al snel stonden de meeste feestvierders rond het veldje, zingend en juichend. Een groep indiaanse landarbeiders begon met een amateurstierengevecht op het veldje.

De stieren waren nog klein – voor een echte torero zouden ze geen probleem zijn geweest. Maar dit waren geen torero's: dit waren straalbezopen campesino's op rubber laarzen, die uitgleden in de modder.

We stonden te kijken, raakten gegrepen door de sfeer van het gebeuren, juichten en lachten als iemand een goede beweging maakte. Gewoon, voor de gein. Niemand zou deze stieren werkelijk verwonden – het idee was gewoon om ze te ontwijken.

Je weet hoe 't gaat. Normaal hang je je muleta over de *estoque*, het zwaard, om zo die cape te maken waar de stier achteraan gaat. Al die olé-onzin. Maar deze kerels deden maar alsof, renden in het rond, zwaaiden voor de gein met hun poncho's in de lucht, sprongen dan over het hek en gaven hun maatjes een high five en probeerden meisjes mee te krijgen naar hun huisjes om te neuken.

Papi was in het geheim gek op indianenfeesten. Hij dronk meer en meer uit de kom met chicha en zwierde rond op de muziek. Als hij in zo'n stemming was – met andere woorden, als hij zich thuis voelde – liet hij zijn masker vallen en ging maar door over hoe geweldig het was om Ecuadoriaan te zijn, dat je het beste van twee werelden had. Het verfijnde van een Europeaan en de spiritualiteit van een indiaan, bla bla bla. Maar toen werd hij kwaad op de mannen op het veldje, over de manier waarop ze de stieren behandelden.

De stier waartegen ze vochten was wit, dat weet ik nog. Al de stieren waren jong en erg bang. Geen wonder dat ze op die kerels in de ring afrenden. Het was een complete chaos.

Het werd bovendien donker en dat hielp niet mee. Mensen gleden vaker uit dan voorheen. Een kerel werd bijna vertrapt toen de stier hem laag raakte en hij onder de hoeven uitgleed, maar hij wist zijn hoofd en schouders net op het juiste moment in de modder te verbergen.

De mensen begonnen hun interesse te verliezen en liepen weg. Er was geen reden voor mijn vader om te doen wat hij vervolgens deed.

Hij zei: 'Deze lui weten niet wat ze doen. Dit is een belediging voor de traditie van het stierenvechten. Ik heb veel zin om in de ring te springen en ze te laten zien hoe het echt moet.'

En verdomd, hij ging erop af en zei dat hij als volgende wilde.

Goed. Tijd voor tequila.

Jouw beurt.

Sla 'm achterover.

Waar was ik?

O ja.

'Driewerf hoera voor de *forastero*!' zeiden de indianen. (Dat is het woord dat ze gebruiken als ze het over vreemdelingen hebben.) 'De forastero gaat ons laten zien hoe het echt moet. Geef hem nog wat te drinken!'

Mijn moeder werd zenuwachtig, maar bleef glimlachen – ze zou nooit hebben durven suggereren dat hij het niet kon. Dan was hij gek geworden.

Ze zetten langdurig een fles aan zijn lippen, tot hij er letterlijk in stikte. 'Dat geeft 'm wat *cojones*,' zeiden ze. Toen sloegen ze hem allemaal op zijn rug en duwden hem naar het hek.

Hij stapte de ring binnen. De stier, waarmee eerder vier of vijf mannen hadden gevochten, was moe. Maar een of andere indiaan, ik denk dat hij de lakens uitdeelde op de plantage, zei: 'Nee, nee, nee, dit gaat zo niet. We moeten deze geweldige torero een waardige opponent geven! Een dier dat overeind blijft tegenover zijn grote mond!' En ze sloten de vermoeide, witte stier op.

Ik weet nog dat ik dacht toen ze hem weer opsloten: shit, papi had díé stier veel beter kunnen zien. Hij was goed zichtbaar in de schemering, snap je?

Drie of vier man gingen tijdelijk de ring binnen, ruzieden over welke stier er naar binnen gestuurd moest worden. Toen namen ze een besluit en brachten een grotere, frissere stier naar de ring. Ik schreeuwde bijna dat het niet eerlijk was, omdat deze zwarte stier amper zichtbaar was, maar mijn vader zou toch niet zijn gestopt en ik wilde hem niet in verlegenheid brengen.

Hij stond midden in de ring, kreeg modder op zijn instappers en zijn chino's, en deed alsof hij een echte torero was. De menigte kreeg de smaak te pakken en juichte hem toe, terwijl hij oefeningen deed, als warming-up. Het was nogal grappig.

Hoe dan ook, die stier wilde niet naar binnen. De indianen duwden en duwden, maar hij wilde niet. Mijn vader werd moediger en begon te schreeuwen naar de man die hem had uitgedaagd.

'Ik zie dat je stier wel weet wat goed voor 'm is, vriend!' zei hij.

'Die opmerking zul je bezuren, forastero,' zei de indiaan. En pal voor onze ogen liep hij naar de stier, haalde zijn sigaar uit zijn mond en duwde de vuurkegel in zijn poot.

De stier brulde en stoof de ring binnen, schopte aarde door de lucht. Ik heb nog steeds het blauwe T-shirtje dat ik toen aanhad. Ik heb het bewaard, hoewel het me nu niet meer past. Tussen de bloedvlekken zijn wat spatten zichtbaar van de modder die de stier de lucht in slingerde toen hij op mijn vader afstoof.

Dat moment staat voor altijd in mijn geheugen gegrift: de stier met zijn hoorns naar beneden, de rondspattende aarde achter hem, verlicht door de lantaarns, de band die op de achtergrond marcheerde, een indiaan voor me die buiten westen raakte omdat hij zo dronken was.

Papi was helemaal zo slecht nog niet, dat moet ik toegeven. Hij maakte een paar goede bewegingen. Hij begon zich uit te sloven, draaide zich om naar het publiek, knielde neer voor de stier, zulke dingen.

Toen zag mijn moeder wat kinderen die in de buurt van onze auto aan 't klooien waren en vroeg mij erheen te lopen en te kijken of-ie wel op slot was. Er waren veel dronken mensen in de buurt.

Ik keek omhoog naar haar.

'Hij redt 't wel,' zei ze. 'Ga nu maar even kijken of de auto op slot zit. Hij is over een paar seconden klaar, en denk je eens in hoe kwaad hij zal worden als er is ingebroken. Maak je geen zorgen, Fabi. Kijk maar, hij doet 't geweldig.' Ze gaf me een kus op mijn voorhoofd.

Ik was misschien tien of twaalf stappen in de richting van de auto gelopen, toen er een enorm gejuich losbarstte, gevolgd door een geschrokken zucht en toen het geluid van een gillende vrouw. Tegen de tijd dat ik me had omgedraaid en zo snel mogelijk terugrende naar de ring, was de menigte stilgevallen.

Ik kon eerst niet zien wat er was gebeurd, omdat het al zo donker was, en omdat zich zo veel mensen rondom het hek verdrongen.

Papi was opgetild en als een lappenpop rondgezwaaid op een van de hoorns van de stier, die dwars door zijn ribbenkast was gestoten en een long had doorboord. Bij elke ademtocht gutste er bloed uit het gat in zijn borstkas. Het klonk alsof hij bezig was te verdrinken – en dat was ook zo.

Geef die fles eens. Wil jij niet meer?

Zelf weten.

Nou, daarna liep alles nogal uit de hand. Mijn moeder raakte door het dolle heen. Ze gilde naar de indiaan die ruzie had gemaakt met papi en tegelijkertijd praatte ze met mijn vader, hield zijn borstkas vast om het bloed binnen te houden en schreeuwde naar de mensen dat ze een ziekenauto moesten bellen. De stier was nog erger door het dolle heen en had een deel van het hek kapot-getrapt. Er was een stel gaucho's op paarden nodig om hem weer in de kraal te jagen, dus niemand anders raakte gewond. Ik herinner me zelfs dat er een vent in paniek rondrende, omdat hij een rode auto had en dacht dat de stier daarop af zou gaan.

Ik?

Wacht even. Sorry. Nee, het gaat zo wel weer.

Zal me wel verslikt hebben.

Da's beter.

Ik stapte in de ring en liep naar mijn moeder toe, knielde naast haar neer om hem samen met haar vast te houden. Ik legde mijn handen op zijn borstkas. Hij glimlachte naar me en knipoogde. Hij zei: 'Fabi, zag je hoe bang die stier was? Zie je wel dat ik niet bang ben? Het komt allemaal wel in orde met mij.'

En toen hoestte hij een beetje gorgelend en zei: 'Ik heb een slokje water nodig.' Weet je nog dat we gingen zwemmen en zo hard mogelijk naar elkaar schreeuwden onder water? Zo klonk het. Zijn stem klonk helemaal vloeibaar en gorgelend.

'Fabi, ga jij even wat water halen,' zei mijn moeder.

Ik verroerde me niet.

Ze schreeuwde.

'Fabi, gá! Je bent niet behulpzaam zo. Ga ergens wat water halen en kom dan weer hier. Heeft iemand intussen een ziekenauto gebeld?'

Ik rende weg zonder om te kijken, weg van het veld, weg van de auto, in de richting van de kerk en de huisjes. Ik rende zo hard dat ik bijna vergat waarom ik rende.

Natuurlijk waren alle huisjes afgesloten. Waarom was ik daarheen gerend? Dat was stom. Iedereen was natuurlijk op de fiësta. Het straatje langs het witgestucte kapelletje met een eenvoudig houten kruis op het dak, was donker en uitgestorven. Al de hutjes van de arbeiders waren dicht en op slot. Er was geen levende ziel daar, afgezien van een aangelijnde lama en een hond, die achter een cactus knabbelde aan een stuk varkensvet dat hij op het feest had gevonden. Ik keek om en zag mensen heen en weer rennen tussen de goudkleurige en rode feestversieringen.

Ik hoorde het geluid van auto's die optrokken en bergafwaarts reden.

Ik denk dat ik de kapel binnenging omdat ik dacht dat ik wat wijwater voor hem zou kunnen meenemen. Als hij het niet wilde drinken, kon ik het altijd nog op zijn borstkas doen en dan zou het wel goed komen, dacht ik.

De deur knalde achter me dicht en ik zag bijna niets meer, afgezien van een paar houten klapstoeltjes en de weerschijn van metaal, waar het altaar gestaan moet hebben. Mijn adem klonk luid, kaatste tegen de muren. De lucht was vochtig en stoffig.

Ik hoorde een enorme knal en toen kwamen de ramen tot leven. Langs de hemel buiten schoten flitsen rode en gele bliksem en de muren van de kapel lichtten op alsof er een flitslamp afging. Mijn ogen waren er niet op voorbereid; het leek ongelooflijk fel.

In het licht zag ik een paar ogen, centimeters verwijderd van de mijne. Ik snakte naar adem en stapte geschrokken naar achteren, maar zag toen een traan die op een wang was geschilderd en ik besefte dat ik pal voor een houten beeld van de Maagd had gestaan. Rood licht glinsterde op haar zilveren kroon.

Er volgde nog een flits. Nu begreep ik wat er aan de hand was. Een of andere klootzak had vuurwerk aangestoken, hoewel mijn vader daar nog gewond lag.

Deze keer zag ik nog iets anders. Een man en een meisje die elkaar in een hoek omhelsden. De vent had een lange, zwarte paardenstaart en droeg een hoed met een brede rand. Ik ving een glimp op van het bange gezicht van het meisje, achter zijn schouder. Zijn blote reet in het rode licht. Haar witte bloes met tierlantijntjes, waaruit haar armen staken die zijn rug omklemden.

78

Ik draaide me om, barstte door de deuropening naar buiten, liet de deur open en rende terug naar de ring, glibberend in de modder. Ik was bang, maar nog het meest omdat ik geen water voor mijn vader had gevonden dan om welke andere reden dan ook.

Ik kwam terug bij de ring en klom over het hek. Ik rende naar de groep mensen en duwde ze uiteen om in het midden te komen.

Ze waren er niet.

Ik begon te schreeuwen: 'Waar zijn ze? Waar zijn mijn ouders?'

Een indiaanse vrouw kwam naar me toe en zei dat ze weg waren gegaan. 'Ze zochten nog naar je. Je papi is gewond, dus is je mami weggereden, de ziekenauto tegemoet. Het is een bochtige weg. Zodra ze de ziekenauto tegenkomt, stopt ze je vader erin en komt ze terug om jou te halen. En dan ga je met haar mee en zul je je papi weer zien, en dan komt alles goed. Blijf maar bij mij, *cariño*. We wachten wel tot ze terug is. Het duurt maar even. Duurt echt maar heel even.'

Ze had een vriendelijk gezicht, verweerd door de wind, zoals bij oudere indianen. Ze legde een koude hand op mijn wang.

Schenk me nog eens in.

Dus wachtten we.

Ik zat in de voorkamer van het huisje van de oude vrouw. Ze liet me zien hoe haar spinnewiel werkte. We zaten daar, urenlang. Ze zette thee voor me en zette de tv op *MacGyver* voor mij. Raar. Waarom herinner ik me dat?

Ze kwamen nooit.

Nooit.

Auto vloog van de weg en fieeew... Poef! Helemaal uitgebrand. Nog goed dat ze een ziekenauto hadden gebeld, hè? Gelukkig dat er al eentje onderweg was. Niet dat ze nog veel konden doen. Helemaal weg.

Net als dat glas tequila.

Ze vonden de auto helemaal uitgebrand, onder aan een steile

helling, op z'n kop. Mijn vader zat erin. Maar mijn moeder hebben ze nooit gevonden. Die zat er niet in.

En iedereen zegt dat ze dood is, behalve ik.

Sorry.

Ik heb dit nog nooit aan iemand verteld. O, fuck. Shit.

Dit gaat niet gebeuren. Ik huil nooit, man.

Ik huil nóóit.

Nog een tequila, da's wat ik nodig heb.

Fuck you. Ik kan 'm wel hebben. Schijt aan jou, jij moederlullende Engelse eikelneuk.

Suarez is een klootzak. Hij zegt dat ze het met geen mogelijkheid heeft kunnen overleven. Maar er kan van alles zijn gebeurd. Ze kan zijn ontvoerd door guerrillero's. Van alles. Ze kan overal zijn.

Anti, ik moet overgeven, nu.

Kijk eens wie we daar hebben.

Als je het over de duivel hebt...

Daar is Suarez.

Shi–

ZES

Fabián boog zijwaarts en een straal bleke kots schoot als een jaguar uit hem. De koplampen van Byrons auto verlichtten de muren, even fel als vuurwerk in een boerenkerkje. De sleutel kon nu elk moment in het slot worden gestoken. Maar Fabián bewoog zich niet en er was niets meer aan te doen.

Toen Suarez binnenkwam, leek hij even verrukt dat we ons vermaakten. Hij begon iets te vragen in de trant van waarom we geen muziek hadden opgezet. Maar toen rook hij het metalige spoortje in de lucht, zag de fles op tafel en ontdekte Fabián, die onderuitgezakt in zijn stoel hing. Hij stopte midden in zijn zin en draaide langzaam de hoofdverlichting op, die een nogal afstotelijk tafereel onthulde.Er viel een beklemmende stilte. De discolampen zaten gevangen in hun meanderende cyclus. Suarez zette ze uit voordat hij verderging.

'Je moet ook nooit twee mannetjeshonden alleen laten. Die gaan altijd op zoek naar rottigheid,' zei hij. 'Reu en teef, prima. Teef en teef, geen probleem. Maar nooit twee reuen.'

Hij liep naar Fabián, die deed alsof hij voor pampus lag, en staarde naar hem. 'Jullie zijn een stelletje reuen,' zei hij concluderend. 'Nou, ik zal Eulalia niet vragen al dit glas en die kots op te ruimen – dat mogen jullie morgenochtend zelf doen. Maar ik zal wel vragen of Byron deze dégénéré naar zijn bed wil dragen. Wacht jij hier maar even, Anti.'

Suarez liep de bibliotheek uit.

Ik bleef zitten en staarde naar een glad laagje kots op Fabiáns wang, dat glom in het vreemde licht van de ruimte. Hij mompelde iets en een draad kwijl zwaaide heen en weer onder zijn kin, in de maat met zijn bewegingen.

Suarez verscheen weer in de deuropening. Achter hem doemde Byrons enorme gezicht op, met een brede, verwachtingsvolle grijns. Hier ging hij van genieten.

Byron liep naar de andere kant van de bibliotheek en ging op zijn hurken voor de uitgetelde Fabián zitten. Hij sloeg één hand onder zijn dijbenen, pakte hem met de andere in zijn nekvel en gooide Fabián over zijn schouder. Toen Fabiáns gipsarm zachtjes tegen Byrons rug bonsde, schrok hij wakker en begon hij te praten.

'Wat? Jezus!' zei hij. 'O, hallo Byron, potige klootzak. Niet schieten!'

Ik hoorde Byron in zichzelf praten, terwijl hij zijn lading de trap op manoeuvreerde. 'Dit is altijd al een spugertje geweest,' zei hij, grinnikend bij elke stap. 'Altijd kotsen.'

Suarez en ik bleven alleen achter.

'Suarez, het spijt me zo...' begon ik.

'Geen probleem,' zei hij. 'Ik weet dat het niet jouw schuld is. Het is mijn schuld, omdat ik zo scheutig ben met alcohol.'

Hij ging zitten op de plek waar Fabián aan tafel had gezeten. De stoel van de verteller.

'Zit je al aan je taks, Anti?' zei hij, terwijl hij de fles inspecteerde.

Ik zei niets. Suarez pakte een borrelglas, beduimeld door Fabiáns dronken vingers, en schonk een slok tequila voor zichzelf in.

Ik wilde weer uitbarsten in verontschuldigingen, maar Suarez leek eerder verdrietig dan kwaad.

Ik wachtte tot hij het woord nam. Hij krulde zijn onderlip, staarde naar de kotsspetters op de vloer en evalueerde het probleem.

'Fabián is nogal ongelukkig momenteel, hè?' zei hij uiteindelijk.

Ik wachtte even en zei toen: 'Ja, dat is-ie.'

Ik was te dronken om iets anders dan de waarheid te bedenken.

'Soms is het moeilijk om te bepalen of hij een slechte periode heeft. Ik probeer hem de tijd voor zijn eigen gedachten te gunnen. Ik geloof niet dat het werkt om mensen te verstikken – vooral ook omdat ik zijn oom ben, niet zijn vader.'

'We hadden het vanavond over zijn ouders. Daarom dronk hij zo veel.'

'Vertel me eens wat hij heeft gezegd,' zei Suarez, die rechtop ging zitten. 'Het is lang geleden dat ik daarover fatsoenlijk heb gesproken met hem.'

Ik wachtte even. Dit gesprek was al ongemakkelijk genoeg en de geur van kots was de kamer gaan overheersen.

'Hij denkt dat het jou niet kan schelen wat er met zijn moeder is gebeurd. Hij denkt dat ze is verdwenen, of is ontvoerd, of dat ze door de bergen zwerft met geheugenverlies,' flapte ik eruit.

Waarom ik die laatste mogelijkheid schetste, weet ik niet. Het was een verklaring die me te binnen was geschoten terwijl Fabián me het verhaal vertelde, niet iets wat hij ooit had gesuggereerd.

'Sorry,' zei ik, ten overvloede.

'Geloof me, Anti, niets zou me gelukkiger maken dan mijn mooie zusje weer te zien,' zei Suarez. 'Mijn leven lag aan diggelen toen ze overleed.'

Ik voelde me ongemakkelijk bij deze mate van eerlijkheid van een volwassene, en met name van Suarez, die normaal gesproken zo beheerst was.

'Maar je hoeft niet te twijfelen,' zei hij, en hij keek me recht aan. 'Ze is wel degelijk dood.'

Ik slikte nerveus. Suarez ging verder.

'Als ik maar één seconde had geloofd dat ze nog leefde, had ik de Andes ondersteboven gekeerd en elke cent die ik had, had ik uitgegeven om haar te vinden. Maar guerrilla's ontvoeren niet zomaar mensen zonder losgeld te eisen. Ze is niet een of andere *desa-parecida*, weet je. Het is niet zoals bij jullie lord Lucan.' Eerst lord Byron, nu dit weer. Suarez leek iets te hebben met Engelse adel. 'Mijn zus is dood. Dat is een feit. Ik zou net zo graag als Fabián willen dat het anders was, maar dat is niet het geval. Hij wil het alleen niet geloven, omdat ze haar lichaam nooit hebben gevonden.'

'Wat is er met haar gebeurd?'

'Ik dacht dat hij je dat al verteld zou hebben. De auto van zijn ouders is in een ravijn gestort, waarbij ze allebei zijn omgekomen. Zijn moeder had dat met geen mogelijkheid kunnen overleven. Hij denkt dat ze vermist is, omdat haar lichaam nooit uit het wrak is gehaald. Maar zulke dingen gebeuren. De auto rolde zo vaak om op weg naar beneden, dat er een lichaam uit is geslingerd, in het struikgewas, en...' Hij schraapte zijn keel en sloeg zijn ogen neer.

'Het spijt me, Suarez. Het spijt me echt,' zei ik. Ik voelde me jong, vol gêne, onbeholpen.

'Het is oké, Anti. Echt. Je begrijpt vast wel waarom hij iets anders wil geloven, maar er is geen andere verklaring. Er waren ooggetuigen die hebben gezien hoe de auto van de weg raakte. Het was een onverharde weg en de regen had de rand weggespoeld. De politie denkt dat het portier aan de passagierskant niet goed dicht zat toen ze over de rand schoten, en dat mijn zus daarom uit de auto is gevallen. Ze hebben de hele berghelling uitgekamd, op zoek naar haar, maar de auto is ver naar beneden getuimeld en de heuvel was dicht begroeid met struikgewas. Dat is de enige reden. Je snapt ook wel dat ze geen kans had het te overleven.'

Hij sloeg zijn glas tequila achterover, haalde een breed, rood pakje Dunhill International tevoorschijn en stak er een op. Toen schoof hij het pakje, waaruit een sigaret stak, over de tafel naar mij toe. Ik nam er een.

'Alleen vanavond,' zei hij. 'Ik denk niet dat je moeder blij zou zijn als ze wist dat ik haar astmatische zoon sigaretten aanbood. Vanaf morgen gaat er een ander regime voor jullie gelden.' Hij knipoogde voordat hij verderging. 'Nee Anti, mijn zus is niet ontvoerd. Ze is haar geheugen niet kwijt. Ze komt niet meer terug. Ik denk het liefst dat ze halverwege die berghelling heeft besloten niet langer met die auto mee te rollen, maar in haar eentje weg te vliegen. En ik denk dat ze daar nog steeds rondvliegt, helemaal gelukkig. Daarom hebben we haar niet gevonden. Zo wil ik het 't liefst zien.' Hij staarde voor zich uit, kennelijk naar zijn zuster, die tussen de kringels sigarettenrook boven de tafel door vloog, en genoot van het visioen.

'Suarez,' zei ik, 'zei je nu dat ze aan de passagierskant uit de auto is gevallen?'

'Maar natuurlijk. Fabiáns vader reed altijd als ze ergens naartoe gingen. Mijn zus heeft zelfs nooit geleerd auto te rijden.'

'Maar zijn vader was toch te ernstig gewond om te rijden?'

'Te ernstig gewond? Wat heeft hij je verteld? Ze waren de bergen in gereden om een wandeltocht te maken. Dat is het enige wat we weten. Het is het niet-weten dat het voor Fabián zo moeilijk maakt om het te begrijpen. In het weekeinde dat het gebeurde, logeerde hij bij mij. Ze lieten hem hier achter, omdat hij ziek was geweest en te zwak was voor de wandeling die ze die dag wilden maken. En het volgende moment waren ze er niet meer. Zo gebeurt het vaak, Anti. Opeens zijn mensen er niet meer.'

Suarez draaide het uiteinde van zijn sigaret langs het plastic dienblad om wat as kwijt te raken. Hij keek me weer aan, gebaarde met de gloeiende vuurkegel.

'Als Fabián niet ziek was geweest, zou hij zijn meegegaan in de auto. Dat zeg ik ook altijd tegen hem. Hij zou zich gelukkig moeten prijzen, niet schuldig moeten voelen. Het betekent dat zijn ouders doorleven, in hem.'

'Dus er was geen stierengevecht,' zei ik, bijna tegen mezelf.

'Stierengevecht? Fabi is nog nooit bij een stierengevecht geweest. Ik heb hem eens meegenomen naar een oogstfeest in de bergen, waar wat kinderen met stieren aan 't spelen waren, maar hij heeft nog nooit een voet in een echte ring gezet.'

'Aha. Nu begrijp ik 't,' zei ik.

'Zouden jullie er eens naartoe willen?' ging Suarez verder. 'Zou dat hem opvrolijken, denk je? Ik weet niet of hij het de vorige keer wel zo leuk vond. Eén arme jongen werd toen door een stier doorboord en Fabi raakte daardoor behoorlijk van slag. Maar als jij denkt dat hij het leuk vindt, dan neem ik jullie met alle plezier een keer mee.'

'Nee, ik denk 't niet. Ik denk niet dat het helpt,' zei ik. 'Ik denk dat het op een of andere manier te veel herinneringen oproept aan zijn vader.'

'Ha. Een geloofwaardig verhaal. Die goeie ouwe Félix Morales. Aardige vent, maar geen stierenvechter.' Suarez drukte zijn sigaret uit op het dienblad en sloeg de as van zijn handen.

'Wat voor iemand was het dan, de vader van Fabián?' vroeg ik, omdat ik Fabiáns verhaal niet nog verder wilde ontkrachten dan ik al had gedaan.

'Nou,' zei Suarez. 'Sommige mensen vonden dat hij niet geschikt was voor mijn zus – ze zeiden dat hij geobsedeerd was met het klassenverschil, en te paranoïde. Jij zou hem waarschijnlijk iemand met lange tenen noemen, nietwaar?'

Ik knikte onnozel.

'Maar ik was het daar nooit mee eens,' ging Suarez door. 'Wat mij betrof, maakte die angst hem juist sterker.' Hij schonk zichzelf nog een tequila in. 'Mijn eigen vader, God hebbe zijn ziel, zei een keertje over Félix, toen duidelijk werd dat hij met mijn zus ging trouwen, dat hij "het soort jochie is dat 's nachts wakker ligt, omdat hij doodsbang is dat zijn speelgoed tot leven komt".'

Suarez sloeg de tequila achterover en huiverde lichtjes. 'Het probleem met de zoon van Félix – mijn neefje – is natuurlijk dat hij ook te vaak wakker ligt. Niet omdat hij bang is dat zijn speelgoed tot leven komt, maar omdat hij zo hard mogelijk hóópt dat het gebeurt en hij het op heterdaad kan betrappen.'

Ik stond op.

'Suarez, ik ga dit hier opruimen. Het stinkt. We moeten het niet tot morgenochtend laten liggen.'

'Je kunt het voor Fabián laten liggen, als je wilt. Ik weet dat het zijn rotzooi is, niet die van jou,' zei Suarez, vaag in de richting van de kots wuivend.

'Ik doe 't wel,' zei ik.

Nadat ik onhandig verschillende verkeerde deuren had opengetrokken, waarvan er een toegang bood tot een verbijsterende verzameling opgezette dieren die ik nooit eerder had gezien, vond ik de kast met schoonmaakspullen van Eulalia. Ik pakte een paar rubber handschoenen, een emmer en wat schoonmaakmiddel en zat op mijn knieën de zwart-wit geblokte vierkanten van de bibliotheekvloer te schrobben, toen ik een geluid bij de deur hoorde. Het leek alsof Suarez was teruggekomen om nog iets te drinken, voordat hij naar bed ging. Hij had zich uitgekleed en een weelderige, rode kamerjas aangetrokken. Toen hij naar de tafel liep, meende ik een onvaste tred te bespeuren bij hem, maar die indruk kan net zo goed aan mijn eigen bedwelmde geest worden toegeschreven.

'Je kunt maar beter gewoon vertellen wat Fabián je vanavond heeft verteld,' zei hij. 'Ik maak me behoorlijk zorgen om dit hele gedoe, en ik vind dat ik moet weten wat zich in zijn hoofd afspeelt.'

Hij had me klemgezet. Ik trok de rubber handschoenen uit, gooide de schrobborstel in de emmer en ging aan tafel zitten.

Ik gaf een zo getrouw mogelijke interpretatie van het stierengevechtverhaal. Alweer, in mijn beschonken toestand, vertelde ik het einde zó, dat de mogelijkheid dat Fabiáns moeder was vermist en aan geheugenverlies leed openbleef. Ik wist niet meer wie wat had gezegd.

Suarez zei niets toen ik klaar was en ik werd bang dat ik Fabián in de problemen had gebracht.

'Ik weet zeker,' zei ik, in de hoop de schade te beperken, 'dat Fabián dit alles zélf ook niet gelooft. Het is voor hem waarschijnlijk gewoon een manier om alles wat er is gebeurd een plaats te geven en om mij een goed verhaal te kunnen vertellen. Ik denk niet dat er veel reden tot zorg is.'

'Het probleem met Fabián is,' zei Suarez, 'dat je nooit weet of hij zelf gelooft wat hij vertelt. Ik ben soms bang dat hij zo goed is in het verkopen van onzin, dat hij zelfs zichzelf iets wijs kan maken.' Hij keek fronsend naar het tafelblad. 'Misschien moet ik even met hem praten. Het klinkt alsof het uit de hand begint te lopen.'

Ik raakte in paniek. Als Fabián zijn verhaal terug zou horen van Suarez, zou hij woedend zijn.

'Denk je werkelijk dat dat nodig is?' waagde ik.

'Denk jij van niet, dan?' zei Suarez.

'Ik weet zeker dat hij diep van binnen weet wat de waarheid is, zelfs al laat hij sommige details met hem aan de haal gaan,' zei ik. Op dit punt had ik alles gezegd om te voorkomen dat mijn verraad aan het licht zou komen.

'Zoals je weet, ben ik de laatste om mensen te vertellen wat ze wel of niet kunnen geloven,' zei Suarez. 'Dus, zolang jij denkt dat het niet geváárlijk is dat hij zichzelf iets wijsmaakt...'

Ik vroeg me af wat Suarez ervan zou denken dat Fabián beweerde zijn moeder tijdens de paasoptocht in een glazen kooi te hebben gezien. Maar het was uitgesloten dat ik dat zou vertellen. Ik zat voor mijn gevoel al genoeg in de problemen.

'Nee, dat denk ik niet,' zei ik.

'Weet je dat zeker?'

'Absoluut.'

Hij klaarde op door mijn vastbeslotenheid. Hij wilde gewoon dat iémand hem zou vertellen dat het allemaal niet serieus was, en onbegrijpelijk genoeg leek hij mij voor die rol uitgekozen te hebben. Ik begon me nog ongemakkelijker te voelen door die verantwoordelijkheid.

'Je hebt natuurlijk gelijk,' ging hij verder. 'Soms kan het geen kwaad om mensen te laten geloven wat ze graag willen geloven. Ik ben niet vergeten hoe radeloos ik zelf was door het verlies van mijn zus. Het duurde ook even voordat ik kon accepteren dat ze dood was, toen ze haar lichaam niet konden vinden.' Hij zuchtte. 'Het echte leven kan soms zo teleurstéllend zijn, vind je ook niet?'

Ik moest aan Fabián denken. *Wat zou een persoon zonder fantasie hebben gezegd?*

'Als ik eraan terugdenk,' zei Suarez, 'dan is Fabiáns gemoedstoestand misschien voor een groot deel aan mij te wijten. Als ik me er destijds zélf blind voor hield, dan twijfel ik eraan of ik het wel tegenover hem wilde toegeven.'

'Maar nu accepteer je het wel,' probeerde ik, terwijl ik meer dan ooit voelde dat ik me in diep water waagde.

'Nu accepteer ik het. Maar Fabián nog niet. Dat kan nog wel even duren. Maar laten we de woorden van mijn vriend Miguel de Torre niet vergeten: "Verdriet stelt verschillende vragen aan elk van ons." Als ik, zoals jij zegt, Fabián niet hoef te confronteren hiermee,' zei Suarez, die nu vreemd genoeg leek te glimlachen, 'dan stel ik voor hem te laten geloven wat hij wil. Tot op zekere hoogte.'

Ik wilde iets zeggen, maar hij onderbrak me.

'Nu geloof ík echter dat jij naar bed moet gaan en dit hele gesprek maar beter kunt vergeten. Je hebt nog een flinke tequilaroes uit te slapen.' Hij wreef mijn haar door de war met zijn dikke, uitgespreide vingers.

'Dus je vertelt hem niets?' vroeg ik. 'Je vertelt hem niet wat ik heb gezegd?'

'Ik beloof je dat ik het niet ter sprake zal brengen. Ik vertrouw je als je zegt dat dat niet nodig is. En ik vertrouw erop dat je 't me vertelt wanneer de situatie zich wijzigt.'

Onder aan de trap draaide hij zich om, gaf me een jolige stomp tegen mijn arm en zei: 'Je weet maar nooit. Er is altijd kans dat het klopt, wat Fabián over zijn moeder beweert!'

Het laatste wat ik me herinnerde voordat ik in coma viel waren zijn ogen, die waanzinnig glinsterden in het donker.

De volgende ochtend lag ik verfrommeld tussen de lakens en werd ik gewekt door fel licht en afgrijselijke geluiden. Ik was vergeten de jaloezieën naar beneden te trekken, en Eulalia was energiek aan het schoonmaken geslagen, net voor mijn deur. De plastic buis van haar stofzuiger kletterde en ratelde tegen de ijzeren spijlen van de balustrade, met alle wanklank van een kind dat lukraak op een piano beukt. Suarez verkeerde in opgewekte stemming. Toen ik beneden aankwam, trof ik hem zittend aan de keukentafel in een vlek fel zonlicht, gekleed in een schreeuwerig overhemd met korte mouwen en Dunhills rokend bij zijn koffie. Fabián zat ineengedoken naast hem en keek amper op toen ik binnenkwam. Hij wist waarschijnlijk dat ik hem tot in de vroege uurtjes had horen kokhalzen.

Suarez schepte er genoegen in ons beiden een enorm en traumatiserend ontbijt voor te schotelen: een blad vol lillende, gepocheerde eieren en bloedworst, overgoten met felrode chilisaus.

'Als ik het me goed herinner van mijn dagen als feestbeest, moeten jullie allebei omvallen van de honger, na gisteravond,' zei hij. 'Nee, ik hoef niets, dank je wel. Jongens, neem het ervan. Eet álles maar lekker op.'

Grijnzend keek hij toe en bleef roken gedurende de hele beproeving. Ondanks de hitte wilde hij niet dat we een raam openzetten. Er was geen ontkomen aan. Zijn boosheid van de vorige avond was kennelijk weggeëbd, maar daarvoor moesten we wel boeten: met het eten van het ontbijt losten we de schuld in van het plezier dat we op kosten van Suarez hadden gehad.

De eieren keken me aan als uitgestoken ogen. De worst was zwaar gekruid. Ik kreeg het amper weg, maar bracht het er beter vanaf dan Fabián, die halverwege zijn ontbijt mompelde: 'Niemand zou hieraan blootgesteld mogen worden,' en wegsnelde om weer over te geven.

Toen het achter de rug was, nam ik zoals afgesproken de bus naar huis, ging met de goederenlift omhoog naar het appartement en ging direct naar bed.

ZEVEN

De week ging voorbij; Fabián sprak amper met me. Ik nam aan dat hij zich schaamde voor wat er was gebeurd en het contact zou herstellen als hij daar klaar voor was. Maar het bleek dat ik niet het enige slachtoffer was van zijn wispelturige gedrag. Op woensdag veroorzaakte hij een incident tijdens de scheikundeles. We werden meestal lukraak bij elkaar gezet om experimenten te doen, en Fabián was aan Verena Hermes gekoppeld. Ik zat aan de andere kant van het lokaal toen het gebeurde, dus het enige wat ik ervan merkte was een explosie en wat geschreeuw, maar naderhand vroeg ik haar wat er was gebeurd.

'Hij doet zo raar de laatste tijd,' zei ze. 'Hij begon weg te dromen tijdens het experiment, inhaleerde de ammonia en keek toen uit het raam naar de lucht en begon te fluisteren. Idioot gedoe. Ik probeerde het te negeren, maar hij fluisterde direct in mijn oor, en we moesten gewoon die proef doen. Door hem heb ik een één gekregen.'

'Daar kom je wel overheen. Wat fluisterde hij dan?'

'Hij bleef maar zeggen: "Kun je haar zien?" Wat een freak.'

Dat was niet alles. Ik hoorde dat hij met iemand had gevochten tijdens een voetbalwedstrijd, na schooltijd, en dat hij die jongen met zijn gipsverband op zijn kop had geslagen. En ik had van een afstand gezien hoe hij langs de rand van de sportvelden beende en omhoogkeek naar de bergen, alsof hij ze voor het eerst zag.

Op vrijdagmiddag bleven we samen over, wachtend buiten het schoolhek, en kwam ik ter zake.

'Hou je nou op met raar doen, of ga je me vertellen wat erachter zit?'

Hij negeerde me.

'Nou?' zei ik. 'Wat is er aan de hand?'

Zijn vijandigheid verraste me. 'Hoe bedoel je, "wat is er aan de hand"? Waarom ben je alleen op vrijdag geïnteresseerd in hoe het met me gaat? Probeer je weer een uitnodiging te krijgen om mee te gaan naar mijn huis?'

'Nee, jezus! Wat is er mis met jou? Ik wilde alleen maar even weten hoe het met je ging.'

'Nou, prima. Je hoeft je over mij geen zorgen te maken.'

Lusteloos trapte ik de dopjes van pistachenoten plat onder mijn voeten.

'Ik moet binnenkort terug naar Engeland,' zei ik. 'Ik vond dat je dat moest weten.'

Hij bleef nors kijken.

'Luister, ik heb Suarez gesproken, nadat je naar bed was gegaan –'

'Fijn voor je. Waarom bel je hém niet de volgende keer dat je langs wilt komen, als hij zo'n goeie vriend van je is.'

'Wacht eens even –'

'Daar is Byron,' zei Fabián. 'Ik zie je maandag wel.'

Het wachten om van school gehaald te worden voelde nog nooit eerder zo eenzaam. Ik moest iets doen om alles weer goed te maken.

Dat weekeinde kwam mijn vader mijn kamer binnen met een envelop waarop een postzegel van het Verenigd Koninkrijk was geplakt. Uit de meewarige blik op zijn gezicht leidde ik af dat het slecht nieuws betekende.

'Geschiktheidstesten,' zei hij schouderophalend. 'Ik moet de tijd bijhouden terwijl je ze maakt, en ze dan in een speciale verzegelde envelop terugsturen naar de school. Allemaal heel officieel en zelfingenomen.'

Mijn moeder was aan het tennissen, dus ik moest mijn beklag bij hem doen. Ik zuchtte dramatisch en gooide mijn handen in de lucht. Ik haatte het om zo tegen mijn vader te doen, omdat hij veel slechter dan mijn moeder kon vaststellen of ik me aanstelde of daadwerkelijk ongelukkig was. Maar ik moest mijn ongenoegen kenbaar maken, hoe oneerlijk dan ook.

'Luister,' zei hij. 'Als je er echt niet heen wilt, zien we dat te zijner tijd wel. Maar ik weet niet zeker of jij zélf wel weet wat je wilt.'

Ik trok, hopelijk smalend en sceptisch, een wenkbrauw op.

'Kom op, joh. Het is een prachtige dag – je kunt de test nu meteen maken, op het balkon, dan breng ik je lunch wel daarheen.'

Met neerhangende schouders kwam ik mijn kamer uit, liep zo langzaam en gepijnigd als ik kon, en ik liet voor de goede orde mijn ademhaling nog wat piepen.

'Oké,' zei mijn vader. 'Ik heb een idee. Als je er echt zeker van wilt zijn dat je niet naar deze school hoeft, dan zou je altijd nog... kunnen zakken voor de test.'

Ik stopte halverwege de gang en keek om.

'Je hebt me dat uiteraard nooit horen suggereren. Maar de enige reden dat ze je deze test laten maken is om uit te sluiten dat ze een of andere halve zool aannemen wiens verstand door twee jaar op de Internationale School is uitgewist.' Hij liet zijn stem samenzweerderig zakken. 'Het enige wat jij hoeft te doen is die halve zool zíjn.'

Glimlachend en vrij ademend schoof ik de balkondeuren open en ging aan de tafel zitten.

'Heb je een kleurpotlood?' vroeg ik.

'Daarmee neem je ze een beetje te veel in de zeik, denk ik.'

Ik keek uit over de stad. Een zwaluw scheerde laag over de dakranden van een huis op de helling onder ons. Daarachter spreidde Quito zich rommelig uit, naar de heuvels en de hellingen van de eerbiedwaardige vulkanen. Mijn vader had een brochure achtergelaten op de tafel, terwijl hij een pen voor me ging zoeken. Ik bekeek de brochure: jongens in tweedjasjes rond een biljart, met foute kapsels; een nerd met een pluizige stoppelbaard en een enorme moedervlek keek door een idiote veiligheidsbril met toegeknepen ogen in een bunsenbrander; een zielig, kippig jongetje, strompelend met een rugbybal tegen een achtergrond van modder en kale bomen. Ik keek weer op. Zonlicht had de rand van de Cotopaxi in vuur en vlam gezet; het beeld weerkaatste prachtig op de glazen balkondeuren. Ik kuchte zwakjes, pakte de pot die op tafel stond en schonk mezelf een kop koffie in.

Toen mijn vader terugkwam, deed ik een laatste beroep op clementie, maar het was tegen dovemansoren gericht. (Als ik het me goed herinner, eindigde het ermee dat ik zei: 'Dan is mijn vader waarlijk overleden', de cruciale zin die Luke Skywalker uitspreekt als Darth Vader weigert de Dark Side af te zweren. Mijn vaders reactie was zowel voorspelbaar als gerechtvaardigd: 'Hou op met dat melodramatische gedoe.') Met de pen in de aanslag ademde ik de hemelse lucht met een zweempje zoete smog in, staarde naar de stad en naar de vulkanen in de verte alsof het de laatste keer was en dacht aan Juanita. Zulke problemen had zij nooit.

Mijn vader had natuurlijk gelijk. Ik had gemakkelijk de verkeerde antwoorden kunnen geven. Die halve zool kunnen zijn, en zeker weten dat ik in Ecuador kon blijven. Maar hij kende me maar al te goed en wist dat ik zijn suggestie niet serieus zou nemen. En hoe graag ik ook zou willen zeggen dat ik op dat moment zo bezorgd was over Fabiáns welzijn dat ik andere gebeurtenissen, afgezien van het maken van die testen, over het hoofd zag: ook dat was niet het geval. Uiteindelijk won mijn trots het en toen ik de eerste test afhad, wist ik dat ik bezig was mezelf bewust uit Ecuador weg te schrijven. Ik ontleende zelfs – en dat kan ik nu achteraf zeggen, met meer wijsheid en zelfbewustzijn – ik ontleende zelfs een zeker masochistisch genot aan het voltooien van mijn eigen uitzettings-document, met alles wat ik zou gaan missen recht voor mijn neus. Ik was mezelf doelbewust aan het verbannen uit het land van reuzenschildpadden en ijsprinsessen, en ik kon alleen mezelf de schuld geven.

Fabián drong evenwel weer door tot mijn gedachten, nog voor ik klaar was met schrijven. Ik moest een manier vinden om zijn vertrouwen terug te winnen, vooral omdat ik niet lang meer in dit land zou blijven. En hoe lang ik er ook over nadacht, elke actie die ik overwoog leek uit te komen op Miguel de Torre, en op een half-vergeten, vaag beeld van Suarez, het afgelopen weekeinde. *Soms kan het geen kwaad om mensen te laten geloven wat ze willen geloven. Het echte leven kan soms zo teleurstéllend zijn.*

Eenmaal klaar werden de testen veilig in hun enveloppen gestopt. Mijn vader en ik gingen samen op het balkon zitten, aten een lunch van gezouten, beboterde maïskolven en speelden een van onze favoriete spelletjes. Het bestond eruit om in stilte te wachten tot er een interessant geluid opsteeg uit de stad en dan met elkaar te wedijveren wie de beste verklaring voor het geluid had.

'Dat was een taxichauffeur die met gierende banden stopte toen zijn klant niet wilde betalen en hem vervolgens omverblies met het verzilverde pistool dat hij voor dergelijke problemen altijd rond zijn enkel draagt,' zei mijn vader.

'Onzin,' zei ik. 'Dat gekrijs was het geluid van een condor die vanochtend uit de gemeentelijke dierentuin is weggevlogen, in de hoop zijn familieleden in de heuvels terug te kunnen vinden. En die knal was het geluid van het verdovingspijltje dat zijn bewaarder Pepe op hem afschoot, omdat hij doodsbang is ontslagen te worden, omdat hij dit jaar al twee condors is kwijtgeraakt en ze al moeilijk genoeg te vinden zijn.'

'Heeft Pepe de condor nu dan gevangen?' zei mijn vader, terwijl hij zijn kin met een papieren servetje afveegde en verstrooid in de verte keek.

'Nee. Hij is ontkomen.'

'Goed. Da's goed.'

'Onbewust laat Pepe de ontsnappingspogingen slagen, omdat hij gelooft dat hij in een vorig leven zelf een condor is geweest.'

'Die Pepe is gek.'

We zaten een poosje in stilte te luisteren naar het equivalent van witte ruis dat de stad voortbracht: de voortdurende ademhaling van het verkeer, af en toe onderbroken door gedempt geluid van een autoclaxon, als er in de verte een chaotisch moment plaatsvond.

'Er is iets wat ik je zou willen vragen,' zei ik.

'Ga je gang.'

'Waar zou iemand terechtkomen als hij laten we zeggen rondzwervend in de bergen gevonden wordt, aan geheugenverlies lijdt en niemand hem opeist? Ik bedoel, thuis zouden zulke mensen in een ziekenhuis terechtkomen, en dan zou dat hele gedoe met "vermiste personen" volgen en zo, toch? Maar er zijn in Ecuador nog steeds behoorlijk ongerepte gebieden, niet dan?'

'Zeker weten.'

'Dus is het mogelijk dat iemand lange tijd vermist blijft – jaren zelfs – en in een of ander bergdorp of zoiets woont, zonder dat iemand weet wie hij is. Omdat iedereen denkt dat hij dood is. Kun je je herinneren of dat ooit is gebeurd?'

'Ik heb weleens verhalen gelezen over mensen die een heel nieuw leven hadden opgebouwd, omdat ze hun geheugen kwijt waren, maar meestal was dat in romans. Ik denk niet dat het vaak gebeurt in het echte leven.'

'Ik ben niet geïnteresseerd in het echte leven. Dat kan erg teleurstellend zijn. Maar volgens jou zou het, in theorie tenminste, mogelijk zijn?'

'Ja, het is mogelijk. Waarom vraag je me dit?'

'Het is voor iets wat ik voor school schrijf,' zei ik. 'Een verhaal.'

'Een verhaal? Ik wist niet dat je het leuk vond om te schrijven. Nou, ik weet niet of er een vaste procedure is als zo'n persoon wordt gevonden. Maar ik denk... Ik denk dat er een speciaal ziekenhuis voor mensen met geheugenverlies zou moeten zijn. Daar zouden ze allemaal veilig kunnen verblijven, en als je dacht dat iemand vermist was, zou je alleen maar daar langs hoeven te gaan om te kijken of diegene daar zat. Dat zou goed zijn, niet?'

Er landde een vliegtuig, precies in de keel van de stad – een tafereel waaraan ik nooit gewend was geraakt.

'Ja, dat zou erg goed zijn. Denk je dat er zo'n plek bestaat?'

'Ik betwijfel 't – het zou nogal gespecialiseerd moeten zijn. Trouwens, wie gaat de kosten betalen als niemand weet wie de patiënten zijn?' Hij grinnikte. 'Weet je, volgens mij heeft je moeder wel gelijk als ze zegt dat het schoolgaan hier je niet bepaald goede diensten bewijst...'

'Aha,' zei hij, en hij sprong op toen hij haar sleutel in het slot hoorde, 'dát klonk als de thuiskomst van een zegevierende tenniskampioene. Wil je haar zelf het goede nieuws vertellen dat je je testen hebt gemaakt, of zal ik het doen?'

'Dat pleziertje gun ik jou. Nog één ding: kun je wat blanco krantenpapier voor me meenemen?'

Mijn ouders kenden Fabián en wisten van zijn afwezige ouders, maar gelukkig had ik hen nog niet op de hoogte gebracht van de recente gebeurtenissen – met name omdat ik zelf nog niet had uitgevogeld wat ik ervan geloofde. Toen ik mijn vader derhalve het verhaal schetste van een stierengevecht, gevolgd door een auto die in de bergen van de weg af raakt, was hij totaal niet achterdochtig. Integendeel. Sterker, het enige wat hij zei was: 'Klinkt mij een beetje fantastisch in de oren.' Uiteindelijk, met zijn hulp en zonder te veel achterdocht te wekken, schreef ik iets vaag journalistieks. En toen hoefde ik alleen nog maar te zorgen dat het er echt uitzag.

Het juiste papier in handen krijgen was de eerste stap. Toen moest ik het verhaal daarop printen in een geloofwaardig lettertype. Ik was geen meestervervalser, maar je kunt verbluffend veel bereiken met een goede printer, het juiste papier en het morsen van een kop thee (dat specifieke trucje kende ik, omdat ik had gelezen hoe de dagboeken van Hitler waren vervalst). Het lukte me zelfs een oude auto-advertentie op de achterkant te kopiëren, zodat het leek alsof het uit een echte krant kwam, en uiteindelijk had ik een behoorlijk overtuigende vervalsing in handen. Een expert zou niet lang nodig hebben gehad om erachter te komen dat het niet echt was, maar ik ging ervan uit dat ik niet erg mijn best hoefde te doen: de nieuwe kleren van de keizer hoefden ook niet in detail aan hem te worden beschreven; hij geloofde immers maar al te graag in hun bestaan.

Gelukkig kwam Fabián zelf op mij af om vrede te sluiten, op de dag dat het klaar was, en dat betekende dat ik zelfs geen voorwendsel hoefde te verzinnen om het aan hem te laten zien. Hij kwam de eerstvolgende donderdag op me af tijdens de lunchpauze.

'Wat hoor ik nu allemaal, dat je weggaat en zo,' zei hij.

'Het gaat misschien niet door. Maar zelfs als het doorgaat, kom ik in de vakanties weer terug – ik ben er alleen niet tijdens de saaie stukken tussen de feestdagen.'

'Oké.' Hij snoof verstrooid. 'Sorry van vorige week. Al die shit met mijn ouders. Het is frustrerend.'

Een verontschuldiging. Dat was nieuw. Misschien was het helemaal niet nodig om door te gaan met het plan. Maar ik moest de moed nu niet verliezen.

'Daar wilde ik het nog met je over hebben,' zei ik. 'Ik heb iets gevonden, en ik denk dat het weleens belangrijk zou kunnen zijn. Het zat in een stapel kranten die mijn vader meebracht van zijn werk.'

We waren inmiddels in de kantine, die heet was van de stoom uit de grote tonnen rijst en bonen op het buffet, en toen we ons eten hadden gehaald en aan een afgelegen tafel in een hoek waren gaan zitten, haalde ik het krantenknipsel tevoorschijn en legde het voor hem op tafel. Het zat vol vouwen en vlekken. Het zag eruit alsof het een paar jaar lang in een map had gezeten.

Fabián las het een paar keer door. Op een paar momenten waren zijn ogen kijkgaatjes die zicht boden op de worsteling in zijn hoofd. Ze lichtten op in woede, doofden in onbegrip en lichtten dan weer op. Toen realiseerde hij zich vast dat hij er niet langer cool uitzag, want hij vermande zich en dirigeerde zijn gelaatstrekken tot een minder kwetsbare gezichtsuitdrukking, iets in de buurt van geroerd-maar-geamuseerd.

Ik nam een groot risico. Ondanks zijn extreme reactie op het knipsel, had ik geen idee wat het werkelijke effect op hem zou zijn. Voor zover ik wist, kon het ook het einde van onze vriendschap betekenen.

Hij keek weer naar het knipsel, en toen omhoog naar mij.

'Waar ben je verdomme mee bezig?' zei hij.

'Ik –'

'Heb je me nagetrokken of zo?'

Ik wachtte even.

'Ik wilde laten zien dat ik je geloofde,' zei ik voorzichtig.

We keken elkaar nog even aan, niet zeker wetend hoe we verder moesten gaan.

'Aha,' zei hij.

Dit lag er voor ons:

El Diario, 29 februari 1989

DUBBELE TRAGEDIE TIJDENS ZAPAROFESTIVAL

IBARRA – Een man en zijn vrouw zijn vrijdag waarschijnlijk allebei omgekomen, toen zij met hun auto op de weg naar de Hacienda La Reina in een ravijn stortten. Ze spoedden zich naar een ziekenhuis om de verwondingen te laten verzorgen die de man had opgelopen door een vreemd ongeluk tijdens een stierengevecht, dat plaatsvond als onderdeel van het Zaparofestival op de Hacienda. De man overleefde het ongeluk niet; zijn lichaam is in het autowrak gevonden. Van zijn vrouw ontbreekt elk spoor, en dus is het niet bekend of ook zij is omgekomen. De naam van het echtpaar is niet bekendgemaakt.

OPENING NIEUWE GEHEUGEN-KLINIEK VERDEELT GEMEEN-SCHAP IN KUSTPLAATS

GUAYAQUIL – Gemengde reacties gisteren bij de opening van een nieuwe privékliniek voor amnesiepatiën-ten door de plaatselijke, excentrieke dokter Victor Menosmal, aan de rand van het kustplaatsje Pedrascada. Menosmal, die geen andere medische opleiding heeft dan een doctoraal in de psychologie, is al lang geobsedeerd door het probleem van geheugenverlies en na het ontvangen van een grote erfenis van zijn overleden vader, nam hij zich voor zich aan het bestuderen van deze aandoening te wijden. De kliniek, zo zegt Menosmal, zal deels fungeren als onderzoeksinstituut en deels als veilige haven voor diegenen die lijden aan geheugenverlies. 'Uiteraard,' zei Menosmal gisteren, 'zal de kliniek ook uitvreters aantrekken die hun geheugen niet kwijt zijn en slechts gratis onderdak zoeken, maar we hebben er alle vertrouwen in dat de strenge testen die we bij de intake hanteren zulke gevallen onmiddellijk onder onze aandacht brengen. We zullen ook al onze patiënten voortdurend in de gaten blijven houden voor het geval ze hun geheugen terugkrijgen en ons dit niet vertellen.' Tot dusver heeft de kliniek nog geen patiënten.

'Ja,' zei Fabián. 'Ik begrijp 't.'

Ik keek naar de dikker wordende bonenprut op mijn bord.

'Je zei dat je dit via je vader had gekregen?' ging Fabián door.

'Ja, dat klopt,' zei ik.

'Ik heb helemaal geen kranten gezien destijds. Ik wist niet dat erover was geschreven.'

'Nou, wel dus. Daar staat 't, zwart op wit.'

'Ja, daar staat 't.'

'Ja.'

Ik draaide het knipsel naar me toe en wees ernaar met mijn vork.

'Interessant stuk over die geheugenkliniek ook, hè?' waagde ik.

'Ja,' zei Fabián en hij staarde naar zijn eten. 'Hoewel die naam tamelijk belachelijk is. "Menosmal." Bestaat er werkelijk iemand die zo heet? Het is ongeveer alsof een Engelsman, weet ik veel, "Justaswell" of zoiets zou heten.'

'Volgens mij heb ik die naam eerder ergens gehoord. Het zou weleens een Franse naam kunnen zijn.'

'Goed. Oké. Dank je wel dat je me dit hebt laten zien. Mag ik het houden?'

'Natuurlijk. Het is voor jou.'

Hij vouwde het knipsel op en stopte het voorzichtig in zijn portemonnee. Toen, nadat hij een tijdje in stilte zijn eten naar binnen had zitten werken, zei hij: 'Goed, wat doen we dit weekeinde?'

ACHT

Ik bedoelde het als gebaar. Een elegante, bedekte manier om Fabián mijn excuses aan te bieden voor het feit dat ik aan hem had getwijfeld, en een steunbetuiging aan zijn vertelkunst. Niets meer. Ik dacht dat ik zo veel lacunes in de artikelen had overgelaten, om te beginnen met de absurde naam die ik aan de dokter had gegeven, dat zowel mijn schrijverschap als de bedoelingen erachter onuitgesproken duidelijk zouden zijn – natuurlijk ging het uitspreken daarvan in tegen de geest van de actie en zou het die op voorhand hebben verpest. Dus toen hij mij na lezing van het knipsel klaarblijkelijk gerehabiliteerd had en nergens vraagtekens bij plaatste, behalve bij de idiote naam van de dokter, nam ik aan dat mijn excuses zowel waren onderkend als geaccepteerd. Onder ons zouden we doen alsof het echt was. We zouden voor waar aannemen dat dokter Menosmal en de geheugenkliniek bestonden, en hij zou een plaats krijgen in het pantheon van fictieve helden, die in onze jeugdige gedachten zij aan zij leefden met echte, historische personages. Churchill, Bolívar en Pelé waren natuurlijk prima. Maar we geloofden net zo goed in het bestaan van Dracula, Batman en Han Solo – niet omdat we ze als echt zágen, maar omdat we vonden dat ze het verdienden om echt te bestaan.

Heel even leek het erop dat we gevaarlijk dicht bij het volwassen worden waren gekomen, maar dankzij mijn strategische vervalsingskunst konden we terugvallen op onze oude gewoonte van vrolijk onzin vertellen. Mijn opluchting nam me zo in beslag, dat ik geen moment bevroedde dat hij er ook maar iets van zou gelóven.

Suarez kwam laat thuis, die vrijdag, en liep over van sarcasme over de gebeurtenissen van twee weken geleden. Hij hield zich aan onze afspraak en repte met geen woord over ons gesprek in de bibliotheek, nadat Fabián naar zijn bed was gesleurd.

'Anti, geweldig je weer te zien. Als ik had geweten dat jullie herrieschoppers hier hadden afgesproken, dan had ik een extra doos tequila besteld, of een paar hoeren. Nou, het is kort dag, maar misschien hebben we mazzel. Geef me het telefoonboek even, wil je?'

Na verschillende opmerkingen in die trant, glipten we weg om op Fabiáns kamer televisie te kijken.

Oppervlakkig gezien leek het een normale avond – precies datgene wat ik vreesde kwijt te zijn geraakt na mijn ruzie met Fabián, en precies datgene waarvan ik wist dat ik het 't meest zou gaan missen, eenmaal terug in Engeland. We bespraken het belang van goedkoop gemaakte horrorfilms en softporno op de kabeltelevisie, en wisselden een paar ongeloofwaardige leugentjes uit over meisjes op school. Maar er school iets lusteloos in ons gedrag, alsof we waren gevraagd om onze gebruikelijke rollen te spelen, terwijl het ons aan enthousiasme daartoe ontbrak. Ik had al de neiging gevoeld om te ontsnappen uit Fabiáns kamer, met zijn grijsgedraaide videobanden en stukgekeken pin-ups, nog voordat hij in een wegenatlas begon te bladeren.

'Goed,' zei hij, 'waar gaan we heen?'

'Wat bedoel je?'

'Ik dacht dat je van plan was nog wat mee te maken, voordat je voor altijd wordt opgesloten in *Engelsheid*.'

Ik had Fabián een paar details verteld over mijn ervaringen in de goederenlift, tijdens de stroomuitval. Niet alle details – niet de tranen, bijvoorbeeld – maar wel een paar.

'Geef me die atlas dan maar,' zei ik. 'Ik kijk wel even.'

Ik stelde me een dagtochtje voor: samen met Suarez de Cotopaxi beklimmen, of hoogstens een middag stiekem zuipen in een café in de bergen. Ik bladerde door de atlas en stelde Fabián een paar plaatsen voor die we gemakkelijk vanuit Quito konden bereiken. Otavalo. Cuenca. De Cayambe. Hij keek me geamuseerd aan.

'Ligt het niet veel meer voor de hand om naar Pedrascada te gaan?' zei hij.

Er waren genoeg redenen om mijn verzonnen geheugenkliniek in Pedrascada te situeren. Het klonk exotisch, ver weg. Het feit dat het strand geliefd was bij surfers leek me cool. Het vooruitzicht van de gezonken schat van Francis Drake had een jeugdige fantasie in me aangewakkerd. Maar een vierde, minder voor de hand liggende reden was dat ik het, ondanks de vermelding van Pedrascada in Suarez' encyclopedie, thuis op geen enkele kaart van Ecuador had kunnen vinden. Het leek een goede oplossing: situeer het denkbeeldige ziekenhuis in een plaats die niet bestaat. Ik was verheugd geweest over mijn vindingrijkheid. Ik zou er al snel achter komen dat er veel plaatsen in Zuid-Amerika zijn die niet op de kaart staan.

'Vind jij dat we naar Pedrascada moeten gaan?'

'Waarom niet? Waarom zouden we zomaar lukraak ergens heen gaan?'

'Nou, oké, maar... het staat niet in deze atlas.'

'Ik weet waar 't is. Ik heb ooit iets gehoord over het surfstrand daar.'

'Maar –'

'Denk er nou eens even over na. Een heel ziekenhuis vol mensen die niet weten wie ze zijn, of waar ze vandaan komen. Wil je dat niet zien, dan?'

Ik denk dat mijn bezorgdheid van mij af te lezen was. Hij griste de atlas weg en zei: 'Ik weet wat je gaat zeggen. Ik ben niet gek. Ik weet dat die plaats er misschien niet meer is, als hij al ooit heeft bestaan. Ik weet dat als Pedrascada wél bestaat, de kans dat we mijn moeder daar vinden in feite nul komma nul is. Maar denk je niet dat het de moeite waard is om er toch een kijkje te nemen? Hmmm?'

Hij probeerde me uit. Hij wilde zien of ik vastberaden genoeg was of bij het eerste obstakel zou opgeven, en dat kon ik niet laten gebeuren. Dat zou alle moeite die ik had gedaan om duidelijk te maken dat ik hem geloofde tenietdoen.

'Ja, dat wil ik wel,' zei ik omzichtig. 'Daarom heb ik dat artikel überhaupt laten zien.'

'Zie je nou wel. We moeten naar Pedrascada. We moeten érgens heen voordat je vertrekt, en we kunnen net zo goed dáárheen gaan. Trouwens,' zei hij, iets gedempter, 'ik word er doodziek van om hier te zijn. Ik word helemaal gek van Suarez. Sinds die keer dat we bezopen waren, vraagt hij steeds hoe het met me gaat, of ik ergens over wil praten. Hij heeft me zelfs gevraagd mee te gaan naar een stiérengevecht, die mafkees.'

Ik voelde het bloed naar mijn hoofd stromen en sloeg beschaamd mijn ogen neer, maar Fabián praatte door. Ofwel hij had het verband tussen Suarez' vragen en mij niet gelegd, of hij was mijn verraad te weten gekomen en gebruikte die kennis nu om mij te dwingen mee te doen met zijn plan.

'Ik wil hem een tijdje niet zien,' besloot hij. 'Het wordt vast geweldig. We kunnen naar de hoeren gaan.'

Ik zat dus nog steeds in de problemen. Ik kon alleen maar hopen dat, zoals zo veel plannen die we samen smeedden, ook dit plan zou verdampen in het schijnsel van de goeie ouwe haalbaarheid. Spijbelen was gemakkelijk genoeg, maar om een lange afwezigheid te verklaren tegenover onze respectievelijke opvoeders, daarvoor zouden we iets schier onmogelijks moeten doen. We zouden tegen Suarez moeten liegen. En aangezien hij een connaisseur op het gebied van verzinsels was, zou hij net zo alert reageren op een slecht leugentje als een topkok op een slecht stuk vlees. Dat hield ik in gedachten, en ik besloot dat ik voor dit moment veilig met Fabián mee kon spelen, zonder dat ik bang hoefde te zijn voor gezichtsverlies als het hele plan later niet doorging.

'Oké. Stel dat we inderdaad gaan. Hoe komen we er in godsnaam?'

'Ik weet wel hoe. Bus, trein, bus. Of misschien bus, trein, bus, bus, taxi, boot, afhankelijk van hoeveel mazzel we hebben. Maak je daarover maar geen zorgen. Als je geld hebt, kun je overal komen. Laat de logistiek maar aan mij over.'

Er werd op de deur geklopt. Fabián smeet me de wegenatlas toe, die ik onder zijn dekbed verstopte voordat ik snel, naar ik hoopte nonchalant, voor de tv ging zitten. Suarez kwam binnen, geamuseerd door onze overduidelijke pogingen iets geheim te houden, en gaf ons de tijd om onze poses overtuigender aan te nemen, voordat hij begon te praten.

'Ik ben bereid jullie een tijdelijke wapenstilstand aan te bieden. Er staan twee koude biertjes beneden. Voor jullie, als je ze tenminste wilt. Maar kom me dan minstens vertellen welke snode plannen jullie hier smeden.'

We liepen achter hem aan, de trap af.

Toen dacht ik nog dat Suarez iemand was aan wie we alles konden vertellen. Ik stelde me voor dat hij net zo weg zou zijn van het concept van de geheugenkliniek als wij, en om dezelfde redenen: vanwege de aantrekkingskracht die van het idee uitging en omwille van het feit dat zulke plekken zouden moeten bestaan. Als we hem gewoon hadden verteld wat we van plan waren, had hij ons plan misschien zelfs goedgekeurd. Maar Fabián bekeek zijn oom op een andere manier. Hoewel ik hem het idee aan de hand had gedaan, was de geheugenkliniek nu van hem, en hij besloot het idee te koesteren, het weg te houden bij Suarez, samen met alle andere geheimen die hij uit zijn duim had gezogen om de vreselijke, treurige waarheid te verbloemen. Desondanks, dacht ik dat het erg moeilijk zou zijn voor Fabián om tegen Suarez te liegen, geconfronteerd met het zoenoffer van koude flessen Pilsener. Ik verwachtte dat Fabián zoals gewoonlijk zou ontspannen in de gezellige mist van verhalen in Suarez' bibliotheek, en Pedrascada uit zijn gedachten zou laten glippen, zoals hij met zo veel andere onderwerpen had laten gebeuren. Het zou niet de laatste keer zijn dat ik hem volledig onderschatte.

'Dus jongens,' zei Suarez op weg naar de keuken, zijn keverkrakers stampend op de glimmende vloer van de hal, 'wat zijn jullie van plan? Als het om een militaire coup gaat, dan kan ik je nu al vertellen dat er een paar dingen zijn die je vooral wel en niet moet doen.'

'We waren niet van plan je iets te vertellen,' zei Fabián, die plotseling somber keek.

'Wát waren jullie niet van plan me te vertellen? Ga zitten, ga zitten,' zei Suarez, die de bierflesjes voor ons op tafel zette.

'We…' Fabián keek me gekweld aan. 'We kunnen 't hem maar beter wel vertellen, denk ik.'

Ik haalde mijn schouders op. Gemeend. Ik had geen idee wat hij van plan was.

'We moeten volgende week mee met een schoolreisje. Incaruïnes bekijken. Meedoen met een indianenfeest. Een of ander stom tripje om de culturele bewustwording te bevorderen. We waren net bezig te bedenken hoe we eronderuit kunnen komen. Anti zegt dat zijn ouders nooit een briefje zullen schrijven dat hij ziek is, maar ik heb gezegd dat je dat voor mij wel hebt gedaan. Weet jij geen manier om te zorgen dat we niet mee hoeven?'

Zelfs voor Fabiáns maatstaven was dit een spectaculaire dubbele bluf, en de reactie van Suarez had voor ons niet beter kunnen uitpakken. Als eerste berispte hij Fabián, omdat die had verraden dat hij ziekenbriefjes schreef, en hij zei dat hij zich voortaan twee keer zou bedenken voordat hij dat weer zou doen. Daarna kwam hij pas echt op stoom. Hij ijsbeerde door de kamer terwijl hij sprak, en stak herhaaldelijk een dikke vinger in onze richting. Zijn woorden werden afgewisseld met sneeuwbuitjes sigarettenas, die zijn energiek gesticulerende handen begeleidden.

'Eén advies: probeer me nooit meer tot leugens aan te zetten, omdat jij denkt dat hier voor de tv liggen rotten waardevoller is dan het ontdekken van een van de meest uitzonderlijke culturen die de wereld heeft gekend – een cultuur die bovendien nog steeds bepalend is voor het land waarin je leeft, ondanks de verwoede pogingen van veel mensen om daar iets aan te veranderen. Echt waar, voor twee zulke fantasierijke jongens als jullie vind ik het bedroevend. Nee, ik meen het serieus. Je moet een actievere rol aannemen ten aanzien van je opleiding, Fabián, anders kun je net zo goed nu van school gaan en regelrecht aan de slag gaan als bordenwasser. En wat jou betreft, Anti: als je weer in Engeland bent, zullen mensen je vragen: "Hoe was het in Zuid-Amerika?" Wil je die mensen nu werkelijk gaan vertellen dat het boeiendste wat je hebt gezien toen je hier woonde, vertoond werd op het HBO-kanaal?'

Toen hij eenmaal klaar was, had hij ons in niet mis te verstane bewoordingen duidelijk gemaakt dat we mee moesten op dat schoolreisje, dat we er enorm van zouden genieten en dat hij bij terugkomst van ons een uitgebreid verslag verwachtte, met de redenen waarom we dit een verrijkende ervaring hadden gevonden. Hij vroeg wanneer we vertrokken.

'Komende woensdag, zondagavond zijn we weer terug,' zei Fabián, bijna grijnzend. Hij was zo tevreden over zichzelf dat het hem bijna niet lukte zijn chagrijnige puberfaçade op te houden, maar net toen Suarez weer zijn kant op keek, lukte het hem die weer op te trekken. Wat mij betrof: mijn enige probleem was niet zo doodsbenauwd te kijken als ik was over de recente ontwikkelingen.

'Och alsjeblieft. Kijk toch niet zo zielig,' zei Suarez tegen ons.

'Het wordt vast geweldig.'

'Als jij dat zegt,' zei Fabián. 'Goed, we proberen 't wel.'

Er zijn genoeg redenen aan te voeren om recht te praten waarom ik niet op dat moment mijn mond opendeed, nog vóórdat er iets gevaarlijks gebeurde.

Ik zou kunnen zeggen dat ik dacht dat we toch niet in Pedrascada terecht zouden komen.

Ik zou kunnen zeggen dat ik nog steeds geloofde dat Fabián het krantenknipsel zag als onderdeel van de doorlopende pantomime tussen ons, en het dus niet erg zou vinden om erachter te komen dat de geheugenkliniek niet bestond als we er wél aan zouden komen.

Ik zou kunnen zeggen dat mijn vriend weer gelukkig leek, en dat dat genoeg was voor mij.

Ik zou zelfs kunnen zeggen dat ik op een of andere manier het dronken advies van Suarez, die nacht na het tequila-incident, opvolgde.

Elk van deze stellingen zou in zekere zin houdbaar zijn, maar ik weet dat ze geen van alle de werkelijke reden zijn waarom ik niets zei en de reis liet doorgaan. De werkelijke reden is dat ik Fabián benijdde om de wereld die hij voor zichzelf had geschapen, vol visioenen met Pasen en bloederige stierengevechten in mistige bergen. Dit zou mijn laatste kans zijn op een fatsoenlijk uitstapje in die wereld. Ik wilde erin binnendringen en er wonen, zolang ik kon, voordat hij voor altijd verloren ging voor mij.

En ik was bijna verlamd van angst.

NEGEN

Naarmate ik ouder word, lijken namen steeds belangrijker te worden. Neem nu bijvoorbeeld de scheepvaartnaam Finisterre, niet langer in gebruik. De naam is ontleend aan het Latijnse *finis terrae*, omdat zeelieden dachten dat ze het einde van de wereld hadden bereikt als ze in deze wateren verzeild waren geraakt. Het busstation van het oude Quito heet Terminal Terrestre, en dat komt me nu voor als een interessante weerklank van hetzelfde idee. Die naam is ontleend aan het veel knussere idee dat je je eindbestemming hebt bereikt, maar toen Fabián en ik er op woensdagmiddag na schooltijd aankwamen en ik het voor het eerst zag, zette ik geen vraagtekens bij de suggestie dat ik aan het einde was gekomen van de wereld zoals ik die kende. Overal zaten jonge indiaanse meisjes met hun broertjes en zusjes, of hun kinderen, en hoopten op eten of *sucres*. Lepreuze bedelaars zwaaiden smekend met hun stompjes. Reizigers en zakenmannen negeerden hen, alsof ze muurschilderingen waren. Als in een reactie op hun onverschilligheid tikte een meisje van mijn leeftijd, dat met haar turkooizen rok voor zich uitgespreid tegen een muur zat, monotoon met een muntje op een vettig, maar leeg metalen vakjesbord op haar schoot. Ik kon niet zeggen of dit kleine, maar vastberaden vertoon van macht over haar omgeving was bedoeld om de aandacht van potentiële filantropen te trekken, of alleen maar diende om zichzelf ervan te vergewissen dat ze er nog steeds was. Of misschien was het helemaal geen vraag om aandacht – misschien probeerde ze alleen maar de tijd door te komen. Ik besefte dat ik in feite geen enkele conclusie kon trekken over deze plek, wat mijn aanwezigheid daar nog opwindender en gevaarlijker maakte. We stonden klaar voor de sprong.

Die naam, Terminal Terrestre. Dat kon meer betekenen dan het einde van de aarde. Het kon ook betekenen: 'het einde van alle aardse dingen'. Er schuilt leven in die naam, en mogelijkheden. Het is een kruispunt, een samenkomen van lijnen, beslissingen die nog genomen moeten worden. De lucht was even zwanger van mogelijkheden als hij was van vette braadgeur, vuil en stemmen.

In het gebouw waren nog meer goede namen te vinden: busmaatschappijen die Flota Imbabura of Macuchi heetten – hun lettergrepen riepen beelden op van condors en vulkanen – deden zaken vanuit betonnen kiosken langs de binnenmuren. Kaartjesverkopers met de logo's van de verschillende maatschappijen op hun overhemden stroopten de stationshal af, op zoek naar klanten. Ze brulden de reisbestemmingen waarvoor ze kaartjes verkochten, alsof ze dachten dat hun geestdrift voor een bepaalde plaats de keuze van je reisdoel zou beïnvloeden. Tulcán. Riobamba. Guayaquil.

Fabián was weggelopen om kaartjes te kopen. Ik stond zenuwachtig in het midden van de stationshal en vroeg me af of we werkelijk zouden gaan, nog net niet in paniek. Als we besloten om morgen, halverwege de reis, terug te gaan, hoefden we alleen een bevredigende verklaring te verzinnen waarom ons schoolreisje vroegtijdig was geëindigd. Mijn ouders hadden zonder meer geloofd dat ik op schoolreisje ging; ik hoefde alleen nog maar te zorgen dat de school geen alarm sloeg als we op donderdag en vrijdag niet kwamen opdagen. Fabián had een verzuimbriefje nagemaakt dat Verena zou overhandigen, en ik had me beroepen op een familie-uitje. Ik meen me te herinneren dat ik zei dat het vanwege de verjaardag van de koningin was, hoewel ik nu amper kan geloven dat iemand daarin trapte. Welke reden ik dan ook had gegeven, met verbluffend gemak waren we nu tot maandag onder de pannen. We konden gaan en staan waar we maar wilden.

Ik had voor de reis gewoon een echte weekendtas of koffer kunnen lenen van mijn ouders. Maar om een of andere reden had ik het gevoel dat het te veel in de gaten zou lopen als ik ze bij het inpakken zou betrekken, dus had ik besloten om een paar setjes kleding in mijn canvas schooltas te stoppen. Fabián daarentegen verscheen die ochtend op school met een serieuze rugzak, waardoor ik me slecht voorbereid voelde. Het had niettemin iets stimulerends om aan een reis te beginnen met zo weinig bagage – het was een voorteken van mijn bijna obsessieve wens om me van alle mogelijke ballast te ontdoen en vederlicht te reizen.

Een indiaanse vrouw kwam naar me toe. Ze leunde voorover onder het gewicht van een baby, die ze in een lichtgroene doek op haar rug droeg. Haar gezicht was bespikkeld met modder, haar huid rood door blootstelling aan de buitenlucht. Ik zocht in mijn zak naar wat kleingeld en besefte toen pas dat ze alleen wilde weten hoe laat het was. Ik haalde toch maar een handvol sucres tevoorschijn en ging op weg om koffie voor mezelf te halen. Op weg naar het café trof ik een kaartjesverkoper op mijn pad, zwaaiend met bundels kaartjes als een straatgoochelaar met speelkaarten.

'*Aaaaaaaaaa Ibarraibarraibarraibarraibarraibarraaaaaaa!*' bulderde hij, terwijl hij me woedend aankeek, alsof ik hem niet zou begrijpen als mijn aandacht verslapte.

'*No voy a Ibarra*,' zei ik al lopend en verontschuldigend glimlachend, voor het geval ik hem had beledigd door niet naar Ibarra te willen gaan. Ik hoorde hoe hij achter mij de eindbestemming met onverminderde hartstocht aanprees, terwijl ik naar de bar van het café liep. Ik kreeg oploskoffie, bitter maar warm. Ik liep weer naar buiten en zag Fabián door de menigte heen mijn kant op lopen. Hij leek boven de mensen in het busstation uit te steken, alsof de opwinding om eindelijk op reis te kunnen gaan hem meer persoonlijkheid gaf. Hij had lang gewacht tot er zoiets zou gebeuren.

'De bus vertrekt over tien minuten, en dan zitten wij erin,' zei hij.

'En fijn dat je ook voor míj koffie hebt gehaald, klootbal.'

'Je mag deze wel hebben,' zei ik en ik gaf hem mijn koffie.

Hij proefde ervan.

'Ik begrijp wat je bedoelt. Laten we maar wat cola en nog wat andere dingen voor de reis halen. Die duurt wel een paar uur.'

Ik verwachtte en hoopte op een van die felgekleurde, chaotische bussen die je overal zag rijden, zich voortslepend op het randje van ineenstorting, dieselrook brakend en krioelend van mensen. Maar eenmaal buiten marcheerde Fabián naar een enorme, gloednieuwe Mercedes-touringcar, met getinte ramen, een dubbele achteras en laaghangende, roofdierachtige koplampen. Dit was niet wat ik in gedachten had. Ik keek weemoedig naar de echte bussen, waaromheen indianen met hoedjes en poncho's en in bezit van levende kippen zich verdrongen en hun gebutste koffers omhoogstaken, zodat die op de imperiaal konden worden gebonden.

'Dacht dat we maar beter stijlvol konden reizen,' zei Fabián. 'We moeten dit stuk snel afleggen als we nog een plek voor de nacht willen vinden.'

Ik vermoedde dat Fabián meer geld had meegenomen dan de afgesproken hoeveelheid. Ik had vrijwel mijn hele spaargeld aangesproken voor deze reis.

De deuren van de Mercedes gingen sissend open.

'Neem je tas mee naar binnen,' zei Fabián, die dat zelf ook deed, in weerwil van de chauffeur die in de richting van de bagageruimte in de onderbuik van de bus gebaarde. 'Dan hoeven we ons geen zorgen te maken.'

Ik keek om naar het busstation alsof ik in een donkere tunnel tuurde, naar de kraampjes die dikke groene bananen verkochten, naar de gelige lampen die feller leken te schijnen naarmate het daglicht zwakker werd. De koude lucht in de bus maakte me zenuwachtig.

'Hé,' zei Fabián. 'Stap in.'

Ik stapte door een muur van airconditioning naar binnen.

We installeerden ons in de grijze, kunstleren stoelen. De bus raakte vol en de deuren sloten zich met een hydraulische zucht. We gingen op weg door het helse tumult van het vrijdagavondverkeer, gleden tussen de rode daken van de oude stad door en draaiden de snelweg op. Ik staarde naar de plastic bekerhouder recht voor me en naar de brandschone asbak. De houder klapperde op en neer, alsof hij me uitzwaaide. De metropool rondom ons verminderde aan kracht, deed een schamele poging zich met een paar sloppenwijken opnieuw te doen gelden en kwijnde toen helemaal weg. Binnen een half uur waren we in open landschap en reden snel over het stuk van de Pan-American Highway dat bekendstaat als de Avenida de los Volcanes.

'Klinkt als het adres van iemand,' zei ik. 'Avenida de los Volcanes 66.'

'Ja, nou, voorlopig is het ons adres,' mompelde Fabián, die al bijna in slaap was gedommeld.

We scheurden zuidwaarts. Uit de stereo-installatie van de bus klonk zachtjes een uitzinnige blazerssectie die salsamuziek speelde. De getinte ramen fungeerden als grote zonnebrillen met spiegelglas, maakten de werkelijkheid buiten zowel donkerder als beter zichtbaar en veranderden alles in een weerspiegeling van zichzelf. Toen de zon onderging, werd de touringcar ondergedompeld in rood licht. We schoten langs plaatsjes met huizen uit betonblokken. Ziekelijke honden vochten in het stof; indianen liepen gebogen onder zakken graan – de taferelen schoten over het glas en verdwenen snel in de verte achter ons. De toppen van de vulkanen bleven wel constant aanwezig en torenden boven het langsvliegende landschap uit. Onze medepassagiers lazen tijdschriften, sliepen of babbelden met elkaar. De beelden in de ramen, flikkerend als enorme televisieschermen, gingen continu door.

Naarmate we verder klommen, zag ik stukken steeds kalere grond voorbijschieten, en de lichtjes van die paar plaatsjes die ik kon zien, zonken verder en verder onder ons weg. De dorpjes die we passeerden werden steeds troostelozer, vaak niet meer dan een paar houten hutjes langs de kant van de weg, met een hond, dood of in slaap, die onder de enige straatlantaarn lag. En nog steeds klommen we verder omhoog. Meer dan eens zag ik een duizelingwekkende afgrond als ik naar buiten keek. Ik probeerde niet aan Fabiáns ouders te denken.

Het eerste wat we van de stad zagen waren de lichtjes in de vallei onder ons, en de bus spoedde zich erheen over een ongelooflijke kurkentrekkerweg. Sommige haarspeldbochten waren zo steil dat de bus achteruit moest steken om ze te kunnen nemen. De klokkentoren van de kerk in het stadscentrum was van binnen geel verlicht, en door te kijken hoe hij heen en weer schoot over het busraam kreeg ik een idee hoe ver we al gedaald waren. Het licht scheen zo fel en al het andere was zo donker, dat de toren onwerkelijk leek, een speelgoedtoren. Na een afdaling die eeuwig leek te duren, scheurden we door een paar monochrome en uitgestorven straten waarna de bus stopte.

'Weet je zeker dat we hier moeten zijn?' vroeg ik Fabián. We waren de enigen die uitstapten.

'Tuurlijk. Er stapt alleen niemand anders uit omdat het zo laat is. Als je hier overdag zou komen, zou je zien dat het hier stikt van de toeristen.'

We bleven alleen achter op een marktplein, waar het naar passievruchten en mango's stonk. De hoogte van de omringende bergen was in het donker alleen af te meten aan een kruis op een van de toppen, dat fel verlicht was en als een visioen een kilometer boven ons in de lucht zweefde.

'Het licht Gods,' zei Fabián, die omhoogkeek. Hij haalde diep adem, vergenoegd. 'Ruik die berglucht eens. Er is niets beters. Ik vind het hier heerlijk.'

'Ik ook,' zei ik en ik keek om me heen. Het plein werd omringd door een paar grote, koloniale gebouwen, met balkons van uitbundig smeedwerk en versierde houten kozijnen. De stilte werd verbroken door kattengeblaas in een steegje achter ons: misschien een ruzie over de overblijfselen van de markt.

'Deze stad lijkt uitgestorven. Waar moeten we heen om te slapen?' zei ik. Maar Fabián beende al vol zelfvertrouwen over het plein, in de richting van een zijstraat. Ik volgde hem.

Deuren, versierd met beslag, flankeerden de kasseienstraatjes, waarin roestende, in onbruik geraakte tramrails lagen. Achter een paar gesloten luiken jammerde een eenzame radio. De lucht voelde fris, na het nepklimaat van de bus, maar ijl vanwege de hoogte. Ik liep langzaam, voelde de druk op mijn borst toenemen.

'Ha! Mijn onderzoek werpt z'n vruchten af,' hoorde ik Fabián voor me zeggen.

Na een bocht in de straat zag ik een wit bord boven een paar gigantische houten deuren. Hoewel het licht niet brandde, vermeldden de rode letters van het bord het woord HOSTAL. Fabián timmerde dwingend op een van de deuren en stapte achteruit om naar de ramen te kijken. Niemand hoorde hem: het hout van de deur was zo dik dat het zijn geklop simpelweg absorbeerde. Aan mijn kant, op de andere deur, ontdekte ik een oude, metalen drukbel, glimmend zwart geverfd, en daaronder een moderne, plastic deurbel. Ik duwde erop en al snel klonk het getingel en geschraap van sloten en deed een vrouw van middelbare leeftijd in een tabbaard en op roze slippers de deur open.

Ik had verwacht dat mensen ons vragen zouden stellen vanwege onze leeftijd. Maar Fabián zag er ouder uit dan hij was, en ik kwam er al snel achter dat mijn Europese uiterlijk aanleiding was voor een reeks standaardreacties op gringo's, waardoor de mensen mijn jeugdige voorkomen niet opmerkten. Het eerste wat iedereen in me zag, was de kans om geld te verdienen. We betaalden Roze Slippers in dollars voor onze kamer en vroegen haar toen ons de volgende ochtend op tijd te wekken voor de trein naar het zuiden. Uit haar stilzwijgende knikje begreep ik dat dit een gangbaar verzoek was.

We liepen achter haar aan over de schemerige binnenplaats, versierd met varens in potten. In het midden stond een vijgenboom, opgetuigd met kooitjes waarin kwetterende zangvogels zaten. Er zaten vegen guano op de terracotta tegels en ik vroeg me af of onze gastvrouw de gewoonte had haar vogels af en toe los te laten, zodat ze hun behoefte konden doen. Maar toen we de betegelde trap naar de eerste verdieping beklommen, keek ik omhoog en zag de echte oorzaak van de vlekken op de grond. Boven ons, daar waar de dakrand zijn schaduw op de witgestucte muur wierp, hingen zeventig of tachtig vogels ondersteboven als vleermuizen te slapen. Langs de muur was op elke traptrede krantenpapier gelegd om hun poep op te vangen.

De indeling van het pand deed denken aan een gevangenis. Elke kamer had een balkon dat uitkeek op de binnenplaats, en vanuit elke deur waren alle andere deuren zichtbaar. Het geluid van de gekooide vogeltjes op de binnenplaats zwol voortdurend aan terwijl de wilde vogels onder de dakrand alles in stilte overzagen. Welke functie had dit gebouw vroeger gehad? Een groot huis gebouwd – wanneer? Tijdens de glorietijd van de bananenteelt? Nu was het een vogelverblijf en een pleisterplaats voor backpackers – in die volgorde.

'Wat heb je met je arm gedaan, cariño?' zei Roze Slippers tegen Fabián, terwijl we de trap beklommen.

'Ik ben gevallen,' zei hij.

Onze kamer had een hoog plafond, bladderende gele muren, twee ijzeren bedden, een gehavende kledingkast en een gebarsten, porseleinen lampetstel. Water konden we halen in de badkamer aan het einde van de gang, als we dat nodig hadden.

'Als jullie je tenminste al scheren,' zei Roze Slippers grijnzend. Fabián wierp haar een boze blik toe. Ze gaf ons een sleutel, die ik in mijn zak stopte, en nog eentje voor de buitendeur, voor het geval we tot laat in de stad bleven.

Toen ze weg was, ging ik op een van de bedden liggen, maar Fabián stond klaar om meteen weer op pad te gaan.

'Ik verrek van de honger,' zei hij, 'en we zijn op vakantie. Dus kom op.'

Het café waar Roze Slippers ons naartoe stuurde, zat in een witgestuct gebouw met een pokdalig Coca-Cola-bord en een veranda. Buiten, bij de deur, hing een compleet varken aan een glimmende, metalen haak die door zijn wang was geslagen. Van een afstand leek het onaangetast, maar toen we naar binnen liepen, zag ik dat uit de flank die in de richting van het restaurant hing, grote stukken waren gesneden. In het licht van de tl-buizen stak het rode, rauwe vlees schitterend af tegen de bleke, harige huid.

'Je bent wat je eet,' mompelde ik.

'*Chancho*. Lekker!' zei Fabián.

Achter in het restaurant stonden de kratten bier en frisdrank hoog opgetast op de betonnen vloer. Pilsener. Sprite. Inca-cola. Een aluminium pan sudderde op een gasbrander. Aan een tafel in een hoek zaten drie indianen te kaarten. We bestelden het dagmenu van twee gangen. De soep bleek een waterig brouwsel te zijn dat met een handvol koriander op smaak was gebracht en waarin, zorgvuldig in het midden, een gerimpelde kippenpoot dreef. Fabián pakte de zijne onmiddellijk en vrat hem op, met bot en klauw.

Zwijgend bracht ik mijn kippenpoot over naar zijn soepkom. Toen we de soep achter de rug hadden, kregen we een vork en een scherp, gekarteld mes voor het hoofdgerecht – een heerlijk maal van rijst met varkensvlees, met plakjes gebakken banaan, een enorme portie krokante kaantjes en flessen bier.

Fabián leunde tevreden achterover en zei: 'Ik ben blij dat we hier overnachten en wel om twee redenen. Om te beginnen is mijn moeder niet ver hiervandaan verdwenen. En verder heb ik gehoord dat er hier een uitstekend bordeel zit.'

Ik vraag me af of er een verband is tussen die twee feitjes, had ik kunnen zeggen. Fabián had wel om zo'n grapje kunnen lachen, en het zou minder provocerend zijn geweest dan wat ik wél zei.

'Jij gaat niet naar de hoeren. Daarvoor ben je te jong, en trouwens, je hebt er de ballen niet voor.'

'Is dat zo?' zei hij. 'Het is anders volstrekt legaal. Waarom zou ik er níét naartoe gaan?'

Ik begon zachter te praten.

'Je wilt toch niet dat het eerste meisje dat je neukt een hoer is, of wel soms?'

'Eerste meisje! Hou op, zeg. Ik heb meer meiden geneukt dan jij denkt. En dan nog, waarom zou ik in godsnaam niet met een hoer beginnen? Jij bent zo naïef. Ik ken niemand die het níét met een *puta* heeft gedaan, de eerste keer. Het is de beste manier. Ze weten wat ze doen en jij hebt 't achter de rug, en als je dan later de juiste vrouw vindt, zet je jezelf niet voor lul.'

'Kun je nog harder praten?' zei ik. De indianen aan het naastgelegen tafeltje hadden meer dan eens naar ons gekeken toen Fabián luider begon te praten.

'Maak je om hen maar geen zorgen, die verstaan ons toch niet,' zei Fabián. 'Nee, bordelen verlenen uiterst waardevolle diensten, in meerdere opzichten. Kijk maar naar Suarez. Hij is er zo gek op, dat hij nooit de moeite heeft genomen om te trouwen.'

'Er is hier helemaal geen bordeel. Dit is nou niet bepaald een bruisende stad, of wel dan?'

'Mijn vriend, in elk bergstadje in de Andes zitten hoeren. Hier seks hebben is even gemakkelijk als bloemen plukken. Je woont al meer dan twee jaar in dit land, maar je hebt nog steeds geen idee waar je bent, hè?'

'Dat is misschien zo,' gaf ik toe. 'Maar ik geloof niet dat Suarez een hoerenloper is. Hij is dokter. Hij weet wel beter.'

'Je weet toch dat er dit jaar verkiezingen worden gehouden in Peru?' zei Fabián.

'Ja. Vandaar de oorlog,' zei ik.

'Exact. En weet je ook wat een van de belangrijkste onderwerpen van de verkiezingsstrijd is? Het verbod op bordelen. De kandidaat die het opneemt tegen de huidige president heeft publiekelijk gezegd dat een van de belangrijkste redenen waarom hij een verbod afwijst, is dat hij er veel te graag naartoe gaat. Je kunt er niet van uitgaan dat, omdat iemand een gerespecteerd publiek figuur is, hij een onrealistische kijk heeft op de dingen die werkelijk belangrijk zijn. Hetzelfde geldt voor Suarez.'

'Alsof jij en Suarez gezellig met elkaar bordeelervaringen uitwisselen. Da's gelul.'

'Denk je? Hoe denk je dan dat ik de naam weet van het bordeel hier? Je hebt geen idee waarover ik met Suarez praat als we alleen zijn. Hij gedraagt zich niet bepaald als een van mijn ouders, hoor. Zijn houding ten opzichte van mij is heel anders.'

'Maar goed, hoe heet dat bordeel dan?'

'Ethel's.'

Ik barstte in lachen uit.

'Ethel's bordeel? Dat is een goeie. Briljant! Wacht, ik haal nog een biertje voor je.' Ik gniffelde nog terwijl ik opstond.

'Je mag een biertje voor me halen, zodra ze geloven dat je oud genoeg bent, *rubio*. En voor deze avond om is, zul jij je woorden inslikken.'

'Het is al na middernacht. Waar wil je in godsnaam naartoe? Deze hele stad is uitgestorven. En morgenochtend moeten we als eerste die trein pakken.'

'Wat? Jij denkt dat bordelen de reguliere openingstijden aanhouden? Ik zei je toch al, ik ga naar Ethel's. Gewoon omdat het klinkt als een Engelse naam. In het Spaans is het niet zo vreemd. Ethel was –'

'Fabián, laat dat verhaal maar zitten. Die naam is zelfs amper realistisch te noemen.'

Fabián zuchtte. 'Wanneer ontgroei je nou eens je kinderlijke verwachtingen?'

'Die vraag zou ik jou ook kunnen stellen,' zei ik en ik draaide hem mijn rug toe om bier te bestellen.

Het gesprek ging verder over hoe we de volgende dag Pedrascada zouden bereiken, wat nog ingewikkeld zou worden. We wisten nog steeds niet precies waar we naartoe gingen, en het succes hing ervan af of we de juiste bus naar de kust zouden vinden, na de afdaling per trein uit de Andes 's ochtends. Ik nam aan dat we het bordeel als gespreksonderwerp achter ons hadden gelaten. We zaten nu niet bepaald verlegen om andere spannende plannen. Maar Fabián had zijn eigen agenda, en het bespreken van wat ons de volgende dag te wachten stond, kon zijn vurigheid niet doven.

'Goed,' zei hij, toen hij zijn fles bier had leeggedronken en zijn mond had afgeveegd met zijn mouw. 'Nu ben ik klaar voor de liefhebbende armen van een vrouw.'

Hij wendde zich tot de indianen aan de tafel naast ons en vroeg hun iets in het Spaans. Ik hoorde het woord 'Ethel's'. Hij sprak het uit als 'Ettel's'.

De indianen begonnen onderling snel te praten, in een mengeling van Spaans en Quechua, en barstten toen uit in luidruchtig gelach.

'Verdomde campesino's. Allemaal hetzelfde,' zei hij toen we weggingen, kokend van woede. 'Wiens geloof was het trouwens?' riep hij mysterieus naar hen.

Er klonk meer gelach vanuit het café.

Ik zag dat hij het mes had meegenomen waarmee hij had gegeten.

'Loop maar door,' zei hij, 'dit duurt niet lang.' Hij rende terug naar het varken. Ik ging verderop in de straat op hem staan wachten.

'Wie zei er ook alweer dat ik geen ballen had?' zei hij, toen hij weer kwam aanrennen.

Ik keek. In zijn rechterhand lag het grote, bloederige scrotum van het varken. Hij zwaaide zijn arm naar achteren en smeet het naar het caféraam. Het raakte de ruit met een doffe klap en gleed naar de grond, een vieze vlek achterlatend op het glas.

Fabián rende vrolijk het duister in en liet mij achter met de brokken.

Er kwam niemand naar buiten. Ze hadden het niet eens gemerkt.

Langzaam liep ik de straat uit achter hem aan.

Ik wist niet precies hoe ik terug moest komen naar het hostel, maar dat maakte me niet uit. Ik was blij dat ik in deze mistige, onbekende stad kon rondzwerven, lukraak zijstraatjes kon inslaan. Af en toe ving ik tussen de huizen een glimp op van het licht Gods en liet mijn gedachten de vrije loop. Van Fabián was geen spoor te bekennen, maar ook dat maakte me niet uit. Nadat ik een paar willekeurige straten was ingeslagen, hoorde ik het geluid van water, waarop ik afliep in het duister, alsof het een baken was.

Ik kwam aan bij de bron van het geluid, op het punt waar de stad overging in het weelderige secundaire regenwoud van het berglandschap. Lager op de helling staken wat simpele huizen met hun daken boven de bomen uit, maar hoger was de bergwand zo steil en dichtbegroeid, dat bouwen er onmogelijk was. Het water stroomde uit het woud en viel langs de steile helling naar beneden, in een kanaaltje dat langs het trottoir liep. Ik keek een tijdje naar de beteugelde waterval en liet het geklater mijn gedachten wegspoelen. Ik stopte mijn hand in de stroom, die verlammend koud was. Het water was niet lang geleden nog een gletsjer geweest. Ik merkte dat ik moe werd.

Ik vond de weg naar het hostel en kreeg de grote voordeur zonder veel moeite open. Binnen in het gebouw waren alle lichten gedoofd; ik zag geen hand voor ogen. Het was bijna twee uur en ik was bang iemand wakker te maken. Ik deed een stap naar voren. De deur viel achter me dicht. Toen mijn pupillen groter werden, kon ik het grijze licht van de binnenplaats zien. Ik stapte erheen, probeerde me te herinneren waar de trap was.

Er kraakte iets onder mijn voet. Ik dacht dat ik op een monsterlijk grote kakkerlak was getrapt – een van de vele. Ik bukte me, voelde rond mijn schoen en tilde die toen op om te zien wat eronder zat. Iets kalkachtigs. Gewoon een gebarsten tegel. Ik deed nog een stap naar voren. Nog meer gekraak van insecten.

Ik hoorde snelle, schuifelende bewegingen in het donker. Kort, efficiënt geritsel. De zangvogels, die gingen verzitten in hun kooien. Ik liep erlangs en vond de onderste traptrede. Er viel iets zwaars en nats op mijn schouder – te laat had ik aan de wilde vogels onder de dakrand gedacht. Ik liep verder, langs de buitenrand van de trap, weg van de muur en de slapende vogels. Volgens sommigen brengt het geluk als er een vogel op je schijt.

Opgelucht dat ik mijn kamer had bereikt, liet ik me op de muffe, gele lakens vallen en liet de adrenaline, veroorzaakt door mijn stiekeme binnenkomst, wegstromen. Ik sliep al bijna toen ik besefte dat Fabián nog altijd niet terug was.

TIEN

De verzadigde kleuren van het ochtendgloren op grote hoogte: indianen sjouwden hun oogst over het marktplein, tegen een achtergrond van diepgroene berghellingen en een felblauwe lucht. Een doordringend gekrijs deed me aan een condor denken, maar toen ik mijn ogen op de berghellingen boven de daken van het stadje richtte, werd ik draaierig van de schaal en de helderheid van dit alles, en moest ik mijn ogen neerslaan. Het eerste licht in de bergen is hoe dan ook nogal intens, maar op deze ochtend, in deze stad, leken de kleuren en texturen zo scherp omlijnd, dat het effect bijna pijnlijk was.

Ook woede verscherpt je indrukken, en de stoom kwam uit mijn oren. Roze Slippers had me gewekt door verwoed op mijn deur te bonken en gooide me vervolgens zo snel het hostel uit dat ik dacht dat er geen tijd meer was om te ontbijten, omdat de trein op het punt stond te vertrekken. En nu zat ik naast de locomotief, met onze tassen naast mijn knieën, en leek ik genoeg tijd te hebben, maar geen reisgezel. Er zat een dikke kwak opgedroogde vogelstront van de vorige avond op mijn overhemd. Woedend schopte ik tegen Fabiáns smetteloze nieuwe rugzak en ik hoopte dat ik iets waardevols kapot had getrapt.

Het was eigenlijk geen treinstation waar ik zat. Het spoor lag aan één kant in de kasseien van het plein waar we de vorige avond waren afgezet, zodat de trein aan beide kanten te bereiken was, net als een bus. Daardoor leken de passagiers ietwat opportunistisch, alsof ze zojuist zonder reisplannen waren aangekomen en dachten: waarom niet? Naarmate de morgen vorderde en de vertrektijd naderbij kwam, verschenen meer en meer opportunisten bij de trein – buitenlandse toeristen met felgekleurde rugzakken, de lokale bevolking met haar eigen, meer versleten bagage – maar nog altijd geen Fabián. De locomotief was een saaie diesel, in tegenstelling tot de nog werkende stoommachine die Fabián me had voorgespiegeld, en dat was alweer een reden om de klootzak op zijn sodemieter te geven, als hij eindelijk kwam opdagen. De laatste twee rijtuigen, dat leek er meer op – antieke houten wagons, geschilderd in een diep bruinrood met op de zijkant gouden belettering die FERROCARRILES ECUATORIANOS: PRIMERA CLASE vermeldde – en ze begonnen al aardig vol te raken. Mannen en vrouwen in felgekleurde poncho's stonden geduldig in de rij voor kaartjes en lieten hun bagage achter om in de wagons van de tweede klasse geladen te worden. Deze waren niet beschilderd, noch hadden ze bankjes. Het waren in feite metalen goederenwagons met schuifdeuren, zoals Fabián had verwacht. Hij had me verteld dat je het beste boven op deze wagons kon gaan zitten; dat kostte bijna niets en stond garant voor panoramische vergezichten. Dit was precies iets voor Fabián om te zeggen, om op te scheppen of, en dat was waarschijnlijker, om je een loer te draaien. Helemaal zijn stijl om mij op het dak van het rijtuig te krijgen en dan op het laatste moment aan te komen en me lachend te vragen wat ik in godsnaam boven op die wagon deed. Nou, mooi niet. Niemand anders klom op de rijtuigen, en ik zou zeker niet de eerste zijn.

De dieselloc kwam kuchend tot leven en braakte een dikke pluim rook uit over het marktplein. Ik zag hoe de wind die tot zwarte, vervliegende krullen blies en voelde hoe mijn onrust toenam. Slechts één trein per dag: als we deze misten, konden we ons plan om naar Pedrascada te gaan wel vergeten. Mijn humeur ging snel bergafwaarts. Het was typisch Fabián om de trein te missen, omdat hij zo nodig moest bewijzen dat hij een vrouwenversierder was – alsof laat verschijnen niet genoeg was om te bewijzen dat hij de hele nacht bij de niet-bestaande schonen van Ethel's had doorgebracht. Mijn tijd in dit land was niet onbeperkt en juist nu, deze ene keer, was de realiteit die voor ons lag veel opwindender dan de fantasiewereld waarin hij leefde. Ik balde mijn handen tot vuisten rond de handvatten van onze bagage en stond op.

Intussen liep er een man van in de twintig voorbij, gooide zijn tas bovenhands op het dak van het rijtuig en klom nonchalant langs de ladder aan de zijkant omhoog. Hoewel zijn uiterlijk en huidskleur suggereerden dat hij tot de plaatselijke bevolking behoorde – misschien zelfs met wat indiaans bloed, gezien zijn brede gelaatstrekken en steile, donkere haar – wekte zijn zelfbewuste, bijna verwaande loopje de indruk dat hij uit het buitenland kwam. Als hij sprak, klonk zijn Engels vlekkeloos, met de loepzuivere neusklank van een New Yorker. Hij had stifttanden die tot een bijna onmogelijke schakering wit waren gepoetst, hoewel hij verschillende diepe acnélittekens op zijn wangen had en naar aftershave stonk. Hij droeg studentikoze, Amerikaanse kleding en een honkbalpetje van de Yankees, en sleepte, naast een splinternieuwe zwarte rugzak, een gettoblaster met zich mee. Voor hem geen voorspelbare linnen overhemden of de wollen vesten van de plaatselijke bevolking, die de meeste andere toeristen in de trein droegen: deze reiziger had zojuist weggetoverd kunnen zijn van elke universiteitscampus ter wereld, afgezien van zijn uiterlijk en zijn absolute vertrouwdheid met zijn omgeving. Toen ik op de trein wilde klimmen, sprong hij weer op, leunde over de rand om mijn tassen aan te pakken en hielp me de ladder op.

'Je ziet er wel wat jong uit om alleen te reizen,' zei hij, nadat ik hem had bedankt.

'Ik ben geen toerist,' zei ik. 'Ik woon hier.'

'Cool. Nou, ik hoop dat je 't naar je zin hebt in mijn land. Ik woon hier niet. Ik heet Epifanio, maar iedereen noemt me Pif. Ik heb in het buitenland gestudeerd, maar nu ben ik weer hier, om het continent te bekijken.'

Ik was blij dat ik Pif was tegengekomen, zelfs al wist ik dat hij precies het type landgenoot was dat Fabián onmiddellijk met achterdocht zou vervullen: iemand afkomstig uit een rijke familie, opgeleid in de Verenigde Staten en teruggekeerd (in het bezit van bepaalde, noordelijke gewoontes), die denkt dat zijn land van herkomst niet veel meer is dan een pretpark in het hele project Zuid-Amerika. Fabián ging altijd tekeer tegen deze types. Hij kende er nogal wat, zei hij, onder wie wat familieleden of jeugdvrienden die maar een paar jaar ouder waren, en hij beweerde dat er altijd hetzelfde gebeurde: 'Ze gaan een paar jaar naar de States,' zei hij dan woedend, 'en komen dan verdomme terug alsof ze toeristen zijn.'

Op basis van het beeld dat Fabián meestal van zulke mensen schetste, kon ik het volgende van Pif verwachten: hij zou goedmoedige verachting koesteren voor zijn land, en de maatschappelijke ongelijkheid een bron van vermaak en verwondering vinden; hij zou geen solidariteit voelen met de bevolking, of de noodzaak inzien de armoede te bestrijden, omdat hij zichzelf niet langer zag als Ecuadoriaan maar als een inwoner van het hele continent. Mij maakte het niet uit. Ik wist uiteraard dat Fabián zulke mensen verachtte omdat hij bang was op een dag een van hen te worden. En op dit moment, zonder Fabián, was ik erg blij dat ik Pif tegenkwam. Hij was ontspannen en vriendelijk, en zorgde ervoor dat ik me onmiddellijk op mijn gemak voelde. Ik vond hem een geweldige aanwinst voor een vijftienjarige in een vreemd land.

De trein begon vol te stromen, zowel binnenin als op het dak. De dieselmotor voorop werd op toeren gebracht en stootte grote

rookwolken uit. Ik keek uit over het plein. Geen spoor van Fabián.
Een fluit stootte drie lange tonen uit en de trein zette zich langzaam in beweging.

'Problemen?' zei Pif, die mijn ongerustheid zag.

'Er zou een vriend met me meereizen op deze trein,' zei ik, 'maar
hij is niet op komen dagen.'

'Is dat 'm?' zei Pif, en hij wees op de menigte op het marktplein.
Ik ving een glimp op van een bruine cowboyhoed die razendsnel
door de mensenmassa schoot. Fabián die over het plein sprintte,
op weg naar de trein, en zijn nieuwe hoofddeksel met zijn goede
arm vastklemde op zijn hoofd. Pif lachte toen Fabián langszij
kwam en al rennend iets onsamenhangends tegen me riep.

'Maak je geen zorgen,' zei Pif. 'We krijgen 'm wel te pakken.'

De trein ging sneller rijden. Op het punt waar de rails afbogen
van de bestrating tussen de gebouwen, wierp Fabián zich op de
ladder aan de zijkant van het rijtuig en greep Pif hem bij zijn gipsarm. Even dacht ik dat er een komische cartoonscène zou volgen,
waarin Fabián langs het spoor zou vallen, beentjes spartelend in
de lucht, en alleen het gipsverband in de handen van zijn beoog-
de redder achterbleef, maar toen trok Pif hem in een snelle en zelf-
verzekerde beweging omhoog en landde Fabián onhandig op het
dak, onder het gejuich van de andere passagiers.

'Welkom aan boord,' zei Pif.

'Bedankt, man,' zei Fabián en hij ging rechtop zitten.

'Dit is Fabián,' zei ik.

'Mooie hoed,' zei Pif.

'Dank je,' zei Fabián.

'Waar heb je uitgehangen?' zei ik.

Fabián glimlachte schaapachtig. 'Ik heb je toch verteld waar ik
naartoe ging, niet dan?'

'Dit is Fabián,' zei ik tegen Pif. 'Hij miste bijna de trein omdat hij
de hele nacht bij de hoeren was.'

'Leuk,' zei Pif, met het beleefde enthousiasme van de kenner.
'Nog iets lekkers tegengekomen?'
'Zit er misschien nog koffie in die thermoskan?'

Ik was stram en stijf door de kou en het gebrek aan slaap, en ik had nog steeds niets gegeten, maar toen de trein het stadje uit reed en de dag op gang kwam, werd ik steeds levendiger. Het was ook onmogelijk je niet levenslustig te voelen bij het zien van de adembenemende schaal van de omringende bergen. Met elke helling die we zijdelings beklommen en elke horizon waarachter weer een andere schuil bleek te gaan, veranderde de beestachtige locomotief, die op het station zo enorm had geleken, meer en meer in een wormpje dat door het haar van een mammoet kroop. De trein ratelde door naaldbossen, over ijzeren bruggen en door stoffige tunnels, zijn weg zoekend door het grillige landschap van de hooglanden. Een paar keer moesten we bukken voor de tunnels. Als de trein erdoor reed, schoot het dak van de tunnel over onze hoofden als een guillotine die ons op een haar na miste, en werden we overspoeld door koele, vochtige lucht. Dan echode het gejoel en gegil in de vochtige duisternis, voordat het licht aan het uiteinde op ons afstormde. Degenen die regelmatig met deze trein reisden, wisten precies hoe hoog de tunnels waren en bleven met geveinsde achteloosheid staan, handen op hun heupen, de bovenkant van hun hoeden bijna tegen het tunneldak schurend. Ik bleef in lotushouding zitten en hield mijn hoofd naar beneden.

Na een uur stopte de trein in een klein bergplaatsje. Degenen op het dak waren op gelijke hoogte met de bovenverdieping van een muntgroen huisje, dat uitkeek op het station. Een mestiza met warrig zwart haar, gewekt door de trein, stond op het balkon, gewikkeld in een katoenen laken met oranje bloemen. Ze wreef in één oog en bekeek met het andere wat voor haar een vertrouwd tafereel moet zijn geweest. Ik was jaloers op haar, omdat ze elke dag vanuit haar veilige slaapkamer die idiote sneltrein langs kon zien komen. Ik stak mijn arm omhoog om naar haar te zwaaien, maar bedacht me. Ze was lang niet ver genoeg verwijderd om gezwaai te rechtvaardigen. Als ik had gewild, had ik haar bijna kunnen aanraken. Onder haar raam stonden banken aan weerszijden van een lange tafel; een geïmproviseerd cafetaria waar rijen indianen zaten te ontbijten. Hun identieke hoeden en verschillend gekleurde poncho's maakten het onmogelijk om een onderscheid te zien tussen mannen en vrouwen. Fabián sprong van de trein om eten te halen in het cafetaria. Terwijl hij weg was, zag ik hoe een man op het dak van de trein een levend schaap aangereikt kreeg en het vervolgens losjes vastbond aan de bovenste sport van de ladder, zodat het kon rondzwerven over het dak terwijl de man zelf in de wagon ging zitten. Het meisje op het balkon zag me naar het schaap kijken en glimlachte naar me. Haar gezicht zat vol slaapvouwen. Ik wilde naast haar wakker worden.

Fabián verscheen met een fles water, een brood en een plastic zakje vol hardgekookte eieren. Ik zag dat hij nog steeds het mes van de vorige avond bij zich droeg. Hij at zijn eieren door het topje eraf te kappen en ze vervolgens uit hun schaal te zuigen. Ik pakte het anders aan, pelde nauwgezet elk stukje schaal van het ei, waarna ik mijn tanden erin zette en genoot van de weerstand die het eiwit bood, voordat het de schat van de zachte dooier prijsgaf. Ik had zo'n honger en was zo blij met het eten, dat ik niet zag hoe het meisje weer in haar kamer verdween. Toen de trein weer in beweging kwam en ik keek, was ze weg.

We kwamen langs een bord: U BEVINDT ZICH MOMENTEEL OP EEN HOOGTE VAN 2.347 METER. TIJDENS DE REIS DIE NU VOLGT, VINDT DE GROOTSTE AFDALING PLAATS VAN ALLE SPOORLIJNEN TER WERELD: 2 KILOMETER, OVER EEN AFSTAND VAN 66 KILOMETER. HOUDT U ZICH GOED VAST!

De zon klom hoger aan de hemel. We lagen op de trein, gevoed en tevreden, hoewel ik voelde dat mijn nek begon te verbranden. Ik zag dat Fabián een plastic flesje en een pak watten uit zijn tas had gehaald. Hij duwde een watje tegen de halsopening, keerde het flesje even om en begon zijn gezicht met het watje af te vegen.

'Alcohol,' zei hij, iets harder om boven het geluid van de wind uit te komen. 'Trucje dat Eulalia me heeft geleerd. Echt goed om vet en viezigheid van je huid te halen, vooral als je je niet hebt kunnen wassen. Kijk maar.'

Hij gooide het watje, besmeurd met grijs vet en mee-eters, naar mijn gezicht.

'Nou, lekker. Maar vertel me nu eens, was Ethel's helemaal wat je ervan verwacht had?'

'Ik weet niet of je dat allemaal wilt horen,' zei Fabián. 'Ik raakte een beetje in de problemen. Daarom moest ik vanochtend zo rennen om de trein te halen.'

'Vertel me alles.'

'Ze heette Ana, als ik 't me goed herinner,' zei hij, met gespeelde dromerigheid. 'Stel je het volgende eens voor: een roestig ledikant, een kaal peertje, een smerig zolderkamertje. Daar zit, zich niet bewust van haar verwoestende charmes, een schepsel, zo wonderbaarlijk mooi dat het je bevattingsvermogen te boven gaat. Goedkoop ook, trouwens.'

'Ik denk dat ik nu al genoeg heb gehoord,' zei ik.

'Ik ga je verder ook niets meer vertellen. Ik zal je iets laten zíén en de rest aan je verbeelding overlaten,' zei Fabián giechelend. 'Wat was het een fantastisch meisje.'

Hij haalde een enorme blauwe onderbroek uit zijn zak en spreidde die voor me uit.

'Wat zeg je daarvan?' zei hij met een suggestief lachje. 'Heeft ze mij als aandenken gegeven.'

'Nou, ik weet niet wat ik moet zeggen,' begon ik.

'Wat is dat, jongens?' zei Pif, die voorzichtig over het dak op ons afliep. 'De buit van de verovering, zo te zien.'

'Ik heb die *ten-gallon hat* van haar pooier gestolen,' ging Fabián verder, wat gedempter nu zijn publiek tot twee man was aangegroeid, hoewel zijn stem nog steeds boven de herrie van de trein uit moest komen. 'En ik had niet genoeg geld om te betalen. Daarom raakte ik in de problemen en moest ik maken dat ik wegkwam.'

'Wat een verhaal!' zei Pif, die de onderbroek uit Fabiáns handen griste. 'Maar wat mij nog het meeste verbaast, is dat je je uit haar los hebt kunnen maken. Je kunt deze trein in deze onderbroek parkeren.'

Een paar kerels die op hun hurken bij ons in de buurt zaten en dat hoorden, begonnen te lachen. Ook ik kon niet nalaten te grijnzen.

'Het is ook geen ten-gallon hat die je draagt,' ging Pif door, 'dat ding ziet er meer uit als een hoed van drie gallon. Die onderbroek daarentegen, daar gaat wel meer dan tien gallon in, makkelijk zelfs.'

'Wie is deze vent?' mompelde Fabián.

'Je vriend zegt dat hij gisteravond heeft gescoord,' zei Pif tegen mij, 'maar dat is ook niet zo moeilijk met zo'n tent. Ik denk dat hij mazzel heeft gehad dat hij niet voor altijd daarin verstrikt is geraakt. Wat zullen we ermee doen? Zullen we er een luchtballon van maken?'

'Je kunt tenminste lachen om je eigen grapjes,' zei Fabián. 'Afgunst is iets vreselijks.'

'Ik ben niet bepaald jaloers, vriend,' zei Pif, terwijl hij Fabián de onderbroek vol minachting toewierp. 'Om te beginnen zitten er nog perfecte vouwen in, en verder ben je vergeten het prijskaartje eraf te knippen. Je hebt deze onderbroek vanochtend op de markt gekocht, nietwaar?'

'Val dood,' beet Fabián hem toe. Terwijl hij het zei, tastte hij rond

133

in de onderbroek om te controleren of Pif gelijk had met zijn prijskaartje.

'Het is oké, ik begrijp het wel,' zei Pif. 'Je had haast en je hebt niet
naar de maat gekeken. Maar bedenk wel voor de volgende keer: als
je echt goed leugentjes wilt verkopen, kun je maar beter zorgen dat
de details kloppen.'

Fabián stopte zijn buit in zijn tas, trok de hoed (die hij ook op
de markt moest hebben gekocht, besefte ik nu) over zijn ogen en
deed alsof hij ging slapen. Pif schudde zijn hoofd, ging weer zitten
en haalde een camera tevoorschijn.

We puften verder, door een met struikgewas bedekt landschap,
uitsluitend onderbroken door cactussen, gras en een incidentele
lemen hut. Af en toe zwaaiden een paar rakkers vanaf de stoep van
hun huis naar de trein, terwijl hun ouders op de achtergrond de
was ophingen of hun ezel oplaadden.

Al snel stopten we weer.

'Aha, de Duivelsneus,' zei Pif.

Fabián duwde zijn hoed terug op zijn hoofd en ging rechtop zitten.

Net als de bus de avond ervoor moest de trein zo'n steile afdaling overbruggen, dat die in etappes naar beneden moest rijden,
naar voren en naar achteren zigzaggend langs de zijkant van de
berg. De afdaling was verraderlijk, vandaar de naam *Nariz del Dia-
blo*. Op een stoffig stuk land, zo ver beneden ons dat het een mo-
delspoorweg leek, zag ik een station en een paar wissels. Het idee
dat we daarheen zouden afdalen leek belachelijk. De motor kwam
bevend tot stilstand. Ik hoorde vogels zingen in de stilte. Het
wachten zou nog lang duren. De Nariz afdalen was een serieuze
zaak, legde Pif uit. De machinist moest bellen om te controleren
of alle wissels goed stonden, zodat de trein zonder ongelukken
naar beneden kon slalommen. Hij zei dat hij dit in zijn reisgids had
gelezen.

'Verdomde toeristen,' zei Fabián als reactie hierop. Pif negeerde hem.

Onze fles water was al bijna leeg en er was geen schaduw te bekennen. Het metalen dak van de trein leek wel een bakplaat.

'Waar gaan jullie eigenlijk heen?' vroeg Pif.

'We zijn op weg naar een stadje dat Pedrascada heet,' zei ik.

'O ja, het surfersstrand. Cool. Daar ben ik vorig jaar een paar weken geweest.'

'Ben jij daar geweest?' zei Fabián, die opeens opleefde.

'Natuurlijk.'

'Misschien kun jij ons helpen. Ben je in Pedrascada in de geheugenkliniek geweest, of heb je er ooit iets over gehoord toen je daar was?'

'De wát?'

Fabián leunde voorover naar Pif, terwijl hij hem tekst en uitleg gaf. 'Het is een soort ziekenhuis, gespecialiseerd in patiënten met geheugenverlies. Die kliniek bevindt zich in Pedrascada. Daar gaan we heen.'

De wending die dit gesprek nam beviel me niet.

'Hé lui, ik denk dat de afdaling van de Nariz zo meteen begint,' zei ik.

'Een geheugenkliniek?' zei Pif, die het woord uitprobeerde. 'Bestaat zoiets überhaupt érgens?'

'Natuurlijk bestaat zo'n kliniek. Daar worden alle mensen met geheugenverlies opgenomen,' legde Fabián ongeduldig uit. 'Heb je die kliniek niet gezien?'

'Ik heb nog nooit iets over zo'n kliniek gehoord, niet in Pedrascada, noch ergens anders,' zei hij. 'Weet je zeker dat-ie bestaat? Het is toch niet een van je verhalen, of wel soms? Zoals over die puta gisteravond?'

'Nu moet jij eens goed luisteren, ontzettende klootzak –'

'Ho, wacht even,' zei ik, terwijl ik tussenbeide kwam. 'De kliniek zou er kunnen zijn, maar dan heeft Pif 'm gewoon niet gezien. Oké? We weten het nog niet zeker.'

Ik keek Fabián strak aan terwijl ik dit zei, in een poging hem tot rede te dwingen en op te geven. Hij kon toch niet serieus verwachten dat Pif zijn spel meespeelde en net deed alsof iets bestond, terwijl dat niet zo was. Pif kende de regels van het spel niet en had al bewezen dat hij maar al te gretig mythes ontkrachtte.

'Het enige wat ik weet,' zei Pif, 'is dat het een klein plaatsje is, met niet veel meer dan wat strandtentjes, een paar vissers en wat hanen. Als jullie in Pedrascada een ziekenhuis weten te vinden, dan eet ik die hoed op. En die grote blauwe onderbroek ook, jochie.'

'Jezus! Ik krijg wat van die vent!' zei Fabián. '*Me está mamando la vida.* Pleur op, ga maar ergens anders op de trein zitten. Of nog beter, spring er maar vanaf.'

'Luister, het spijt me dat ik je macholeugentje over die hoerenkast heb doorgeprikt,' zei Pif. 'Ik probeer alleen te voorkomen dat jullie een reis voor niets maken. Maar als je wilt dat ik je met rust laat, ook goed. Tot straks dan.'

Pif pakte zijn rugzak en gettoblaster en schuifelde naar de voorkant van de trein, waar een groepje jonge Ecuadorianen in een kring zat, bezig dronken te worden. Het duurde niet lang of hij had de groep zowel met hem als met zijn gettoblaster kennis laten maken, en hiphop klonk over het dak. Fabián staarde ziedend van woede naar Pif. Ik keek in het rond, op zoek naar iets om zijn aandacht af te leiden, en zag een indiaans jochie van ongeveer negen jaar oud. Hij droeg een verschoten oranje T-shirt en een korte, blauwe broek en stond op een aardwal naast de trein sigaretten en schijfjes gefrituurde banaan uit te venten vanaf een beschilderd houten dienblad dat rond zijn nek hing. Op zijn rug hing een kleine, maar gevaarlijk uitziende kruisboog.

'Hé, dat joch verkoopt sigaretten,' zei ik. 'Waarom koop je niet een pakje Lark om een beetje te kalmeren?'

Fabián zag de jongen en riep hem. Hij klom vlug de ladder op en zat al snel met ons boven op de wagon. Fabián ratelde iets tegen hem.

'Ik wist niet dat je ook Quechua sprak,' zei ik.

'Niet veel, maar genoeg,' wierp Fabián me over zijn schouder toe. 'Ze halen wat van de prijs af als je het spreekt.'

Hij bleef praten met de jongen, ook al was de koop van de sigaretten kennelijk beklonken. Er vond een korte discussie plaats. Fabián leek de jongen tot iets over te willen halen. Ik zag nóg een bankbiljet van eigenaar wisselen.

'Wat wilde je verder nog kopen?' vroeg ik.

'Een gunst,' zei hij zelfingenomen.

De motor werd weer gestart en de trein schoof langzaam langs de helling naar beneden. De afdaling leek nu nog duizelingwekkender, alsof de trein eerder zijdelings van de rails zou vallen dan beneden aan te komen. Hij ging maar langzaam vooruit en stopte telkens, waarna de wissels werden omgezet en de rijrichting werd omgedraaid.

'En nu gebeurt er iets leuks,' zei Fabián zachtjes toen we ongeveer halverwege waren.

Ik dacht dat hij het over een bepaald stuk van de afdaling had. Te laat zag ik wat hij werkelijk bedoelde: het sigarettenjoch knielde op een heuveltje en wachtte op de puffende trein, zijn kruisboog in de aanslag tegen zijn schouder. Pif keek de andere kant op toen de jongen schoot. De pijl schoot uit de kruisboog en raakte Pifs linkerdij. Ik zag nog net hoe de jongen triomfantelijk zijn vuist omhoogstak naar Fabián, en hoe die hem een voorzichtige dankbetuiging stuurde, voordat de jongen achter het grasheuveltje verdween.

'Ik had niet gedacht dat hij dat echt zou doen,' zei Fabián, toen iedereen gekalmeerd was en het duidelijk was geworden dat Pifs verwonding niet al te ernstig was. Na regelmatig vertragen en achter-uitrijden, waren we bijna aan het einde van de afdaling gekomen.

'Heb jij die jongen betaald om met zijn kruisboog op Pif te schieten?' zei ik.

'Niet zozeer betaald. Ik heb alleen met hem gewed om tien dol-lar dat hij die stomme *yanqui* niet voor zijn raap kon schieten en heb hem vooruit betaald. Dat zal die idioot leren nog eens aan me te twijfelen. Verdomde klootzak. Ik werd er doodziek van dat hij alles wat ik zei in twijfel trok.'

Ik keek hem lang en indringend aan.

'Fabián,' zei ik uiteindelijk, 'je gaat toch niet helemaal door het lint als we in Pedrascada aankomen en die kliniek blijkt er niet te zijn, hè? Denk je nog even aan wat we hebben gezegd, dat het toch vooral om de reis gaat?'

'Natuurlijk.' Hij ademde tevreden uit, terwijl hij weer op het dak ging liggen. 'Ik was alleen maar kwaad op die Epifanio, da's alles. Het zal niet meer gebeuren.'

'Goed, maar waar ben je gisteravond dan werkelijk geweest?' zei ik, om van onderwerp te veranderen.

'Verdomme zeg, begin jij nou ook al?' zei hij.

De verandering van luchtdruk bezorgde me een meedogenloze hoofdpijn; mijn hoofd was duidelijk beter af geweest tussen de wolken. Als een hond die op een toffee kluift, sperde ik mijn kaak telkens ver open, in een poging de druk te verminderen. Uiteinde-lijk kneep ik mijn neus dicht en blies: gepiep, gevolgd door een plop. Ik voelde nattigheid in mijn oor.

Na een reis van vier uur lag de Andes achter ons. De grasvlaktes van de siërra hadden plaats gemaakt voor uitgestrekte bananen- en suikerrietplantages, en het aroma van wol en houtvuren in de bergen was verdrongen door de rijpe, bedwelmende geur van de tropen. De lucht werd steeds vochtiger. Het was alsof iemand langzaam een knop hoger draaide om te zien wanneer we zouden barsten, of beginnen te verschroeien. De combinatie van een vroeg begin van de dag en een lange reis is desoriënterend, en plotseling was het alsof we inderdaad ver van huis waren – alsof we van zo'n hoogte waren gekomen, dat het onmogelijk was terug te keren zonder onszelf schade te berokkenen.

Pif deed het rustig aan sinds het kruisboog zwaaiende sigarettenjoch die mysterieuze aanslag op hem had gepleegd, en zat nu niet ver van ons een joint te roken. Fabián hield, om koel te blijven, beurtelings zijn gipsverband tegen zijn voorhoofd of depte zijn gezicht met alcohol. Ik zag dat hij af en toe even naar Pif keek en steels glimlachte.

Pif blies rook uit en reikte me de joint aan.

'Nee, dank je,' zei ik.

'Als je het niet probeert, weet je niet wat het is,' zei hij op een irritant zangerig toontje.

'Ik héb het geprobeerd,' zei ik. 'Ik woon hier, weet je nog?'

Ik had het een paar keer samen met Fabián gerookt, maar meestal werd ik groen van misselijkheid en hoestte mijn longen er bijna uit, terwijl Fabián onbeheersbaar giechelend in een hoekje kroop. Maar nu, vermengd met de geur van mango's in de wind en met de zee niet al te ver weg, geurde de rook zoet, prikkelend en heilzaam.

Toen de joint een paar minuten lang was doorgegeven, werd de stemming op het treindak uiterst ontspannen. Vooral Fabián leek gelukkig met deze ontwikkeling en zei, een paar minuten nadat de joint zijn pad had gekruist: 'Ik denk dat ik het die vent wel kan vergeven.'

Pif staarde stoïcijns voor zich uit, naar de rails die door de trein werden opgeslokt. Af en toe wreef hij over zijn dij.

'Luister eens,' zei Fabián en hij boog zich naar hem toe. 'Ik wil mijn excuses aanbieden voor dat gedoe met die kruisboog.'

Pif gaapte hem aan.

'Heb jij ervoor gezorgd dat dat joch op me schoot?' zei hij.

'Ja. Het spijt me.'

Pif lachte stilletjes, met schuddende schouders, stak toen zijn handen omhoog in gespeelde overgave. 'Oké. Je hebt een huurmoordenaar op me afgestuurd. Voortaan geloof ik alles wat je zegt.'

'Zo mag ik 't horen,' zei Fabián en hij glimlachte sereen.

'Je bent een compleet verknipte klootzak,' zei Pif hoofdschuddend, en hij barstte weer in lachen uit. 'Ik zou niet graag bij je in de buurt zijn als je op dat strand aankomt en erachter komt dat je kliniek helemaal niet bestaat.'

'Die opmerking zie ik maar even door de vingers,' zei Fabián. 'Maar stel je geluk niet al te zeer op de proef.'

We stopten in een stadje dat op geen enkele kaart staat en dat Bucay wordt genoemd. Als je zoekt naar de plek waar de trein op weg naar Guayaquil stopt, vind je een stadje dat General Elizalde heet, maar niets met de naam Bucay. Het punt is dat, in weerwil van wat de vermaarde generaal dan ook heeft gedaan waardoor er een hele stad (al is het dan een smerige en onaantrekkelijke) naar hem is vernoemd, iedereen de stad Bucay noemt. Omdat iedereen hem Bucay noemt, ís de stad nu Bucay.

'Weet je wie er uit Bucay afkomstig is?' zei Fabián, toen de trein de stad binnenreed.

'Wie kwam er uit Bucay, Fabián?' zei ik.

'Lorena Bobbit,' zei Fabián. 'De pikkenafhakker. We moeten op onze tellen passen hier.'

'O ja, de vrouw van die arme eikel,' zei Pif. 'Niet grappig bedoeld.'

De straten van Bucay waren onverhard. Vooroorlogse, provisorisch opgelapte Amerikaanse pick-ups baanden zich een weg over de okerkleurige moddersporen. Elk mogelijk oppervlak was versierd met politieke slogans: op spandoeken die tussen de witgestucte huizen hingen; met stencilletters op elke muur gespoten. De proclamaties waren bijna melodramatisch in hun strijdbaarheid: ECUADOR FUE, ES, Y SERÁ PAÍS AMAZÓNICO (Ecuador was, is, en zal altijd een land van de Amazone zijn); PERÚ, CAÍN DE LATINOAMÉRICA (Peru, de Kaïn van Latijns-Amerika). Ik was vergeten dat, naarmate we verder naar het zuiden reisden, we dichter bij Peru kwamen en daardoor dichter bij de oorlog. Op elke straathoek van de stad hingen soldaten rond, gekleed in gevechtspak, geweren achteloos aan hun linkerschouder, pistolen achter hun broekriem gestoken.

'Hoe zit het nu eigenlijk met die oorlog?' zei Pif. Zijn accent klonk iets vetter nu hij stoned was.

'Weet je dat dan niet?' zei Fabián. 'Je bent verdomme zélf Ecuadoriaan, man!'

'Doe me een lol. Ik ben een tijd weg geweest.'

'Nou,' zei Fabián, 'zelfs als je gelooft dat het echt oorlog is – en dat is 't niet – dan gaat het grofweg over een derde van het land, waar niemand woont, afgezien van een paar indianen. Als je die gaat vertellen dat ze nu Peruaan zijn in plaats van Ecuadoriaan, dan hebben ze geen idee wat je bedoelt – dat wil zeggen, als het je lukt je zin af te maken voordat ze je hoofd hebben afgehakt.' De woorden stroomden met een dromerige welbespraaktheid uit zijn mond. Door de wiet had hij de smaak van politieke retoriek te pakken gekregen. 'Maar er is nog een reden,' ging hij verder. 'Zonder ons eigen stuk van de Amazone voelen we ons niet goed. We zouden ons niet Zuid-Amerikaans voelen. En dat willen ze ons ontnemen. Zelfs jij zult dat ook zo voelen, of niet dan?'

'Denk van wel,' zei Pif. 'Een beetje.'

'Goed. Het heeft allemaal met jullie trots op de Amazone te maken,' zei ik. 'En helemaal níéts met al de olie in het betwiste gebied.' Soms kwam het goed van pas om zo'n gedreven moeder te hebben.

'Nou, daar weet ik niets van,' zei Fabián. 'Ik ga er liever van uit dat we trots zijn op ons stuk van de Amazone. We zijn toch al nooit dikke maatjes met Peru geweest. We zitten elkaar al in de haren sinds Huáscar en Atahualpa.'

'Altijd de poëtische verklaring.'

'Val dood.'

Toen de trein het station binnenreed, kwam Pif op Fabián af om afscheid te nemen.

'Even goeie vrienden, hoor. Hier, neem dit maar. Ik vlieg morgen naar Chili en kan het toch niet meenemen,' zei hij.

Hij gaf Fabián een in krantenpapier verpakte hoeveelheid wiet, volgens mij omdat hij de militaire aanwezigheid ook had gezien en het evenmin als ik verstandig vond om in deze stad met drugs rond te lopen. Fabián leek dit belangrijke feit over het hoofd te hebben gezien.

'Dank je wel, man,' zei hij, en hij stopte het pakje in een zijvak van zijn rugzak. 'Aardig van je. Veel plezier in Chili. En nogmaals sorry dat ik je heb laten beschieten.'

'Was dat wel met goede bedoelingen?' zei ik toen Pif weg was en we klaarstonden om van de trein te klimmen. 'Moeten we echt van deze trein stappen met een lading dope in onze tassen?'

'Dat kan het leger niets schelen. De politie, daar moet je voor uitkijken. Trouwens, we zijn geen toeristen. Ze pakken alleen mensen op die gekleed zijn als je vriend daar. En zelfs dan nog alleen als ze worden getipt – iets waar ik trouwens wel zin in heb. Ik zou graag het gezicht van die kloterige yanquí zien als een politieman uit Bucay hem aan 't vuistneuken is.'

'Wat is het toch geweldig om nieuwe mensen te ontmoeten, hè?' zei ik, terwijl we van de trein klauterden en ons in de chaos van de stad stortten.

Het was inmiddels laat in de middag. Op weg naar het busstation stapte Fabián zwierig en met zijn gebruikelijke zelfvertrouwen door de modder, maar ik werd steeds nerveuzer. Elke soldaat die we passeerden leek langer naar me te kijken dan de vorige.

'Kun je dan ten minste die hoed afzetten als je niet op een toerist wilt lijken?' zei ik.

Fabián liep rustig door en mompelde iets in de trant van dat het vooral niet moest lijken alsof we twijfelden, zelfs niet als we onze bus zochten. Uiteindelijk stapten we op een bontgekleurd, krakkemikkig voertuig, dat hij schijnbaar lukraak had uitgekozen. Bucay en Pif lagen achter ons.

Het was het soort bus waarop ik me had verheugd: met een dashboard dat scheutig was bekleed met hoogpolig, karmozijn-rood tapijt, een binnenspiegel waaraan amuletten en talismans hingen, en een kooi met levende cavia's op de zitplaats naast ons. Het volkomen ontbreken van vering betekende dat we elke hobbel in de weg voelden; de enige schokbreker van de bus leek onder de verend opgehangen chauffeursstoel te zitten. Hij deinde er vrolijk mee op en neer en probeerde rechtop te blijven zitten. Boven zijn hoofd stak een knipogende Christus op een sticker geruststellend zijn duimen omhoog; de tekstballon bij zijn mond vermeldde: *Relax, ik rij met je mee.*

Het suikerriet op de plantages waar we langsreden, stond even hoog als de bus, dus was er uit de ramen weinig te zien. Ik dommelde wat met mijn ogen halfgesloten, nog steeds wazig van de wiet, en keek hoe de scherven van een bierflesje over de vloer dansten. De bruine glasscherven sprongen met elke hobbel in de weg als hagelstenen omhoog; alsof het wegdek tot leven kwam op een *graphic equaliser.*

Kort nadat Fabián had gezegd dat het niet lang meer duurde voordat we in Pedrascada aankwamen, raakte de bus een enorm gat in de weg en vloog iedereen de lucht in. Mijn hoofd botste tegen het plafond. De chauffeur worstelde om de macht over het stuur terug te krijgen en minderde vaart. Toen, zonder zelfs maar om te kijken, gaf hij weer gas alsof er niets was gebeurd. Twee of drie passagiers begonnen te schelden:

'*Hijo de puta!* Waarom leer je niet rijden, stomme aap!'

'Wat onbeschoft! We zijn geen lading, idioot!'

Twee plaatsen voor ons zat een vrouw, haar geblondeerde haar in een knotje gedraaid, die voorover wiegde terwijl ze haar bloedende hand omklemde. Een scherf van een bierfles was door de lucht gevlogen en had het topje van haar vinger geraakt.

'*Madre de Dios*,' zei ze telkens zacht, terwijl ze haar vinger met haar linkerhand omklemde. Toen ze hem even losliet, zag ik dat de snee niet al te diep was, maar de scherf had wel een van haar paarsgelakte vingernagels afgesneden. Doodkalm haalde Fabián een veter uit zijn schoen, liep toen naar voren en ging naast de vrouw zitten.

'Mag ik even, señora?' zei hij.

De chauffeur, die de bloedende hand via de binnenspiegel had gezien, minderde weer vaart maar Fabián schreeuwde: 'Niet stoppen. We regelen het hier wel. Aan het eind van deze rit noteren we je naam en je personeelsnummer. Rij nu maar gewoon door, oké?'

Hij boog zich weer naar de vrouw over en troostte haar alsof ze een dier was.

'Goed señora, u hoeft zich geen zorgen te maken. Ik bind het gewoon hiermee af, zodat het ophoudt met bloeden, en dan komt het allemaal goed.'

Hij keek de vrouw strak aan met zijn charmantste, groenogige engelenblik, terwijl hij de veter om haar vinger bond en zij glimlachend haar hand naar hem uitstak.

'Kijk. Ziet u wel? Het is opgehouden met bloeden. En voorlopig hoeft u nog maar negen nagels te lakken, hè?'

Nu haar tourniquet vastzat, lachte de vrouw mee met Fabián.

'Lieve jongen,' zei ze. 'Laat me je iets geven voor de moeite.'

'Geen sprake van,' zei Fabián, en hij wuifde de portemonnee die ze uit haar tas had gehaald weg.

'Maar je schoenveter –'

'Geloof me, señora, het kost me echt geen moeite een andere veter te vinden.'

Toen hij opstond en terugliep naar achteren, barstten de overige passagiers in de bus uit in spontaan applaus. Fabián wuifde bescheiden en ging weer naast me zitten.

'Wat is er met jou aan de hand?' vroeg ik.

'Geen vertragingen meer,' zei hij, terwijl hij naar de weg tuurde die voor ons lag. 'Deze reis duurt zo al lang genoeg.'

ELF

Als je probeert het woord 'Pedrascada' te vertalen, kom je al snel met iets als 'Stenenbui' op de proppen. Een passende naam voor deze plek. Kolossale stapels stollingsgesteente en zandsteen stonden als boekensteunen aan de uiteinden van het strand en wierpen – afhankelijk van het uur van de dag – beurtelings hun schaduwen erover, als de ongrijpbare wijzers van een dubbele zonnewijzer. En gezien de vulkanische activiteit ter plaatse was de naam helemaal niet zo'n vreemde verklaring voor hun bestaan. Hoe was de Galápagosarchipel anders ontstaan? Van de ene op de andere dag waren hele landmassa's uit de oceaan opgeweld: gesmolten eilanden, kokend en rondklotsend aan de oppervlakte, totdat ze vaste vorm aannamen. In een omgeving waar dat mogelijk was, kon je je gemakkelijk een bui van stenen voorstellen. Als je sterk genoeg was om een van de enorme keien op te tillen die de kustlijn aan beide kanten sierden, kon je met recht verwachten daaronder een geschrokken, precolumbiaans skelet aan te treffen, met in zijn hand de primitieve hengel waarmee hij aan het vissen was op het moment, een paar beschavingen geleden, dat de meteorietenregen hem overviel.

Afgezien van de natuurlijke torens waren de twee uiteinden van het strand heel verschillend. Aan de zuidkant, de linkerkant als je uitkeek over de oceaan, leidde het zand weg vanaf de kustlijn, achter de rotsen langs en veranderde in een onverharde weg die overging in een straat vol rondscharrelende hanen, waarlangs Pedrascada geleidelijk vorm kreeg. Kleine cafés en onafgebouwde huizen zonder verdieping werden gevolgd door grotere huizen en winkels, waarna de weg uitkwam op het stijve Plaza de la Independencia, waar het stadje tot zijn ultieme eindpunt was geëvolueerd: in het gele stof waren nette bloemperken en palmbomen aangelegd, er stonden straatlantaarns, een apotheek en een postkantoor, waar de enige openbare telefoon van Pedrascada te vinden was.

De bus had ons aan de noordkant afgezet: het ongetemde, anarchistische uiteinde van het strand. Afgezien van wat verspreid liggende strandtentjes met daken van palmbladeren, bestond de bebouwing hier uit primitieve houten hutjes, die een stukje landinwaarts tussen het struikgewas en de bladloze bomen stonden, en werden aangekondigd met een houten bordje met daarop het woord: JUAN'S. Aan deze kant eindigde het strand abrupt bij de noordelijke stapel stenen, en de enige manier om naar de volgende baai te komen, was om bij eb langs de rotswand te klimmen. Een officieel pad bestond niet, maar de verzamelde graffiti van talloze verliefde paartjes gaf aan dat de route regelmatig werd gebruikt.

Onder de waterspiegel lag het koraalrif dat voor de gevierde branding van de baai zorgde. De golven bij Pedrascada waren hoog, maar konden ook verraderlijk zijn als je te dicht bij de noordpunt surfte. Een roodgeschilderd gedenktekentje, dat wel wat leek op een hondenhok met een kruis erop, stond tegen de rotswand – een monument voor een surfer die een paar jaar eerder een inschattingsfout had gemaakt en zichzelf had gekielhaald op het rif. Meer dan eens tijdens ons verblijf zag ik 's nachts dat iemand er een brandende kaars in had gezet, hoewel ik niet begreep hoe het diegene was gelukt om tegen de rotswand op te klimmen.

Verderop, boven de pieken en rotswand, torende een blinkende, metalen koepel uit, die uit de toon viel in deze omgeving en waar geen pad naartoe leek te leiden. Als het strand in schaduw was ondergedompeld, ving de koepel nog zonnestralen op en schitterde dan als een vuurtoren bij dag. In de uren nadat we waren aangekomen, betrapte ik mezelf, maar ook Fabián er meerdere keren op dat we aandachtig naar het gebouw tuurden, maar geen van beiden bracht het ter sprake.

Nadat de bus was weggereden, gooiden we onze tassen in het zand en renden meteen naar zee. Je moet ook wel, denk ik. Als je ook nog maar een beetje leven in je hebt, is het eerste wat je doet als je na een lange reis de zee ziet, erheen rennen, het zout op je lippen proeven en in de golven duiken. We stormden de branding in; Fabián vervloekte zijn gipsarm en schreeuwde dat ik hem natspetterde.

'En wat we nu nodig hebben...' zei hij, toen we weer uit het water kwamen. Hij wilde al aan de wiet sinds we van de trein waren geklommen. Terwijl we opdroogden op de rotsen, haalde hij het pakje krantenpapier tevoorschijn. Golven kwamen zachtjes aangerold. Mijn voetbogen werden gestut door de harde ribbels in het natte zand. Het voelde goed, na de hitte en stank van de bus. Pif was zo attent geweest er wat vloeitjes bij te stoppen. Fabián worstelde met een vloeitje, losjes ingestrooid met wiet en de tabak van een sigaret, zijn tong uitgestoken van concentratie. Zijn gipsarm maakte het er niet gemakkelijker op.

'Dat kloteding verneukt al de bewegingen van mijn hand,' zei hij. 'Mazzel dat ik gisteravond heb geneukt. Aftrekken met dit ding is een nachtmerrie.'

'Dus je hebt gisteravond wél geneukt?' zei ik. 'Gewoon, even om de dingen op een rijtje te zetten...'

'Uiteraard,' zei hij grijnzend. 'Ze heette Ana; dat heb ik je verteld.'

'O ja, natúúrlijk. Mijn excuses.'

Uiteindelijk had hij iets gebouwd wat op een joint leek. Hij likte langs de plakrand en vouwde hem zorgvuldig maar onhandig dicht.

'Weet je zeker dat-ie er zo uit moet zien?'

'Ga je gang, als je denkt dat je het beter kunt. Dit ding voldoet prima. Maak je maar geen zorgen.'

Hij pakte een aansteker, zette zijn creatie aan zijn lippen en stak het uiteinde aan. Het papier brandde langs één kant weg, over de volle lengte, alsof hij een lont had aangestoken, en de helft van de inhoud viel op de rots.

'Haha,' zei Fabián. 'Geen nood, we hebben nog genoeg. Oefening baart kunst. Kijk maar. Zie je, nu gaat-ie fijn.' Hij trok verwoed aan de joint in een poging die brandend te houden.

Er bleef voldoende over voor een paar trekjes elk. We zaten met onze rug tegen de rots, gaven de joint aan elkaar door en hoestten. Toen rolden we er nog een, en uiteindelijk leidde ons geklungel ertoe dat we redelijk relaxed werden. Fabián zat in het zand, zijn ogen dicht. Zijn gezicht glom als brons in het meedogenloze licht van de ondergaande zon. Hij sprak zacht.

'Daarboven. Achter ons. Denk jij dat die koepel het zou kunnen zijn?'

Ik bleef naar het water staren, waarin een perfecte replica van de zon me toescheen. Stroken sissend schuim braken uiteen op het water.

'Ik weet 't niet, Fabián.'

'Het zou toch kunnen? Hoe denk je dat het er van binnen uit-ziet?'

'Geen idee.'

'Ik stel me zo voor: zwarte en witte tegels op de vloer, als een schaakbord, en overal glanzend metaal. En er hangen bordjes aan de muur om de amnesiepatiënten te helpen herinneren aan de fundamentele dingen, de dingen die ze wellicht vergeten: JE HEBT AL GELUNCHT. VANDAAG IS HET DINSDAG. SIXTO DURÁN BALLÉN IS PRESIDENT. WE ZIJN IN OORLOG.

'Luister eens, over die kliniek...'

'En dan worden die bordjes steeds specifieker, afhankelijk van de patiëntenkamer – die natuurlijk wordt aangeduid met een portretfoto, niet met een naam – en dus hangen er notities in de trant van: JE WERD BEWUSTELOOS GEVONDEN OP HET STRAND BIJ SALINAS, MET EEN BLAUWE SJAAL OM, of zoiets...'

'Fabián, even over die kliniek.'

'Wat is daarmee?'

'Ik dacht dat we hadden afgesproken dat we ons daar niet door mee zouden laten slepen. Je beseft toch wel dat de kliniek hier misschien helemaal niet is?'

'Hé, verpest 't nou niet. Het punt is dat-ie hier zou kúnnen zijn.'

'Maar misschien ook niet.'

'Klopt. Maar laten we daar niet al te snel achter proberen te komen. Laten we het tot het laatste moment onzeker houden. Dan kan het nog steeds gebeuren. Heb jij nooit een paar dagen gewacht voordat je je lotnummers controleerde, gewoon om te kunnen blijven denken dat je iets gewonnen had?'

'Ik speel niet mee met de loterij,' zei ik.

We luisterden een tijdje zwijgend naar de aanstormende en zich terugtrekkende golfslag van de vloed.

'Fabián. Je weet toch dat het 't meest voor de hand ligt dat je moeder bij dat auto-ongeluk is omgekomen, hè?' zei ik. 'Wat wij elkaar ook vertellen...'

Hij wachtte even. 'Het is niet moeilijk te geloven dat mijn vader dood is. Ik kan me hem heel levendig voor de geest halen. Bovendien hebben we hem begraven. Dat helpt ook. Maar met mijn moeder is het anders. Ik vind het gemakkelijker om... iets anders te geloven. Waarom heb ik haar anders tijdens die optocht gezien? Dat was geen herinnering. Ze wás er. Op dat moment lééfde ze voor mij. Wat is daar zo fout aan? Het is een leemte, niet? Een leemte die ik naar eigen inzicht kan invullen. Net als de bewoners van de kliniek.'

'Die er misschien niet is.'

Hij krabde op zijn hoofd en trok een grimas, alsof ik iets on-smakelijks had gezegd dat hij uit zijn geheugen wilde wissen.

'Wat ik dan ook wel of niet voor waar aanneem,' zei hij, 'als er iets is – iets, wat dan ook – wat ik kan doen om de mogelijkheid te onderzoeken dat ze níet is overleden, dan zal ik dat doen. Begrijp je dat? Begrijp je dat deze reis zelfs al leidt hij tot niets, toch niet zonde van onze tijd is?'

'Ja, dat snap ik. Maar laten we er voorlopig van uitgaan dat de kliniek zou kúnnen bestaan. Laten we het voorlopig nog even in het midden houden, omdat we anders teleurgesteld zouden kunnen raken. Oké?'

Ik keek hem aan.

'Oké,' zei hij.

'Beloof je dat?'

Hij zweeg.

'Belóóf je dat?'

'Ja, ja, dat beloof ik. Ik verwacht ook niet van jou dat je het be-grijpt. Je weet niet hoe het voelt. Ik voel het, de hele tijd.'

Zijn gezicht lag nu in de schaduw van de brandende zon achter zijn hoofd. 'Ik voel het, alsof de pijn in mijn bloed zit.'

Ik antwoordde niet.

'Misschien houden ze een voorraad herinneringen aan, in de ge-heugenkliniek, net zoals een ziekenhuis bloed op voorraad houdt,' ging Fabián verder. 'Ook al vinden we haar niet, misschien vinden we dan ten minste een paar herinneringen aan haar die ik kwijt ben.'

Aarzelend zei ik: 'Maar dat je je haar niet zo goed kunt herinne-ren als je vader betekent nog niet –'

'Ik zeg niet dat ik me niets herinner. Ik herinner me sommige dingen wel degelijk.'

'Vertel.' Hij wachtte even. 'Ze was dol op perziken. Altijd at ze perziken. Ze rook ook altijd naar perziksap.'

'Dat klinkt –'

'Het geheugen is iets vreemds,' viel hij me in de rede. 'Je kunt herinneringen creëren, weet je. Ik kan zorgen dat jij je dit moment voor altijd zult herinneren. Het enige wat ik moet doen, is het op een of andere manier markeren en dan vergeet je het nooit meer.'

'We zullen wel even moeten wachten voordat we de kans krijgen die stelling te bewijzen.'

'Maar het is wel wáár.' Hij ging rechtop zitten. 'Als ik dat wil, kan ik zorgen dat dit moment je voor altijd bij zal blijven. Ik kan mezelf onsterfelijk maken voor jou.'

'Dat zou mooi zijn. Misschien kunnen we voorlopig maar beter geen wiet meer roken.'

'Ik wil wedden...' zei hij, 'ik wil met je wedden om vijftig dollar dat ik kan zorgen dat jij je dit moment herinnert over, laten we zeggen, tien jaar.'

'Oké,' zei ik. 'Ik neem aan dat ik over tien jaar wel vijftig dollar kan missen. Dat mag ik tenminste hopen. Maar jij moet je dit moment ook blijven herinneren, anders kun je het geld niet opeisen.'

'Dat hoef ik niet. Jij weet het immers nog. Afgesproken?'

'Ja, afgesproken.'

'Geef me dan je hand, dan beklinken we het.'

Ik stak mijn hand uit. Fabián greep mijn pols en duwde met de duim van zijn andere hand de vuurkegel op mijn handpalm.

'Klootzak,' zei ik, en ik probeerde mijn hand terug te trekken. Maar hij hield de joint stevig op mijn huid gedrukt en keek me strak aan, zelfgenoegzaam grijnzend, totdat de vuurkegel was uitgedoofd. In het midden van mijn handpalm verscheen een blaar, felrood, met asvlekjes. Fabián had een blaar op zijn duim, die hij langzaam over zijn wijs- en middelvinger wreef. Ik sprong op om mijn hand in het water te dompelen.

'Zout water zal het snel genezen,' zei hij, terwijl hij zijn hand in een rotspoeltje rondwaaierde. 'Maar ik garandeer je dat je je dit zult herinneren.'

'Val dood.'

Hij had trouwens wel gelijk. Tot op de dag van vandaag zie ik dat moment telkens als ik naar mijn handpalm kijk weer voor me. Het litteken is niet veel meer dan een licht vlekje, een beetje als een litteken van waterpokken, maar het zit er wel. Aan één kant zitten drie kleine breuklijnen, waarvan ik graag wil geloven dat ze onderdeel zijn van de vingerafdruk van Fabiáns duim, voor eeuwig in me gebrand. Deel geworden van mijn DNA.

'Zie je wel?' zei hij, toen de pijn was weggetrokken en ik weer was gaan zitten. 'Het was een extreme manier om mijn punt duidelijk te maken, maar ik had hetzelfde kunnen doen door je iets memorabels te vertéllen. Stel dat ik je had verteld dat ik je moeder had geneukt en je had me geloofd; dat zou je je zeker herinneren. Ook woorden kunnen acties zijn. Het juiste zinnetje had dit moment net zo goed kunnen markeren.'

'Maar je markeerde het niet met een uitspraak, of wel soms? Je deed het verdomme door mijn hand in de fik te steken.'

Hij stak de joint, nu nog erger verfomfaaid dan voorheen, weer aan en zoog er een tijdje aan.

'"En het woord wás God,"' zei hij, en hij tuitte zijn lippen om de rook te laten ontsnappen. 'Denk je dat dit echte wiet is? Ik voel helemaal niets.'

Ik moest zo hard lachen dat ik van de rots afviel.

We stonden op het punt weer een beetje op te krabbelen en een slaapplek voor de nacht te zoeken, toen een geluid vanaf de zee ons allebei deed opkijken: een gedempte knal, als een ontploffing in de verte.

'Wat was dát verdomme?' zei Fabián.

'Misschien heeft het iets met de oorlog te maken,' zei ik en ik stond op. 'Misschien is er een zeeslag aan de gang.' Hoopvol speurde ik de horizon af.

'Cool!' zei Fabián. 'Misschien zien we hoe een beroemd schip tot zinken wordt gebracht. Een historisch moment.'

Bóém!

'Jezus, wat was dát? Ze gebruiken wel behoorlijk zware wapens.'

'Kan zijn dat er mijnen ontploffen.'

'Kunnen ook torpedo's zijn. Misschien hebben de Peruanen het op een van onze duikboten gemunt.'

'Hebben we duikboten?'

'Kweenie.'

Bóém!

'Het is een of ander gevecht.'

'Ja. Shit. Dit is menens.'

'Wat is er verdomme aan de hand daar?'

'Pelikanen,' zei een stem.

We draaiden ons allebei om. Een meisje met een olijfkleurige huid, ongeveer tien jaar oud, stond achter ons. Ze droeg een dun zomerjurkje, geel en rood, en een plastic bril die was gebroken en met plakband was gerepareerd.

'Wat?' zei ik.

'Pelikanen,' zei ze weer. Ze had een licht Amerikaans accent, maar ik kon horen dat het niet haar moedertaal was. 'Het zijn bruine pelikanen, die maken duikvluchten om vissen te vangen. Ze maken dat geluid als ze het water raken. Ben je naakt onder die handdoek?'

Fabián greep naar zijn middel.

'Nee,' zei hij.

'Hoe bedoel je, pelikanen?' zei ik.

'Wat denk je dat ik bedoel met pelikanen?' zei het meisje.

'Pelikanen?' zei Fabián, en hij wees naar haar. 'Bullshit.'

'Het is onbeleefd om naar iemand te wijzen. En mijn papa zegt dat je geen "shit" mag zeggen tegen onbekenden.'

'Oké. En waar is je papa vandaag?'

'Daar. Dat zijn onze hutjes. Komen jullie bij ons logeren?'

'Ik denk van wel,' zei ik, en ik pakte mijn tas. 'Hoe heet je?'

'Sol,' zei ze, en ze maakte een schattige kleine kniebuiging.

Het meisje leidde ons tussen de gastenhutjes door naar een bar onder een rieten afdak. In het hoogseizoen zou het er waarschijnlijk afgeladen zijn geweest met surfers, maar nu was de bar leeg, afgezien van een hippie met vies, grijzend haar. Hij zat bij een houtskoolbarbecue, vlak bij de bar, met zijn rug naar ons toe en hurkte zo diep dat zijn baard bijna op de vloer hing. Hij droeg linnen shorts en een wit T-shirt met afgeknipte mouwen, waaruit zijn met sproeten overdekte schouders staken. Hij leek op een kluizenaar die, gek geworden van honger en eenzaamheid, wachtte tot hij het laatste brokje voedsel voor noodgevallen kon verslinden. Toen we dichterbij kwamen, zagen we dat hij bezig was lange, houten pennen met dunne reepjes rundvlees om te draaien. Het vlees was kromgetrokken door de hitte, de gegrilde kant was zwartgeblakerd en siste van de sappen, de bloederige vezels aan de rauwe kant waren strakgespannen en uitgerekt door de kromming. Hij keek op toen hij ons hoorde naderen.

'Hé schatje,' zei hij tegen het meisje. 'Wat heb je voor me meegebracht?' Californisch.

'Hoi papa,' zei ze. 'Klanten.'

'Zoeken jullie een kamer, jongens? Of een stokje met vlees?'

'Allebei, graag,' zei Fabián, die zijn rugzak met een plof in het zand liet vallen.

De vader van Sol heette Ray, zei hij. Hij herhaalde onze namen een paar keer, alsof hij nieuwe woorden uitprobeerde. Hij sprak 'Fabián' uit als 'fabel'. Ray had een intimiderend uiterlijk – zijn baard overwoekerde zijn gezicht dusdanig dat zijn gelaatstrekken er timide doorheen leken te kijken, en zijn tanden zagen er vervaarlijk uit, omringd door zo veel haar – maar nadat we aan zijn uiterlijk gewend waren geraakt, viel hij al snel in de smaak bij Fabián en mij.

Ray was eigenaar van de hutjes, maar het bedrijf stond bekend als 'Juan's'. Juan was een plaatselijke visser die, toen hij in de late jaren zeventig met pensioen ging, had besloten strandhutjes voor toeristen te bouwen. Ray was zijn eerste gast geweest, nog voordat het grootste deel van de hutjes was afgebouwd (en toen het plaatsje nog steeds een vissersdorp was in plaats van een badplaats voor surfers). Ray was verliefd geworden, zowel op de hutjes van Juan als op zijn negentienjarige dochter, en had een bod uitgebracht op beide. Vanaf dat moment hadden de hutjes strikt genomen 'Ray's' genoemd kunnen worden, maar Ray had er geen behoefte aan gehad om de naam te veranderen. Hij vond het belangrijker om zijn overleden schoonvader blijvend te eren, en dacht dat het zakelijk gezien niet handig zou zijn om de naam van een gringo boven de deur te hangen.

De hutjes waren uit de losse pols rond het huis van de eigenaar gegroepeerd, een gebouw met twee verdiepingen dat tevens fungeerde als bar. In een schuurtje bevond zich een geïmproviseerd toilet boven een gat vol zaagsel, en een douche, gemaakt van een oude, stortbak met ketting en een afvoer die schuilging onder een bamboerooster. Het hele kampje rook naar houtskoolrook en limoensap, en onder het permanente gezoem van de wolken insecten kon je een ondergronds stroompje horen sijpelen.

Normaal gesproken, zo verzekerde Ray ons, had hij genoeg betalende klanten, maar op dit moment waren wij zijn enige gasten. Hoewel hij naar eigen zeggen 'een klaploper' was, gaf hij toe genoeg geld geërfd te hebben om te compenseren dat Juan's meestal met verlies draaide. Net zoals veel andere Californiërs was hij een klaploper met een eigen inkomen.

'Waarom zou ik ooit nog teruggaan naar de States, *man*?' riep hij uit. 'Ik heb hier alles wat ik nodig heb. Kun jij iets leukers bedenken dan ervoor te zorgen dat mensen zich vermaken?'

Die avond maakten we een kampvuur op het strand, gingen eromheen zitten, aten stokjes met vlees en dronken koud bier. Ik probeerde me voor te stellen hoe het zou zijn om net als Ray twintig jaar lang op dit strand te blijven, om zo zeker te weten dat dit mijn plek was, dat ik zonder morren op die vierkante kilometer zou blijven. Het leek me onmogelijk. Ik kon me niet voorstellen dat ik zo veel van een bepaalde plek of persoon zou houden, dat ik mezelf daaraan voor onbepaalde tijd zou kunnen binden.

Rays vrouw heette Cristina, en ze beweerde dat ze haar haar nog nooit had geknipt. Het vloeide overvloedig vanaf haar zilverkleurige haarwortels naar beneden en kwam ergens onder haar heupen uit in een donker, rafelig kwastje. Ze droeg loszittende indigo en roze kleding, en haar stille zelfvertrouwen en vriendelijke, doorleefde gezicht waren een geruststellend contrapunt bij de meer geagiteerde levenshouding van haar man. Ze bewoog gracieus, ondanks haar forse afmetingen; een wijze gorilla, vergeleken bij de manische makaak met wie ze was getrouwd.

Sol viel vroeg in de avond in slaap, met haar gezicht in het zand, waarna haar moeder haar rustig oppakte en haar wegdroeg naar bed. Toen ze terugkwam, begon Cristina met iets wat ogenschijnlijk een vertrouwd ritueel was. Rond het vuur lagen grote, platte stenen. Je wachtte totdat elke steen zo heet was dat je hem nog net kon aanraken en gaf hem dan door, zodat iedereen zich aan de hitte kon laven. Ray was intussen voornamelijk bezig meer stokjes met vlees klaar te maken: hij marineerde de reepjes in vers limoensap, kruidde ze en legde ze op een gril boven het rokende vuur. Beurtelings gaven we elkaar hete stenen en houten pennen met vlees, terwijl de maanverlichte wolken boven ons uittorenden als de zilveren paddenstoelen van kernexplosies. Ik herinner me dat ik dacht dat dit aangebrande, pittige vlees, weggespoeld met literflessen Pilsener en aangevuld met handenvol plakkerige rijst uit een pot bij het vuur, het beste was wat ik ooit had geproefd. Ik keek naar Fabián, met mijn mond zo volgestopt dat-ie bijna barstte. Net als ik had hij een tijdje stevig doorgegeten, maar nu peuterde hij met een van zijn overgebleven vleespennen onder zijn gipsverband.

'Wat is er?' zei ik.

'Er is iets in mijn gips gevallen,' zei hij. 'Jeukt als een gek.'

'Wat dan?'

'Mijn Maradona-'86-medaille. Ik mag 'm niet kwijtraken. Het is een van de weinige dingen die mijn vader me ooit heeft gegeven.'

De Maradona-medaille was verkleurd en verbogen; Fabián had hem altijd bij zich. Wanneer hij zich verveelde, wipte hij hem van vinger naar vinger over de bovenkant van zijn hand, en de medaille fungeerde als hulpmiddel bij veel van zijn trucjes met verdwijnende munten, of andere blijken van vingervlugheid. Fabián had eerder beweerd dat het een echte spelerstrofee van het WK voetbal van 1986 was, maar dat bleek onzin te zijn, iets wat zijn vader hem had wijsgemaakt toen Fabián nog een kind was. Het was niets meer dan een speeltje dat je destijds bij pakken cornflakes kreeg, maar ik wist dat de medaille voor Fabián een bijna talismanachtige kracht had verworven, en ik denk dat hij hem inderdaad van zijn vader had gekregen.

'Je kunt toch niets kwijtraken in dat gips?' zei Ray. 'Wacht maar tot ze het eraf halen. Hier, neem een steen.' Fabián gooide het stokje in het vuur en pakte de steen aan.

'Goed,' zei Ray. 'Wat brengt jullie hier? Sorry dat ik 't zeg, maar jullie zijn wel wat jonger dan de meesten van mijn gasten.'

'We zijn op zoek naar een schat,' zei ik, voordat Fabián de kans kreeg zijn belofte te verbreken.

'Da's voor 't eerst dat ik iets hoor over schatgraven,' zei Fabián, geamuseerd door mijn wanhopige pogingen om hem ervan te weerhouden de geheugenkliniek ter sprake te brengen.

'Ken je dat verhaal niet?' zei Ray. 'Cristina, liefje, vertel die jongens het verhaal van Francis Drake.'

'Alleen als ze het willen horen.'

'Natuurlijk willen ze dat. Nietwaar, *guys*?'

'Goed. Maar ze weten er waarschijnlijk al meer vanaf dan ik.'

'Geloof me: we weten niets,' zei Fabián, die halverwege de zin een boer liet.

'Helemaal niets,' zei ik, om stil te houden wat ik al wist. Als ik over te veel kennis van zaken bleek te beschikken, kon ik net zo goed meteen tegen Fabián zeggen dat ik het krantenknipsel zelf had gemaakt.

'Oké dan,' zei Cristina, en ze gebaarde naar de zee. 'Goed, het is 1580 of daar in de buurt, en daar is een grote zeeslag aan de gang.'

'Net als vanmiddag,' zei Fabián, die er eens goed voor ging zitten.

'Hou je kop,' zei ik. 'Vertel maar verder, Cristina.'

'De jonge Engelsman Drake zit al maanden achter een Spaans galjoen aan. Zijn bemanning is moe en hongerig. Ze hebben al zo lang geen land gezien, dat ze op meeuwen leven die ze voor het slachten een paar dagen lang vetmesten met hondenvlees, omdat ze anders te veel naar vis smaken.'

'Cool,' zei ik.

'Waarom aten ze niet gewoon de honden op?' zei Fabián.

'Vanaf nu mogen jullie me niet meer onderbreken,' zei Cristina. 'Ondanks deze ontberingen laten de mannen zich niet ontmoedigen, omdat de beloning waarop ze hun zinnen hebben gezet zó geweldig is, dat ze hebben besloten alles op alles te zetten om die in handen te krijgen. Drake jaagt op een schip dat de Spaanse zeelieden de bijnaam Cacafuego hebben gegeven, omdat het tijdens gevechten zo vurig kan schieten, dat het lijkt alsof het vuur schijt. Nadat Drake het schip van de kust voor Chili via Peru hierheen heeft achtervolgd, krijgt hij het eindelijk in handen, inclusief de schatten aan boord. Het is een eclatante overwinning. Hij wil terugzeilen naar Plymouth, naar de koningin die op hem wacht, en waar hij als een held zal worden onthaald. Niet alleen met zijn eigen schip, maar ook met de Cacafuego – en al het zilver in haar buik.'

'Goed gedaan,' zei Fabián.

'Heel goed, ja,' zei Cristina. 'Helaas hebben de Spanjaarden andere plannen. Voordat de laatste van hen gevangen kon worden genomen, hebben ze genoeg tijd de Cacafuego te doen kelderen.'

'Wat is dat?' zei Fabián.

'Zo noemen ze het als je je eigen schip tot zinken brengt, zodat het niet in handen van de vijand kan vallen,' legde Ray uit. 'Erg eervol. Persoonlijk zou ik liever gewoon zeggen: "Neem jij het schip maar, *dude*." Maar daar voelden deze kerels niets voor.'

'Mag ik weer even?' zei Cristina, die om Ray moest lachen, of ze het nu wilde of niet. 'Goed, dus de Cacafuego zinkt naar de bodem. Maar Drake zweert dat hij geen stukje Spaans zilver kwijt zal raken. Het lukt zijn mannen om al het zilver uit het schip te halen, voordat het zinkt. Dit betekent echter een ernstige overbelading, aangezien de Golden Hind al zwaar beladen is. Een van de Spaanse gevangenen begint het schip van Drake de Cacaplata te noemen, omdat het nu in feite zilver schijt.

Het zorgt werkelijk voor problemen. Er is nu zo'n grote schat aan boord dat Drake niet weet wat hij ermee aan moet. Zeelieden gooien zilveren munten overboord om te zien hoe ze stuiteren op het water. Zelfs de jongste scheepsjongen – laten we hem maar Hawkins noemen, net als in *Schateiland* – rent over het dek met glimmende zilveren knopen aan z'n jas. De kok begint te experimenteren met zilver in het eten. Het zilver slaat over de randen van het schip met elke golfbeweging van de oceaan. Zie je het voor je?'

'We zien het,' zei Fabián. 'Er is een hoop zilver aan boord.'

'Er is een hoop zilver aan boord,' zei Cristina. 'Mensen nemen niet eens meer de moeite het van elkaar te stelen. Er is zo veel zilver dat het al zijn waarde heeft verloren. Snap je?'

'We snappen 't,' zei Fabián, die ongeduldig begon te worden. 'Dus, wat gebeurde er toen?'

'Drake berekent hoeveel gewicht hij kwijt moet raken om zonder te zinken naar Engeland terug te kunnen varen, en besluit dan wat hij met het overschot aan zilver gaat doen. Hij zeilt een kleine baai binnen van een eiland dat Cano wordt genoemd, niet ver hiervandaan, en dat nu bekendstaat als Isla de Plata. Terwijl het schip water en schildpadden inneemt voor de terugreis, pakt Drake een koperen kom en schept gelijke hoeveelheden van de schat op voor zijn bemanning. Als hij dat heeft gedaan, gooit hij 72 ton overboord. Hij noteert op welke plek, zodat hij terug kan komen om de schat op te halen. Maar hij keert nooit terug. En tot op de dag van vandaag ligt de schat daar.'

Fabián was klaar met eten en lag nu op zijn rug met een warme steen op zijn buik en keek omhoog naar het zuiderkruis. 'Cool,' zei hij. 'Misschien moeten we toch maar op zoek gaan naar een schat.'

'Misschien moeten we dat doen, ja,' zei ik, erop gespitst een nieuwe zoektocht te bedenken, hoe absurd ook.

'Ray brengt jullie er morgen heen, niet dan, schat?' zei Cristina.

'Prima. Meer eerst vind ik dat een van jullie een verhaal moet vertellen,' zei Ray. Hij wees naar Fabián. 'Ik wil wedden dat jij een goed verhaal voor ons in petto hebt. Een of ander volksverhaal, uit de hooglanden. Ik zie dat je het in je bloed hebt. Ik wil wedden dat je ook een beetje *runasimi* spreekt.'

'Nee,' zei Fabián, die rechtop ging zitten. 'Mijn vader kon het een beetje, maar ik niet.' Hij was van zijn stuk gebracht door Rays opmerkingen. Ik denk dat nooit eerder iemand zijn indiaanse bloed had herkend.

'Runasimi?' vroeg ik.

'Dat is het woord dat de indianen gebruiken voor de taal die iedereen Quechua is gaan noemen,' zei Cristina. 'Het betekent: "de taal van echte mensen"'.

Fabián begon zich steeds ongemakkelijker te voelen en beweerde dat hij geen enkel volksverhaal kende. Cristina zei dat hij er een moest bedenken. Ze zei dat er maar een paar regels waren die je in acht moest nemen.

'Als eerste: begin je verhaal met cavia's, voor een dramatisch effect. Je begint met: "Alle *cuyes* in het huis werden ineens wakker" of met "Alle cuyes in het huis waren plotseling doodstil". Ten tweede moet je een of twee symbolische dieren in je verhaal stoppen. Ten derde: sleep aan het einde van het verhaal je gehoor mee, door ze persoonlijk aan te spreken en te vertellen dat je een stuk van de taart van de bruiloft voor hen hebt meegenomen, of dat het onderwerp van je vertelling nog altijd in leven is, tot op de dag van vandaag.'

Ray zag de uitdaging wel zitten. 'Weet je wat,' zei hij, 'als je een goed verhaal voor ons verzint, dan neem ik jullie morgen mee naar Isla de Plata in mijn boot, helemaal voor niets, en dan vinden we vast wel iets van die schat van Francis Drake terug.'

Ik lag op mijn rug, balanceerde een hete steen op mijn knieën en keek naar de vonken die vanaf het vuur de hemel in vlogen, dus kon ik Fabiáns reactie niet zien. Maar ik wist dat hij zo'n aanmoedigingspremie noch de uitdaging zou kunnen weerstaan.

Oké, we noemen dit verhaal 'De jongen die niets zei' (zei Fabián). Het verhaal gaat als volgt: Het was middernacht in het dorp. Het was een heldere nacht, en het zuiderkruis twinkelde aan de hemel.

De jongen wist niets van dit alles. Hij lag in zijn bed; zijn moeder lag in de kamer ernaast. Zijn vader was die nacht aan het vissen en werd pas de volgende ochtend terug verwacht. Plotseling begonnen alle cuyes tegelijk te piepen. Ze waren geschrokken van iets, buiten. De jongen stak een kaars aan en wachtte tot de cuyes weer rustig werden.

Hij liep naar de slaapkamer van zijn ouders en zag dat het bed van zijn moeder leeg was. Hij voelde eraan, merkte dat het nog steeds warm was en nam aan dat ze uit bed was gegaan om te pissen, of om wat chocolademelk op te warmen, zoals ze weleens deed als zijn vader er 's nachts niet was en ze de slaap niet kon vatten.

Hij ging naar buiten. Zijn moeder lag op haar rug, over een omgevallen boom. Haar rokken lagen omhooggetrokken om haar heen, haar benen waren gespreid en een grote, witte stier stond over haar heen. Met zijn hoeven precies op haar schouders hield hij haar in bedwang, maar ze leek zich niet los te willen worstelen. Het tegenovergestelde zelfs. Toen al wist de jongen dat het geluid van haar gegil hem de rest van zijn leven bij zou blijven.

De jongen rende terug naar zijn kamer, stelde de cuyes op hun gemak en ging weer in bed liggen. De volgende ochtend zei hij tegen zichzelf dat het een droom was geweest, niet de werkelijkheid. Hij besloot het uit zijn gedachten te bannen. Maar de herinnering aan het visioen kwam twee maanden later terug.

Hij en zijn vader droegen zakken gerst naar de markt, en zijn vader, niet in staat zijn vreugde te beheersen, vertelde de jongen dat hij een broertje of zusje zou krijgen. De jongen was oud en tactvol genoeg om niets over de stier te zeggen, maar in de zeven maanden die volgden, schrok hij met regelmaat midden in de nacht wakker, geplaagd door afgrijselijke nachtmerries waarin zijn moeder inwendig werd doorboord door de hoorns van de stierenbaby.

En nog steeds zei de jongen niets. Op de avond van de geboorte regende het hard. De priester kwam naar hun huisje. Hij zei tegen de jongen dat hij hem voor de voeten liep en vroeg of hij een tijdje weg wilde gaan. De jongen wilde er maar al te graag vandoor. Hij werd gekweld door de gedachte aan wat er zou kunnen gebeuren.

De jongen rende door de velden, gleed uit in de modder in een poging te ontsnappen aan het visioen in zijn hoofd. Telkens als hij probeerde terug te keren naar het huisje, stuurde het gegil van zijn moeder hem weer terug, de natte nacht in.

De jongen rende urenlang en viel uiteindelijk uitgeput in slaap onder een *quiñua*-boom, die hem beschutte tegen de regen. Toen hij de volgende ochtend wakker werd, zat hij onder de bladeren en opgedroogde modder. Over de volle lengte van de vallei liep de breedste, kleurigste regenboog die de jongen ooit had gezien. De kleuren schemerden door in alles wat hij zag.

Hij vatte dit op als een gunstig voorteken en ging op weg terug naar het huisje. De lucht was fris en koud na de nachtelijke regenbui. De zon verblindde hem toen hij afdaalde van de berg. Hij kreeg er een loopneus van. Toen hij zijn huis naderde, hoorde hij een baby huilen. Niet het geluid van een loeiend kalf, zoals hij had gevreesd. Hij begon te rennen, maar de priester hield hem tegen bij de voordeur.

'Je moeder is dood,' zei hij. 'Maar je hebt wel een klein broertje. Verdrietig, maar het leven gaat door.'

De jongen begreep dat het leven doorging. Maar tegelijkertijd begreep hij dat deze ochtend en de regenboog illusies waren – dat de vorige nacht nooit voorbij zou gaan en dat een deel van hem daar altijd in gevangen zou blijven, de berghelling op en neer rennend, voor eeuwig.

In het jaar dat volgde, probeerde de jongen uit alle macht van zijn broertje te houden, maar hij kon niet naar het kindergezichtje kijken zonder te zien hoe gedraaide stierenhoorns als boomwortels aan zijn voorhoofdje ontsproten. Hij begon bang te worden dat hij het kind iets zou aandoen.

En dus ging hij om zijn familie te beschermen voor een verre neef werken die hoog in de bergen woonde, waar hij zijn dagen alleen kon slijten, tot het moment waarop hij niet langer dezelfde nacht keer op keer hoefde te beleven. Zelfs toen hij vertrok, wist hij al dat dit meer tijd zou vergen dan hij had in dit leven.

En daar woont hij nog steeds, hoog in de bergen, tot op de dag van vandaag. Als je geluk hebt, kun je zien hoe hij op de berghellingen maden en insecten eet, en 's nachts op zoek gaat naar een witte stier, de hele nacht, elke nacht. Dat is het verhaal van 'De jongen die niets zei'.

Het vuur knetterde. Fabián staarde naar het geflakker, alsof er niemand anders aanwezig was, en neigde toen zijn hoofd, met een verlegen blik op zijn gezicht. Ray trok nog een fles bier open en gaf die aan hem, samen met een hete steen.

'Niet echt een verhaal waar je warme gevoelens aan overhoudt, hè?' zei Ray.

Gelach schalde over het strand.

TWAALF

De volgende morgen werd ik wakker van kriebelende vliegen, die van het zweet op mijn gezicht dronken. Ik spartelde van walging en trok de klamboe los, die kennelijk toch al weinig effect had gehad. Half in slaap en gehuld in wit muggengaas raakte ik in paniek, en een paar minuten lang worstelde ik als een naar adem happende vis, voordat ik eindelijk het net van me af kon schudden. Door de dichte luiken voor de ramen was ons hutje benauwd en vochtig van zweet en insecticide. Ik speurde de ruimte af om te zien of Fabián mijn gehannes had opgemerkt, duwde toen de deur open en stapte naar buiten, waar het zand al bloedheet was van de vroege zonnestralen. Knipperend tegen het felle licht liep ik regelrecht naar de douche, waar ik ineengedoken op het bamboerooster ging staan en aan de ketting trok. Brak, bruin water spoelde over me heen. Het voelde goed. Ik wachtte tot de stortbak weer volgelopen was en trok een tweede keer door.

Ik strompelde nadruppelend naar de bar, toen een prehistorisch, dierlijk geluid de stilte verbrak. Toen ik de hoek omging, verwachtte ik min of meer Ray te zien die me met een monster 'goedemorgen' zou begroeten, bungelend aan de nek van de brontosaurus die hij voor het ontbijt had gestrikt. Ik zag geen dier toen ik mijn hoofd onder het dak van palmbladeren stak, maar ik merkte wel dat er iets niet normaal was. Fabián zat ineengedoken aan het uiteinde van de bar en hield als een leeuwentemmer een stoel voor zich uit gestoken, terwijl Ray en Sol geamuseerd toekeken.

'Goeiemorgen,' zei ik.

'Anti, blijf daar,' zei Fabián. 'Dit klotebeest hapt zo je vinger eraf.'

Ik verwachtte een komodovaraan, of in elk geval een reuzenleguaan. Maar toen ik binnenkwam, zag ik dat het om een papegaai ging, hoewel het wel de grootste was die ik ooit had gezien. Hij was voornamelijk glanzend rood, maar had een felgroene en knalblauwe staart die twee keer zo lang was als de papegaai zelf. Het beest waggelde tussen de tafels door, beurtelings krijsend en happend naar de tafelpoten met een snavel die er – dat moest ik Fabián nageven – angstwekkend uitzag.

'Arkk,' krijste de papegaai.

'Grote papegaai,' zei ik.

'In feite is het een geelvleugelara,' zei Ray. 'Maar dankzij onze vrienden boven aan de rotswand houdt hij niet zo van mensen.'

'Die koepel?' zei Fabián, die de stoel onmiddellijk neerzette. 'Dat wilde ik je nog vragen. Wat is dat voor gebouw?'

Ray praatte warrig en hield een vaderlijk oog op de papegaai gericht.

'Eigenlijk weten we dat niet. Hele bootladingen mensen varen af en aan, maar we zien ze nooit, behalve af en toe op zee. Het gebouw is helemaal afgesloten. Ik denk dat iemand met heel veel geld het heeft laten bouwen als vakantiehuis en het verhuurt.'

'Maar dat weet je niet zeker?' zei Fabián.

'Hoezo. Heb jij een andere theorie?'

Ik wierp Fabián een waarschuwende blik toe. Hij stak zijn tong naar me uit.

'Misschien is 't wel een of andere club,' ging Ray verder. 'Of anders een hotel. Maar als het een hotel is, dan heeft 't geen naam. En het biedt al helemaal geen onderdak aan toevallige passanten.'

'Waarom niet?'

'Omdat niemand het kan bereiken. Toen ze het zo'n zes jaargeleden bouwden, hebben ze een weg op palen aangelegd om het bouwmateriaal naar boven te krijgen. Maar naderhand hebben ze die weg afgebroken, en nu kun je er alleen nog maar met een boot komen. Of als je dat liever hebt, kun je hun heliport gebruiken.' Hij snoof. 'Lijkt verdomme wel een James Bond-film.'

'Cool,' zei Fabián, volledig in de ban.

'Vroeger klom ik er vaak heen, voor de natuur – er zat een hele kolonie zeldzame zandhagedissen daarboven – en die is zó, met de bulldozer, weggeschoven. Ze hebben de hele bovenkant opgeblazen en de fundering gelegd, voordat we doorhadden wat er gebeurde. Milieuactivisten zouden gek worden als ze erachter kwamen, maar ik denk dat er iemand smeergeld heeft gekregen.'

'Kon jij niet zorgen dat ze ophielden?'

'Ik ben op een dag naar boven gegaan om te kijken, misschien met iemand te praten, nadat ze waren begonnen met bouwen. Maar de mensen die er liepen, nou, dat waren geen types die wilden onderhandelen, als je begrijpt wat ik bedoel. Ik had weinig zin om daar nog eens rond te scharrelen.' Hij gebaarde naar de papegaai. 'Maar goed, op een dag, toen ze nog aan het bouwen waren, vond ik deze jongen die in het water onder de rotswand rondfladderde, al bijna verzopen, zijn beide vleugels gebroken. God mag weten wat ze met 'm hebben gedaan – vast een boom gekapt terwijl hij er nog in zat of zo. Hoe dan ook, ze hebben zijn vleugels zo verneukt dat-ie nooit meer kan vliegen. Dus nu woont hij hier bij ons en wij geven hem zo veel te eten dat hij bijna niet meer kan lopen. Hè, jochie?'

'Arkk.'

'Da's vreselijk,' zei ik. 'Geen wonder dat-ie kwaad is.'

'Hij is niet echt gevaarlijk, maar hij knaagt wel graag aan mijn meubels. Je moet gewoon uit de buurt van zijn snavel blijven en 'm wat lekkers geven, dan komt 't allemaal wel goed.'

Ik dacht dat Fabián beteuterd zou reageren op de weerlegging van zijn theorieën over de koepel, maar die leek nog niet tot hem doorgedrongen te zijn.

'Wat voor lekkers?' zei hij. 'Ik heb geen overbodig vlees in de aanbieding.' Toen greep hij plotseling Sol beet. 'Maar misschien kunnen we hier ergens een sappig stukje vinden.'

Het meisje gilde en barstte uit in een lachsalvo toen Fabián haar oppakte en onder zijn arm naar de papegaai droeg. Toen vielen ze allebei giechelend op de vloer en terwijl ze over de zanderige planken rolden, schoot er een bezorgde trek over Fabiáns gezicht en stak hij snel zijn arm achter Sols hoofd, voor het geval ze hem een stomp zou geven. De papegaai hapte een stuk uit een tafelpoot, krijste woedend en scheet op de vloer.

'Arkk.'

'Precies, jochie,' zei Ray. 'Zeg er wat van.'

Ray schonk ons een ontzagwekkende hoeveelheid zoete koffie in en zei toen: 'We kunnen maar beter snel uitvaren; het weer blijft niet zo. De kustwacht zegt dat er vanmiddag een stortbui komt. Het is het seizoen ervoor: El Niño. Sorry guys, ik bedenk het ook niet.'

'We zijn over vijf minuten klaar,' zei Fabián, die opstond.

'Gaan we echt op zoek naar de schat?' zei Sol tegen haar vader. Fabián had haar kennelijk lekker gemaakt.

'Tuurlijk, liefje,' zei Ray. 'Maar vergeet niet: "Het is beter vol verwachting te reizen dan om aan te komen."'

'Goed, papa,' zei Sol die probeerde een schelpje in haar oor te stoppen en weinig aandacht voor haar vader overhad.

'Wat?' zei Fabián.

'Robert Louis Stevenson,' zei Ray. 'Het betekent dat wat je tijdens een reis ziet, belangrijker is dan het uiteindelijke doel. Lezen jullie niet?'

'Het is al goed, dude,' zei Fabián. Toen we uit het zicht van Ray waren, deed hij alsof hij met een pistool door zijn slaap schoot en mompelde: 'Fucking hippies. Moet je je voorstellen dat je opgroeit en dát je vader is,' terwijl we terugkuierden naar ons hutje.

'Jij bent goedgemutst vanochtend,' merkte ik op.

Hij wachtte even en keek in het rond. 'Ja, dat ben ik wel, ja. Komt vast omdat ik weg van huis ben.'

'Ik dacht dat je kwaad zou worden toen Ray over die koepel vertelde.'

'Meen je dat? Ik vond het fantastisch. Dit is een te gekke plek. Ik zou hier wel een hele week willen blijven.'

'Hoe krijgen we dat dan voor elkaar?'

'Weet ik niet, maar het is nog maar vrijdag. We hebben nog achtenveertig uur, pas dan hoeven we na te gaan denken over ons vertrek, dus laten we het er maar van nemen.'

We zaten met z'n vieren in Rays brede, stevige vissersboot. Ray stuurde vanaf de achtersteven, zijn grijze manen zwiepten in de wind als een kat met negen staarten. Ik zat op een houten bankje tegenover hem en keek naar het water, waar we snel overheen scheerden. Fabián en Sol lagen samen op de voorsteven en keken beurtelings door een verrekijker, op zoek naar pelikanen of walvisstaarten. Ondanks de wrevel tijdens hun eerste ontmoeting, konden Fabián en Sol het nu prima met elkaar vinden, en ze speelden de hele ochtend al met elkaar. Hij had me de vorige avond zelfs verteld hoe graag hij een zusje als zij had willen hebben. Ik was tevreden. Sol was een onverwachte, ongecompliceerde afleiding voor Fabián, en dat leek hem gelukkig te maken.

Het eiland doemde langzaam op aan de horizon, als een donker wordend brood in een oven. Vogels fladderden eromheen en maakten duikvluchten langs de randen, alsof het eiland een levend organisme was, groot genoeg om een bron van leven te zijn in ruil voor vlooiprivileges. We kwamen dichterbij, kervend door het water dat telkens als ik naar beneden keek weer van kleur veranderd leek te zijn. Koffiekleurig bij het vasteland, verschietend naar leisteengrijs naarmate we sneller voeren, en nu we ons reisdoel naderden werd het weer helderder. Ik zag een opgezwollen, dode goudvis aan het oppervlak dobberen en dacht aan de schat. We kwamen aan bij een haventje met een aanlegsteiger, waar een bootlading toeristen aan land ging. Ray gaf echter gas en stuurde ons naar de volgende baai, met alleen uitlopers van zwarte lava om aan te leggen. Voor we van boord gingen, legde hij uit dat je strikt genomen een speciale vergunning moest hebben om het eiland te bezoeken, omdat het een natuurreservaat was. Ook vertelde hij dat hij niet over zo'n vergunning beschikte en dat ons bezoekje daardoor discreet zou moeten verlopen.

De baai was zo groen als flessenglas. Koraal groeide in bosjes op de bodem; scholen vissen zochten erin naar voedsel. Ray voer de boot naar zijn favoriete aanlegplaats, waar enorme brokken puimsteen de boot aan blikken vanaf het eiland onttrokken.

'Ik zou jullie nu eigenlijk een smokkelaarsgrot moeten laten zien, maar die is er niet,' zei hij. 'Je moet 'm er zelf maar bij bedenken.'

De boot schommelde toen ik er uitstapte. Ik stelde me voor hoe het gewicht van mijn ene pas een rimpeling over de oceaan zou sturen die wellicht duizenden kilometers verderop een Japanse visser zou laten wankelen. De rotsen voelden ruw aan onder mijn voeten, alsof we op een eiland van schuurpapier aan land gingen. Ik tuurde zo vaak mogelijk in het water, in de hoop tussen de rondschietende vissen en het kronkelende koraal een glinstering van Spaans zilver te zien.

Net als de Galápagoseilanden had het eiland weinig te bieden aan flora, maar was het dichtbevolkt met dieren: rotspelikanen in paren, enorme, statige leguanen, traag bewegende vluchten bruine pelikanen, zelfs een verbaasde albatros, die stilletjes op haar nest zat achter een doornstruik. Ray bleek een expert te zijn en wees ons opgewonden op de verschillende inheemse soorten.

'Maar waar is verdomme die schat nou?' fluisterde Fabián in mijn oor, terwijl Ray ons enthousiast attendeerde op een zeeotter die in het ondiepe water dartelde.

Binnen een uur hadden we prachtige exemplaren gezien van lavameeuwen, scholeksters en fregatvogels, om maar te zwijgen van de zeeleguanen en lavahagedissen. Ten slotte zei Ray: 'Als je nóg meer wilt zien, dan moeten we door naar de Galápagoseilanden. Dat betekent wel dat ik een iets grotere boot moet huren, en dat ik een paar nog strengere wetten moet overtreden. Wat vinden jullie, guys? Zijn jullie al klaar om terug te varen?'

'Maar hoe zit 't nou met die schat?' zei Fabián. 'Waar zou die ongeveer moeten liggen?'

'O, dat. Dat weet niemand, man. Kan in elk van deze baaitjes liggen. Wacht even. Weet je wat dat is? Een rode tiran. Heel zeldzaam.'

'Ik vind dat we nu echt op zoek moeten naar die schat.'

Rays haar zwierde in natte strengen over de rug van zijn onderhemd toen hij zich omdraaide. 'Je hebt gelijk. Laten we gaan zwemmen voordat het onweer losbarst,' zei hij. 'Het wordt een zware bui.' Hij bracht ons terug naar de baai met het zwarte zand en de vulkanische rotsblokken, waar de ronde keien op de bodem tot ver in de ondiepe zee zichtbaar waren.

'Genoeg hoeken en gaten om hier een schat te verbergen,' zei Ray. 'Ik begin hier, jullie kunnen uitwaaieren en de rest van de baai uitkammen.' Hij trok zijn shorts en hemd uit en veranderde in een verzameling walnootkleurige ledematen die in de richting van de horizon peddelden. Sol sprong in het water en zwom achter hem aan.

'Dit zuigt. We hebben haar beloofd op zoek te gaan naar de schat,' zei Fabián.

'Ze lijkt er niet erg mee te zitten,' zei ik.

'Daar gaat 't niet om. Ik heb het haar beloofd.'

Ik zuchtte. 'Oké. Kijk eens om je heen. Als jij Francis Drake was, waar zou jij je schat dan laten zinken?'

'Loop me niet te kleineren.'

'Normaal heb je niet zo'n moeite met plezier maken. Kom, dan gaan we zwemmen.'

Hij stak zijn gipsen arm omhoog als antwoord.

'Je kunt pootjebaden,' zei ik.

'Ga jij maar. Zelfs ik weet dat de schat niet zal liggen in een baai die zo ondiep is dat een rubberbootje er nog aan land loopt. Ik blijf hier.'

Terwijl ik zwom, wierp ik blikken op de kustlijn. Fabián zat dwangmatig zijn gezicht af te deppen met alcohol en keek niet eens naar de zee. Vanaf een afstandje leek het alsof hij in zichzelf praatte. Binnen enkele minuten hield Ray het voorwendsel dat hij naar de schat zocht voor gezien, begon zijn dochtertje in de lucht te gooien en ving haar verrukte lichaampje weer op boven de waterspiegel.

'Het weer slaat om,' zei hij toen we uit zee kwamen. 'We kunnen maar beter de trossen losgooien, anders moeten we hier blijven.'

Boven ons hadden de wolken zich samengepakt tot een drukkend deksel, als een handpalm die een duveltje in een doosje perst. De temperatuur steeg. De dieren haastten zich weg: vogels schoten door de lucht, leguanen zochten een veilig plekje op.

'Ik had jullie wel meer van het eiland willen laten zien, maar nu moeten we weg. De toeristenboten zijn vast al uren geleden weggevaren, en wij kunnen dat ook maar beter doen,' zei Ray.

'We kunnen nog niet weg.' Fabián keek hem aandachtig aan. 'Ik wil een schat vinden. Daarom zijn we hiernaartoe gegaan. Je hebt je niet aan de afspraak gehouden.'

Ray droogde zich lachend af. 'Luister ventje, even zonder gekheid: er ís verdomme helemaal geen schat op dit eiland. En als-ie

173

er was, zouden wij 'm zeker niet vinden. We moeten nu weg, voordat die onweersbui ons te pakken krijgt.'

Fabián ging staan. 'Dit is gelul. We kwamen hier voor de schat.'

'Méén je 't nou? Je maakt geen geintje? Ik dacht dat je dit alleen maar deed om mijn dochter een plezier te doen. Je bent vijftien jaar.'

'Papa, kunnen we niet heel even op zoek gaan naar de schat?' zei Sol.

'Schatje, we kunnen ergens anders wel naar een schat zoeken. Nu moeten we terug, anders wordt het een riskante overtocht.'

'De schat,' zei Fabián. 'Ik heb Sol beloofd dat we een schat zouden vinden en dus gebeurt dat ook.'

Ray sloeg een arm om Fabiáns schouders om hem even apart te nemen, maar Fabián rukte zich los.

'De schat.'

'Goed dan. Ik ben best wel een democratisch type. Anti, jij hebt de beslissende stem.'

'Misschien kunnen we morgen terugkomen om te zoeken, als er onweer op komst is,' zei ik. 'Hoewel de schat wel één van onze doelstellingen was.'

'Oké. Dus nu hebben jullie opeens "doelstellingen",' mopperde Ray. 'Goed, we gaan terug naar de boot en dan zien we daar wel hoe het is. Maar ik heb 't laatste woord. Rotjongens.'

Het water in de baai beukte schuimend op de rotsen. Toen we het pad naar de kustlijn afdaalden en ik het water afspeurde, zag ik dat zelfs de vissen een veilig heenkomen hadden gezocht. Bomen en struiken spartelden tegen de wind, alsof ze gevangenzaten in een dwangbuis en weigerden om lijdzaam afgevoerd te worden.

Zodra we allemaal aan boord waren, begon Ray de boot los te maken. 'Ik ga niet mijn leven en dat van mijn dochter riskeren voor een of ander joch dat weigert volwassen te worden,' zei hij. 'We gaan nú terug.'

'Kijk!' Fabián tuurde over de rand van de boot. 'Daar ligt iets.' Heel even dacht ik iets van metaal te zien glinsteren tussen het koraal, maar toen sloeg een woedende golf het beeld aan duigen. Fabián trok zijn T-shirt uit. 'Ik kijk alleen even wat het is. Duurt niet lang.'

De boot deinde onder dat voorstel en ik verloor bijna mijn evenwicht. Ik werd al misselijk terwijl de boot nog in de baai lag, en wilde liever niet nadenken over de terugvaart. Ik greep Sol vast, meer om zelf wat houvast te hebben dan om haar te beschermen – haar zeebenen leken dik in orde.

Ray rukte de motor van de boot tot leven, maar Fabián staarde nog steeds in het water. 'Je gaat nu niet dat water in,' riep Ray boven het geluid van de motor en de wind uit. 'Met deze stroming word je op dat koraal fijngemalen als Parmezaanse kaas. Vergeet 't maar.'

Fabián stond stevig, deinde mee op elke nieuwe golf die de boot raakte. 'Doe niet zo belachelijk. Ik ben niet bang voor de zee. En er ligt daar beneden een schat.'

'Je kunt sowieso niet het water in,' zei ik. 'Je gipsverband.'

Fabián had al de hele tijd zijn gipsverband tegen de metalen rand van de boot geschuurd, alsof hij jeuk had. Opeens sloeg hij zo hard als hij kon met het gips op de rand. Alsof hij een weerbarstig ei probeerde te breken, hief hij zijn arm op en sloeg hem wéér op de boot. Er verschenen barsten in het gips die de handtekeningen en grapjes van onze klasgenoten in Quito uiteenscheurden. Toen trok Fabián aan het gipsverband alsof hij een ovenwant afdeed, gebruikte de zijkant van de boot om kracht te zetten en uiteindelijk liet het los. Hij gooide het met een wijde boog in zee, waar het bleef drijven. Het hart dat Verena met viltstift had getekend, liep rood en paars uit in het water. Zijn arm was bleker dan de rest van zijn lichaam. Snel wreef hij heen en weer over zijn arm, schudde vlokken dode huid als confetti uit over het water. Hij ging klaarstaan om te duiken.

'Je gaat níét dat water in,' zei Ray, die naar de andere kant van de boot schoot om hem beet te pakken.

'De schat,' zei Fabián, en hij knipoogde naar Sol. Toen schoot hij door het water, als een harpoen door de schuimkoppen, die zijn lichaam onmiddellijk verzwolgen.

'"Ik ben niet bang voor de zee." Dat joch toont geen respect,' zei Ray. 'Als hij niet binnen een paar minuten is veranderd in een wolk gehakt, dan gaan we ervandoor op het moment dat hij weer aan boord is. Hou hem in 't oog.'

Fabián kon goed zwemmen – zoals ik al zei was hij goed in alles waarmee hij indruk kon maken – maar ik was bang dat hij dit niet tot een goed einde zou brengen. Ray had zich omgedraaid om het laatste touw los te maken en zag daardoor niet wat Sol en ik zagen. Fabiáns vertekende vorm gleed over de zeebodem, zijn zwarte haar wapperend in de stroming. Hij verdween tijdelijk, opzij gesmeten door een golf, maar schoot toen weer door het ondiepe water en zette zich af, op weg naar boven. Zijn bleke arm kwam boven water, de vuist triomfantelijk gebald, en toen duwde de branding hem naar ons toe, alsof hij door een enorm zeedier werd voortgestuwd. Fabiáns lange ledematen kletterden tegen de zijkant van de boot, die nu schommelde door het legioen aanstormende golven. Toen ik hem aan boord trok, zag ik een smalle schram op zijn linkerbeen, waaruit grillige stroompjes bloed vloeiden. Ray gaf gas en weg waren we.

'Heb je nou je zin?' schreeuwde Ray. 'Dat was gevaarlijk, man. Wel de laatste keer dat je van mij iets gedaan krijgt. Wat dacht je daar eigenlijk te vinden?'

'De schat,' zei Fabián tussen zware ademtochten door, met zijn rug tegen de binnenkant van de boot.

'Gaat 't een beetje?' zei ik.

Hij negeerde me en hield zijn nog altijd gebalde vuist voor Sols gezicht, dat veranderde van bezorgd naar ongelovig en vervolgens naar verbijsterd, toen hij zijn hand langzaam opende. Fabián had een gelukzaligheid over zich die ik nooit eerder had gezien. Het ding in zijn hand was verkleurd en verbogen, maar het was ontegenzeggelijk een zilveren munt.

We bonkten van golf naar golf, op weg naar het vasteland. De zee was te ruw om een gesprek mogelijk te maken. Ik zat naast Fabián, die met een triomfantelijke glans in zijn ogen naar het eiland staarde. Sol stond naast haar vader, een arm om zijn been geslagen. In haar vrije hand draaide ze de munt om, keer op keer. Na twintig minuten leek het alsof we de storm achter ons hadden en liet Ray de boot stilvallen in het kalmere, open water. Hij keek even in Sols hand voordat hij naar ons toe kwam.

'Je hebt haar hele dag goedgemaakt,' zei hij tegen Fabián. 'Ik neem aan dat ik je mijn verontschuldigingen moet aanbieden. Het enige wat ik niet snap, is wanneer je dat ding in het water hebt gegooid. We keken allemaal naar jou toen je het gips kapotsloeg.'

'Ik kan van alles laten verdwijnen,' zei Fabián. 'Vraag maar aan Anti – hij zal je hetzelfde vertellen. Toen jullie allemaal aan het zwemmen waren, kreeg ik eindelijk die munt uit mijn gips. Dus toen hoefde ik hem alleen maar in het water te gooien, ergens bij de boot. En ik was niet van plan hem daar achter te laten. Het was een van de weinige dingen die mijn vader me ooit heeft gegeven.'

'Weet je dan wel zeker dat je hem aan haar wilt geven? Als die munt iets met het WK voetbal te maken heeft, kan hij waardevol zijn.'

'Nah – zat gratis bij een pak cornflakes. "Helden van het WK". Dit soort dingen moet je doorgeven. Hij is voor haar. Ik geloof er niet meer in.'

'Walvis in zicht!' gilde Sol vanaf de achtersteven, haar schat nog steeds vastgeklemd in haar hand.

Ray glimlachte naar Fabián en zei: 'Nou, bedankt.' Toen sprong hij terug naar het stuurwiel. 'Welke kant op, schatje?'

Sol wees de richting aan en Ray duwde de gashendel naar voren, waardoor we op volle kracht vooruitschoten. Fabián en ik gingen staan en speurden de horizon af, in de hoop hem als eerste te zien. Na tien minuten zette Ray de motor uit en lagen we weer stil, zachtjes wiegend op het water. Afgezien van de golven die tegen de romp ketsten, hoorde ik niets. Een lichte motregen werd voelbaar en een ring van mist omsloot ons. Niemand zei wat. Toen hoorde ik iets: alsof de diepzee uitademde, gevolgd door druppels die op het wateroppervlak vielen. Fabián en ik keken elkaar aan, draaiden ons toen om. Nog steeds was het water in onze witte cirkel rustig. De anderen keken naar voren, maar ik had mijn hoofd naar links gedraaid, dus ik zag hem als eerste. Een zeeslang. Het monster van Loch Ness. Een processie van enorme, geribbelde ruggenwervels schoof drie meter verderop uit het water omhoog en ging, zonder ons op te merken, verder op weg naar een oneindig verre bestemming. Toen weer dat geluid: enorme longen onder het wateroppervlak die werden volgezogen, en het vochtige gesuis toen de walvis weer uitademde.

'Bultrug,' zei Ray zachtjes. 'De mooiste. Misschien steekt hij zijn kop wel boven water om te kijken.'

We wachtten een halve minuut in stilte, toen brak de waterspiegel. De walvis gooide zichzelf bijna helemaal uit het water en kwam met zo'n klap neer, dat de hele boot werd natgespat. Het was zo uitzonderlijk maar gebeurde zo snel, dat de twee momenten, de sprong en het neerkomen, tegelijkertijd leken plaats te vinden. Spontaan barstten we in gejuich uit.

Ik had net verwerkt wat er was gebeurd, toen Fabián in mijn oor fluisterde: 'Niet naar beneden kijken.' Ik keek naar beneden. Onder ons zwom nog een walvis, zijn grijze huid vol zeepokken leek een betonblok, dat door een ramp onder water was verdwenen.

'Als deze gaat springen...'

'Dan worden we als een jong zeehondje in de lucht gesmeten,' zei Fabián. 'Te gek.'

De walvis zwom onder de boot door, draaide zich loom op zijn rug en sloeg met zijn staart op het wateroppervlak toen hij voorbij was.

'Hij zwaaide naar ons,' zei Sol.

'Nee, dat doen ze om vissen bewusteloos te slaan,' zei Ray. 'Dat wordt de staartvinklap genoemd. Ze kunnen op die manier een hele school haringen buiten westen meppen.'

Fabián keek me aan en deed alsof hij moest gapen van verveling.

De aanhoudende regen deed er niet meer toe. We wachtten, vurig hopend op nog een sprong, en die kwam: een grotere walvis deze keer, die er echt werk van maakte en bijna helemaal loskwam uit het water, even in de lucht bleef hangen en toen met een klap neerkwam op het kalme water.

We zagen hoe de walvissen in formatie naar het noorden zwommen, hun staarten synchroon op en neer slaand. Toen waren ze verdwenen.

'Als je zou willen, dan kun je ze helemaal naar Colombia volgen,' zei Ray, 'maar volgens mij zit dat onweer ons nog steeds op de hielen.'

Er heerste een tevreden stilte in de boot. Telkens als ik mijn ogen sloot, vloog de walvis weer over mijn netvlies. Ik dacht terug aan wat Fabián had gezegd over het geheugen en wilde deze gebeurtenis fysiek in mijn herinneringen branden, zodat ik zeker wist dat ik deze ervaring nooit zou vergeten.

Ray had het onweer goed ingeschat. Hoewel we het eerst achter ons hadden gelaten, had het ons nu weer ingehaald en aan kracht gewonnen. Toen ik in de richting keek waaruit we gekomen waren, zag ik dat de zee zwartgerand was, als een rouwkaart. Een voortijdige schemering was ingevallen en ik begon te rillen omdat de temperatuur daalde.

Toen we het vasteland naderden, zagen we voor het eerst een ander vaartuig in het water. Niet gehinderd door het zware weer was een enorme witte plezierkruiser vanaf de noordkant van Pedrascada de zee op gedraaid en kwam nu regelrecht op ons af. Geelbruin licht scheen vanaf de dekken, en tussen de twee masten waren gekleurde lantaarns opgehangen, die heen en weer zwaaiden in het schemerlicht. De scherpe lijnen en de getinte ramen van het vaartuig waren bijna een belediging voor Rays romantische vissersboot, vooral na het zien van de walvissen.

'Die lui moeten niet veel dichterbij komen,' zei Ray, 'want anders zitten we in de problemen. Da's een flinke boot.'

Zijn woorden leken wel een toverspreuk. Voordat hij ze goed en wel had geuit, leek het schip op ramkoers met onze boot te liggen. Ik zag twee kromzwaarden van woedend schuim, die uitwaaierden in het kielzog. Zelfs een leek kon zien dat ze groot genoeg waren om onze boot te laten kapseizen. Ray gaf volle kracht vooruit om te ontsnappen, maar de aanzwellende golven slokten elk wanhopig pufje van de zwoegende motor op. Rays ontsnappingspoging leek het er alleen maar erger op te maken. We schreeuwden en zwaaiden met onze armen, maar het schip voer gewoon door. Ik hoorde cocktailjazz en zag mannen in blazers en vrouwen in avondjurken, die op een van de vele dekken stonden. Ik zag hun gezichten, hoorde elke noot van de muziek. Ik dacht zelfs het geluid te horen van de kristallen glazen waarmee ze proostten, zich onbewust van ons. Ray drukte drie keer op de toeter, die meelijwekkend klonk maar wel de aandacht van de passagiers aan dek wist te trekken. Een man in een lichtblauwe blazer hief zijn glas in onze richting, een andere groette door zijn pet te lichten, maar het jacht veranderde niet van koers. Het voer vlak voor ons langs en Ray schreeuwde dat we ons vast moesten houden, toen de golf van het kielzog ons naderde. Ray probeerde de boeg in de golf te sturen, zodat we niet langszij geraakt werden, maar veel kon hij niet doen. Een fractie van een seconde hingen we in de lucht, gewichtloos, alsof we over de top van een achtbaan raasden. Ik hoorde Sol gillen en zag hoe Fabián zich met een verwarde blik vastgreep aan een touw. Toen knalden we neer op het water. Ik stootte mijn hoofd hard tegen een bootshaak, bedekt met zeewier, en zette me schrap toen de muur van water ons overspoelde.

'We hadden verdomme wel kunnen verdrinken,' zei Ray later woedend. 'Ongelooflijk. Ik ga een officiële klacht indienen bij de havendienst.'

Het onweer had het vasteland bereikt en ging vreselijk tekeer. De regen hing als een gordijn aan het palmdak van de bar. Ray stond aan de bar en sneed een rode peper in stukjes.

'Ik moet nu eerst mijn woede botvieren, maar dan maak ik iets waar we allemaal van opkikkeren,' beloofde hij.

Hij kwam achter de bar vandaan, pakte een ananas en zette die op een tafel. Toen pakte hij een voorhamer die tegen een muur stond, hief hem boven zijn hoofd en liet 'm brullend op de ananas neerkomen. Houtsplinters en stukjes fruit vlogen in het rond, terwijl de ananas en de tafel gelijktijdig uit elkaar spatten. Sol giechelde van plezier.

'Zo, da's beter,' zei Ray, die terugliep naar de bar en verderging met het snijden van de peper.

De papegaai schuifelde naar binnen om te zien wat er gaande was en begon aan de stukjes hout en ananas te pikken.

'Arkk.'

'Ik heb de naam van dat schip niet kunnen zien,' zei ik.

'Dat maakt niet uit,' zei Ray. 'Ik weet waar het vandaan kwam. Vijftig dollar dat het iemand is die in die koepel logeert. Ik zal zorgen dat-ie nooit meer uit mag varen. Goed, nu kunnen we relaxen – dit maakt alles weer goed.' Hij had de in kleine stukjes gehakte peper in een braadpan op het gas gedaan en voegde daar grote brokken donkere chocolade aan toe, al roerend met een houten lepel. 'Warme chocolade, Mayastijl,' zei hij. 'De perfecte beloning voor succesvolle schatzoekers – en een prima opkikker voor bijna-schipbreukelingen.'

We dronken de gepeperde chocolade terwijl de regen boven onze hoofden raasde.

'Nou,' zei Ray, toen hij zijn beker leeg had. 'Ik ga even de stad in om de havendienst te bellen. Ik heb geen idee waar mijn vrouw uithangt. Kunnen jullie een half uurtje de bar bemannen? Als er iemand komt, geef ze dan wat te drinken en zeg maar dat ik zo terugkom. Ik kan me niet voorstellen dat er ook maar iemand komt met dit weer, maar je weet 't nooit op vrijdagavond...'

'Geen probleem,' zei ik.

'Solita,' zei Fabián. 'Wil je me je schat nog even laten zien?' Het meisje liep naar hem toe, ze hield de munt nog steeds in haar vuistje geklemd. Ik denk niet dat iemand de munt überhaupt aan had mogen raken, ware het niet dat Fabián hem had gevonden. Sol liet hem gehoorzaam zien, haar bewondering onverminderd, terwijl Fabián vertelde.

'Weet je, koning Maradona was een Azteekse krijger die moedig vocht tegen de kwaadaardige conquistadores in de strijd om Zuid-Amerika. Deze munt is vast afkomstig uit zijn schat. Zie je dit? "Mexico '86" staat er. Dat betekent dat de munt afkomstig is uit zijn koninkrijk Mexico, en waarschijnlijk in, eh... 1586 is geslagen.'

'De oorlogen met de conquistadores waren veel later,' zei Sol. 'Dat hebben we bij geschiedenisles geleerd.'

'Dan zul jij het wel beter weten dan ik,' krabbelde Fabián terug. 'Vooruit maar, ga maar met je vader mee.'

Ze keek hem vorsend aan, maar gaf hem het voordeel van de twijfel. Ze stopte de munt in haar zak en rende naar buiten, achter haar vader aan. De papegaai knaagde verveeld aan de poot van Fabiáns stoel. Hij hield hem nauwlettend in de gaten.

'Tamelijk controversiële uitleg van de strijd om de wereldbeker tussen Engeland en Argentinië,' merkte ik op.

'Hou toch je bek,' zei Fabián goedmoedig. 'Weet je, ik begin te begrijpen waarom mensen kinderen nemen. Ze vergeten hoe ze de dingen moeten zien als ze volwassen worden – er staat te veel realiteit in de weg – en dan nemen ze kinderen, en dan krijgen ze een tweede kans. Het komt gewoon door een gebrek aan fantasie.'

'Wil dit zeggen dat je de strijd zelf ook opgeeft?'

'Ik niet. Zeker niet.'

'Je moet toegeven: wat Ray vanochtend over die koepel vertelde, dat sluit eigenlijk wel uit dat het de geheugenkliniek is.'

'Wie zegt dat? Ray lijkt er amper meer vanaf te weten dan wij. Het enige wat we weten is dat wie daarboven zit, wie het ook is, zich het liefst met zijn eigen zaken bemoeit.'

'Maar dat schip... Die mensen zagen eruit als rijke toeristen, niet als ziekenhuispatiënten.'

Fabián stak een sigaret op en wiebelde achterover op zijn stoel terwijl we praatten. Zijn stem zwol aan en stierf weg als een instrument. Ik kreeg een luide solo over me heen, waarin hij de tekortkomingen van mijn verbeelding onthulde en met veel spektakel de hindernissen omzeilde die de realiteit voor hem in petto had.

'Wat me op mijn nieuwe theorie brengt,' zei hij. 'We weten dat de kliniek hier gebouwd zou worden...'

'In theorie, ja.'

'En we weten nog niet zeker dat die koepel níét de kliniek is...'

'Maar waarschijnlijk is-ie dat niet.'

'Dus dat schip dat bijna over ons heen voer, kan net zo goed van die aardige dokter zijn, die zijn patiënten meeneemt voor een tochtje.'

'Fabián. We hebben ze gezien. Dat waren geen patiënten. Ze hadden de tijd van hun leven.'

'Precies! Ze hadden de tijd van hun leven, want ze leefden in het moment.'

'Dus... wat wil je nou zeggen?'

'Ik wil zeggen: stel nou... stel nou dat je je geheugen bent kwijtgeraakt en dat het zo'n bevrijdende ervaring is *dat je het niet terug wilt?* Stel nu dat de mensen op dat schip zich zo goed vermaakten omdat, in de ongeneeslijkste gevallen, genieten van het moment *de enige behandeling is die dokter Menosmal voorschrijft?!*' Hij was verrukt over zijn eigen improvisatietalent. 'Dat is briljant!'

'Oké. Goed bedacht. Maar luister –'

'Denk je dat ik de strijd opgeef? Echt niet. Ik geef 't nog lang niet op.' Hij stak een sigaret op en blies een enorme rookpluim uit. 'Voor niemand niet.'

Zijn stoelpoot bezweek onder zijn gewicht en het aanhoudende geknaag van de papegaai, en Fabián kieperde achterover op de vloer.

'En ook niet voor vogels,' schreeuwde hij, lachend tegen wil en dank.

'Hoor je dat? Voor niémand.'

'Arkk.'

'Hoor je dat?' zei ik. 'Er komt iemand.'

DERTIEN

De komst van Sally Lightfoot veranderde alles. Met z'n tweeën hadden we ons avontuur waarschijnlijk ongedeerd tot een goed einde gebracht, maar met haar erbij liep het onvermijdelijk uit de hand. Ze fungeerde als katalysator, wakkerde de verschillen tussen persoonlijkheden aan en maakte ze intenser en lichter ontvlambaar. Hoewel we dit toen nog niet wisten, hadden we vanaf het begin achterdochtig moeten zijn.

Ik bedoel, ík had dat moeten zijn.

Ze reed vast met een looien voetje in haar Chevrolet pick-up, want we hoorden die boven het geluid van de regen uit brullen. We hielden op met lachen en vergaten dat Fabiáns stoel onder hem uit was geknaagd door een haatdragende papegaai. Fabián krabbelde onhandig op en toen ze binnenkwam, ging ik ook staan. Op de gewichtige manier van jongens aan wie verantwoordelijkheid is gedelegeerd, verwelkomden we onze gast en dreunden als robots de ingeprogrammeerde boodschap op: Ray is er niet, hij komt zo terug, wil je iets drinken?

Vanaf het begin zette ze ons op het verkeerde been.

'Is het er al?'

Eerst schatte ik haar begin dertig. Later kwam ik erachter dat ze eind twintig was. Ze droeg het bekende backpackersuniform: een blauwe bandana, die over haar kortgeknipte blonde lokken was gebonden, wijdvallende gevechtsbroek en stevige bruine laarzen. Dit ging allemaal, net als de rest van haar, schuil onder een dun

laagje stof, ondanks de regen. Haar huid was een andere tegen-
strijdigheid: bleek, hoewel ze eruitzag als iemand die van het bui-
tenleven hield. Midden op haar felrode T-shirt, waarvan de mouwen slordig waren afgeknipt, bungelde een tand van een beest, die
aan een leren veter om haar nek hing.

'Is het er al?' herhaalde ze. Haar accent was geloofwaardig, zowel
in Spaans als Engels, en er klonk iets Scandinavisch in door. '*Está
aquí?* Is het er al? Kunnen jullie überhaupt wel praten?'

'Eh... Ray is er niet. Hij is de eigenaar. Hij komt –'

'Als het hier was, zou je weten waar ik het over heb. Het is er dus
niet. Da's goed.'

Ze duwde haar handen tegen haar voorhoofd, alsof ze op zoek
was naar een gedachte. Een dunne lok viel voorover onder haar
bandana vandaan. Haar handen hadden al haar lokken achterover
kunnen houden, ware het niet dat haar ringvinger keurig was afgehakt bij het middelste kootje. Ze kneep haar ogen samen tot
driehoekjes, die eruitzagen alsof ze met een beitel in haar gezicht
waren gehouwen, en bleef een halve minuut in deze houding zitten, haar lichaam trillend en gespannen als een opgewonden veer.
Toen had ze haar gedachte kennelijk opgespoord, de driehoekjes
ontspanden zich en haar bleke handen vielen langs haar lichaam.

'Goed,' zei ze. 'Dat is goed. Dan komt het hier gauw. Dat betekent dat ik hier kan blijven, als ik me de getijden goed herinner,
wat ik niet kan garanderen. Ik wil wedden dat jullie niets van de
getijden afweten. Jullie zien er niet uit als echte strandjongens. Een
biertje graag, en iets te eten. En een bed.'

'We werken hier niet,' zei ik.

'Maar we kunnen je wel helpen,' zei Fabián. 'Een biertje, zeg je?
Geen probleem. Laat mij maar even. Alsjeblieft: ga maar zitten, als
je tenminste een stoel kunt vinden die niet is opgegeten door onze
papegaai.'

Hij liep naar de koelkast achter de bar, haalde er een natte, glinsterende fles Pilsener uit en gaf die aan haar, nadat hij de hals met zijn shirt had schoongeveegd.

'Wat het eten betreft: ik ben bang dat Raymond, onze maître d', momenteel druk in overleg is met de havendienst, maar hij komt over niet al te lange tijd terug.'

Zonder Fabián aan te kijken, pakte Sally Lightfoot de fles aan, nam een grote slok en veegde haar mond af met de rug van haar hand.

'Er is dus niets te eten?' zei ze.

'Ik heet Fabián. Dit is Anti. Wij zijn ook gasten hier. Hoe graag we je ook zouden willen helpen, ook wij weten niet waar het eten staat. Maar misschien wil je op een stukje van mij kluiven, terwijl we wachten tot Ray terug is?'

'In de regel eet ik geen rood vlees,' zei ze. 'Maar ja, jij valt zo te zien eerder in de categorie gevogelte, nietwaar? Nee, ik wacht wel.'

Fabián wendde zich beschroomd af. Zo'n bijdehand antwoord had hij niet verwacht.

'Hoe heet je?' zei ik, in de hoop het gesprek weer de goede kant op te sturen.

'Sally Lightfoot.'

Fabián snoof en zette opnieuw de aanval in. 'Ben jij een rood-huid dan?'

'Zie ik eruit als een roodhuid?' zei ze tegen mij. 'Je vriend is niet de slimste, hè? Jij bent vast de denker van het stel.'

Fabián, op twee-nul achterstand, begon efficiënt de resten van zijn stoel op te ruimen. De regen roffelde als met reuzenvingers op het dak.

'Interessante naam,' zei ik.

'Niet mijn echte,' zei ze. 'Maar als je aardig bent, vertel ik je mis-schien hoe ik eraan kom.'

Het ritueel dat volgde, leek deels bedoeld om haar uiterlijk te fat-soeneren, en deels veiligheidscontrole. Ze streek met haar handen langs haar onderbenen, vanaf haar enkels omhoog, zo ver als haar broek toeliet; eerst het ene, daarna het andere been. Toen streek ze over haar armen, haar linkerhand begon bij haar rechterpols, streek over haar sproetige arm, tot haar duim in haar oksel rustte, en toen weer terug. Als laatste begon haar rechterhand bij haar linkerpols, gleed naar haar oksel en weer terug, maar treuzelde waar de derde vinger van haar linkerhand ophield. Ze zag dat ik keek, en sloeg haar vingers, zowel verhullend als liefkozend, over het stompje.

'Dat is nog iets waarover je nu nog niets te weten zult komen,' zei ze.

Fabián, die zich met een biertje in de hoek had teruggetrokken, kwam nu weer voorzichtig naar ons toe en ging bij ons aan de tafel zitten. Koffie en opgedroogd limoensap hadden het hout van de hut de geur van bruine suiker gegeven – een microklimaat, gevangengehouden door de regen. Deze dag zou niet gloedvol eindigen zoals de vorige: deze dag was bezig te verzuipen.

We zaten zwijgend onder de donkere dakspanten en de deels werkende feestverlichting, tussen de splinters van gebroken stoelen en tafels, terwijl de regen het zand buiten geselde.

'Ray kan elk moment terugkomen,' zei ik, mijn keel schrapend.

'Laten we intussen dan maar gaan kijken of het er inmiddels is,' zei Sally.

'Wat ís het eigenlijk, waar je op wacht?' zei Fabián.

'Dat zie je vanzelf. Kom maar mee.' Ze stapte door het gordijn van regenwater en liep het strand op.

Grote stukken land waren weggeslagen tijdens onze afwezigheid, en het water, zo grijs als afwaswater, beukte op de kust. De regendruppels vielen als naalden uit de hemel, alsof een enorme naaimachine de verwoestende kaken van de Stille Oceaan te hulp schoot. Sally leek zich thuis te voelen in het noodweer; terwijl Fabián en ik onze oogleden samenknepen, leek haar gezicht open te gaan, te ontspannen in dit weer.

'Zie je iets?' zei ze.

'Wat moeten we dan zien?'

'De horizon moet er anders uitzien. De textuur van de golven zal veranderen. Dan weet je 't.'

Fabián keek net zo verbijsterd als ik. Onzeker liepen we achter haar aan. De storm had een boel afval aan land geblazen – wrakhout vol spijkers, een roestig olievat, palmbladeren, groene kokosnoten – maar niets daarvan voldeed aan haar omschrijving.

'Misschien houdt de wind het tegen,' zei ze peinzend. 'Misschien zit ik er ook wel naast.' Ze had inmiddels haar laarzen uitgetrokken en trappelde over het zand met een mengeling van bezorgdheid en hoop. 'Het moet hier zijn, weet je. Ik kan niet blijven als het hier niet aankomt. Heeft een van jullie toevallig een verrekijker?' De regen trok sporen door het stof op haar gezicht.

Het begon minder hard te regenen. Een dunne sluiermist dreef vanaf de zee landinwaarts.

'Het móét hier aankomen. Dan pas kan ik me ontspannen.'

'Wat ís het?' zei Fabián.

'Ik verdien er de kost mee.'

'Ja, maar wat ís het?'

'Zei je nou dat de textuur van het water moest veranderen?' zei ik.

Tussen de aanrollende golven, vijftien meter de zee in, leek het water ruiger dan ooit, de golven bijna puntig. Iets breeds dat voornamelijk onder het wateroppervlak dreef, spoelde aan. Griezelig genoeg leek het te bewegen.

Een regendruppel viel van haar neus; Sally Lightfoot glimlachte.

'Daar is ze dan,' mompelde ze.

Wat het ook was, het leek tegelijkertijd door de zee voortbewogen en afgeranseld te worden, en het gehoorzaamde de regels van het water niet. De gedaante kwam dichterbij en veranderde van vorm in de mist. Ik werd me ook bewust van een geluid: een kibbelend, afkeurend gesnater, dat onverklaarbaar genoeg uit het object leek op te stijgen.

'Ik zit nu al een week achter haar aan. Ik krijg geen geld als ik haar niet helemáál in handen krijg. Oké, we kunnen weer naar binnen. Ze is hier morgenochtend nog wel.'

'Vertel ons nou alsjeblieft wat het is,' zei Fabián.

'Is dat niet overduidelijk dan? Het is een dode walvis.'

'O.'

Stilte.

'Sally, als die walvis dood is, hoe kan-ie dan geluid maken?'

'O, dat. Dat zijn mijn hulpjes. Ze kunnen alleen aan de slag als ze dicht bij de wal is, als ze weten dat ze veilig zijn.'

Stilte.

Ze keek ons even aan en zuchtte geërgerd. Toen stak ze haar armen uit, en schreeuwde met een brede grijns: 'Gieren!'

We keken dommig naar de zee.

'Kom maar mee naar binnen, dan leg ik het uit.'

We liepen zwijgend achter haar aan, bang om iets verkeerds te zeggen in deze wereld met nieuwe regels.

'Ik laat het jullie wel even zien,' zei ze en ze liep langs de bar naar de ingang van het kampje. Ze maakte touwen los en tilde een dekkleed op, dat over de laadbak van haar blauwe pick-up was gespannen. Uit de berg walvisbotten eronder steeg een olieachtige geur van verrotting op; ze waren lukraak op hoopjes gegooid. Het was alsof je een kijkje nam in een verwoest museum.

'Zie je? Deze heb ik tot dusver verzameld. Ik snij haar van neus tot staart open, en het is een race tegen de klok. Haar schedel ligt naast me op de passagiersstoel, en de rest ligt hier achterin, afgezien van wat in de walvisblubber is achtergebleven. Ze is natuurlijk nog maar een baby, anders had ik een veel grotere auto nodig gehad.'

'Beetje rommelig,' zei ik, en ik probeerde uit te vogelen welk deel waar thuishoorde.

'Ik weet zeker dat er in het museum wel iemand is die haar weer in elkaar kan zetten,' zei Sally. 'En ik weet ook zeker dat ze me niets betalen als ik het beest niet compleet aanbied.'

'Wie zijn "ze"?'

'Het natuurhistorisch museum van Caracas. Vast bedrag van vijfduizend dollar voor één compleet skelet van een bultrug. Zwart, geen lastige vragen. Ze willen het in de lobby zetten. Ik volg haar al sinds ze vorige week dood aanspoelde halverwege de kust-lijn van Colombia. Om de paar dagen trekt de zee haar terug, en bij vloed spoelt ze weer aan. Ik kijk hoe ze aanspoelt, hak de hele dag lang zo veel mogelijk botten uit haar – met wat assistentie van mijn hulpjes – en dan laat ik haar weer wegdrijven en ga verder zuidwaarts.' Ze sloeg het dekkleed terug over haar schat. 'Denken jullie dat die Ray alweer terug is? Ik verga van de honger.'

Ze was al bezig op het strand toen Fabián en ik die zaterdagoch-tend uit bed kwamen. Om een of andere reden vertrouwde Ray zijn nieuwe gast niet, en hij maakte zijn bedenkingen kenbaar ter-wijl hij achter de bar eieren voor ons bakte. Hoe kan iets alledaags als ontbijt zo krachtig zijn? Ik kan nog steeds de eieren proeven die Ray op die ochtend voor ons klaarmaakte: de bruine, knapperige randjes van het wit; de fluwelen dooiers, die we doorprikten en over de zware hompen donker brood lieten stromen.

'Ik zou weleens willen weten welke bevoegdheid zij denkt te hebben om dat dier in stukken te snijden,' zei hij, en hij gaf een rukje aan de gietijzeren pan voor hem. 'Weet je, als iedereen maar elk dier dat-ie tegenkomt gaat ontleden... Ik hou niet van dat gedoe. Het deugt gewoon niet.'

'Dit had ik niet van je verwacht,' zei ik. 'Waarom zou ze het níét doen, als dat beest toch al dood is? Waarom zou ze het karkas in zee moeten laten zinken zonder er geld aan te verdienen?'

'Ik zal je vertellen waarom. Omdat het respectloos is tegenover het dier,' zei Ray, die met zijn spatel in mijn richting zwaaide. 'Jullie denken wel dat je slim bent, maar jullie weten nog lang niet alles.'

Fabián veegde zijn gezicht af met alcohol – iets wat hij bijna obsessief was gaan doen sinds we hier waren aangekomen. 'Ik ben het met je eens,' zei hij en hij gooide het met vet doordrenkte watje in een schelp die als asbak diende. 'Het deugt niet wat zij doet.'

Fabián had een vreemd moment gekozen om een geweten te ontwikkelen, maar ik negeerde het. 'Wat gaan we vandaag doen?'

'Ik heb tegen Sol gezegd dat ik met haar op zoek ga naar een schat,' zei Fabián, die een sigaret opstak.

'Hoe denk je nog een "schat" te vinden, dan?' zei ik. 'Je had toch maar een zo'n muntje?'

'Nou, misschien vinden we vandaag wel een echte schat, schijtstok. Ik neem aan dat je liever hier blijft gatlikken bij dat gekke wijf.'

'Ze is tenminste meerderjarig,' fluisterde ik zacht. Ik was doodsbang dat Ray het zou horen, dus het was niet zo'n effectief antwoord. Ik fluisterde zo zacht, dat ik denk dat ook Fabián het niet hoorde, wat bij nader inzien goed was. Zijn ogen schoten toch al vuur, dus dronk ik mijn koffie op en liep naar het strand.

Sally Lightfoot zat op haar knieën in de levendige ochtendbranding en zaagde met een groot vleesmes in de rottende walvisblubber. Haar bandana zat hoog op haar hoofd en ze droeg een paar blauwe, rubberen handschoenen die tot aan haar oksels kwamen. Terwijl ze bezig was, ruzieden de gieren als vechtlustige oude mannetjes rondom het karkas, met koppen die telkens uit hun haveloze bruine lijven tevoorschijn schoten. Sommige gieren begroeven zelfs hun hele kop in de walvis, zodat hun dunne nekken op de polsen van verborgen, rondtastende handen leken. De vogels voelden zich klaarblijkelijk volkomen op hun gemak in het bijzijn van hun vreemde, menselijke metgezel.

'Zijn ze niet bang voor je?' vroeg ik.

'Totaal niet,' zei ze, zonder op te kijken of haar gehak te onderbreken. Een dun sliertje blubber plakte aan haar wang, die was bedekt met een dun laagje zweet. Weer hing er een haarlok over haar bandana heen. 'Ze zijn inderdaad wel opdringerig, maar dat kan me niet schelen. Als ze maar niet te brutaal worden en proberen een van mijn botten te stelen. Ik ben bijna klaar, en de botten in de staart zijn veel kleiner, dus moet ik ze wat beter in de gaten houden.'

Ze kromde haar pols en duwde de haarlok terug. Ik zag dat er een deukje in haar handschoen zat, op de plek van haar ontbrekende vinger.

'Ik ben nu op het punt beland dat ik de staart los kan snijden en hem mee kan nemen om 'm verder in mijn eentje uit te benen. Maar ik denk dat ik ze zal missen als ze niet langer naast mij aan het werk zijn. Dat vind je waarschijnlijk een beetje raar, niet? Kst! Weg daar!'

Het was haar gelukt het meeste vlees van een bot vlak bij de staart af te snijden, maar het wilde nog steeds niet loskomen. Ik stapte naar haar toe om te helpen.

'Nee, niet doen. Er is geen behoefte aan brute kracht bij dit werk. Zul je zien dat zo'n gretig monstertje als jij zich ermee bemoeit en er een wervel breekt, net nu ik bijna klaar ben. Ik wil dit trouwens alleen doen. Die beloning wil ik ook helemaal voor mezelf, dus moet ik ook al het werk alleen doen.' Ik draaide me om, wilde teruglopen naar de bar. Eventjes onderbrak ze haar snijwerk. 'Maar dat wil niet zeggen dat je hier niet mag blijven of niet met me mag praten terwijl ik aan het werk ben.'

Ik ging naast haar zitten in het zand, zodanig dat de ziekmakende geur van verrotting die opsteeg van de walvis niet in mijn gezicht woei, en tegelijkertijd zo ver mogelijk verwijderd van de ruziënde gieren. Fabián en Sol liepen samen de bar uit in de richting van de rotswand en de koepel. Ze gooiden een bal over en weer, en Fabián had de eerste joint van de dag al opgestoken. Ik hoopte maar dat-ie niets stoms zou doen, zoals Sol stoned laten worden, maar aangezien ze de dochter van Ray was, had ze haar eerste trekje waarschijnlijk al meteen na haar eerste stapje genomen. Laat hem maar, dacht ik. Iets zei me dat dit het beste was. Ik zou later wel met hem praten en erachter komen of alles oké was.

'Ga je me nog vertellen waarom je Sally Lightfoot wordt genoemd?' zei ik.

Ze helde fronsend achterover, terwijl er wat opgesloten lucht uit het walvislijk stroomde.

'Nou,' zei ze, 'dat komt zo. Toen ik trouwde, zeiden ze dat ik de naam van mijn echtgenoot moest aannemen omdat hij degene was die ik vanaf dat moment kon vertrouwen. Hij was degene op wie ik kon bouwen. Deze man was mijn léven,' zei ze met een grimas, terwijl ze een lastige strook kraakbeen te lijf ging. 'Kun je even aan mijn neus krabben? Niet daar. Hoger. O ja. Geweldig, bedankt. Je kunt je hand aan de achterkant van mijn shirt afvegen, als je wilt.

Maar goed, laten we zeggen dat ik er na anderhalf jaar huwelijk achterkwam dat die betrouwbaarheid een mythe was. De een is altijd de steun en toeverlaat voor de ander. En in mijn geval wilde mijn man niet alleen op mij leunen, maar me ook af en toe in elkaar meppen. Dat was niet wat ik had verwacht, dat kan ik je wel vertellen. Dus, nadat we... nadat we ieder ons weegs waren gegaan, besloot ik dat de volgende naam die ik zou aannemen, er een zou zijn waarop ik werkelijk kon vertrouwen. Het had voor de hand gelegen om mijn oude naam weer te gebruiken, maar dat wilde ik niet. Ik besloot iemand anders te worden. Kun jij die gier even wegjagen? Geef 'm maar een mep met die schop, als-ie niet weg wil. Bedankt.

Hoe dan ook, ik kwam uiteindelijk op de Galápagoseilanden terecht, waar ik als zeebioloog werkte. Daarvoor heb ik gestudeerd. Daarom weet ik ook hoe deze prachtdame in elkaar zit en hoe ik haar in stukken moet hakken. Dus daar zit ik dan op een dag, op een eiland zonder één menselijk wezen, te kijken naar de schildpadden. Ik bemoei me met mijn eigen zaken, speel wat met mijn trouwring – zit me net af te vragen of ik hem daar ter plekke in zee zal gooien, maar weet ook dat ik 'm misschien snel nodig heb, voor het geld. En die beweging van metaal, die trekt de aandacht van een krab. Een enórme krab. Je moet twee dingen weten als het over de Galápagos gaat: ten eerste, de dieren zijn niet bang voor mensen, omdat ze geen roofdieren kennen; ten tweede, en om dezelfde reden, zijn alle soorten er veel groter.'

'Weet ik. Ik ben er vorig jaar geweest.'

'In dat geval verbaast het me dat je de naam Sally Lightfoot nooit eerder hebt gehoord. Het is een krabbensoort, vernoemd naar een beroemde danser uit het Caribisch gebied. Hij komt alleen voor op de Galápagoseilanden. Een opvallende krab, lichtblauw en karmozijnrood. Een van de mooiste dieren die je ooit hebt gezien. En het soort krab om op je af te krabbelen en in je ringvinger te bijten, net op het moment dat je je afvraagt hoe het verder moet. Hij beet ongeveer halverwege mijn vinger, helemaal tot op het bot, en rende er toen weer vandoor. Maar het was alsof hij me een teken gaf.'

'Hij beet alleen maar ín je vinger?' zei ik, en ik wachtte op het bloedbad dat komen ging.

'Ja.'

'Dus...?'

'Nou,' zei Sally op rustige toon, 'de rest heb ik er zelf afgesneden. Ik liep terug naar mijn bootje, pakte een operatiemes uit mijn medische uitrusting en maakte het werk van de krab af. Het was overduidelijk dat ik dat moest doen. Ik had me nog nooit zó goed gevoeld, in heel mijn leven niet. Ik ging op een zwarte, platte rots bij mijn boot zitten, sneed dwars door het middelste gewricht heen en liet de vinger en de ring voor me in het water vallen. De ring was meteen verdwenen, maar de vinger zonk maar langzaam. Ik weet nog dat ik het roestbruine bloedspoor zag dat-ie op weg naar beneden achterliet, en dat ik naar de samendrommende vissen keek terwijl ik de rest van mijn vinger vasthield. Op dat moment deed het niet eens pijn. Ik wil wedden dat mijn vinger binnen een paar seconden was opgegeten. Dus nu ligt daar ergens op de bodem een mooi, schoon botje van mij. Net... als... dít bot. Hebbes.'

Ik tuurde aandachtig naar de branding die tegen de rand van een stapel grijze walvisblubber klotste. Ik wist zeker dat ik mijn ogen niet van Sally's ontbrekende vinger af zou kunnen houden als ik opkeek.

'Die krab heeft het besluit voor me genomen. Door dat deel van me af te hakken, hoe pijnlijk ook, zou ik sterker worden, zelfs als het betekende dat ik een deel van mezelf moest opofferen. Ik heb mezelf Sally Lightfoot genoemd, naar die krab. En nu is dat mijn naam.'

Sally Lightfoot gooide het bot dat ze zojuist had losgesneden in een rode plastic emmer die naast haar stond. Ze wierp me even een blik toe voordat ze verderging met haar werk.

'Jíj was degene die het wilde weten,' zei ze.

Die ochtend had ik gezien hoe Fabián en Sol zich een weg zochten langs de onderkant van de rotswand, aan de noordkant van het strand. Ik nam me voor hen in het oog te houden om te zien hoe ver ze zouden komen, maar op een gegeven moment verdwenen ze uit zicht. Ik bleef het grootste deel van de dag bij Sally, liep een paar keer naar de bar om bier en wat broodjes te halen, maar zij bleef bij het karkas en keek amper op van haar werk tijdens onze gesprekken. Ze was vastbesloten de klus te klaren voordat de walvis weer wegspoelde.

'Je geestdrift is bijna gevaarlijk, weet je dat wel?' zei ik, en ik nam een slok bier. 'Als je niet uitkijkt, word je nog met je walvis mee de zee in gesleurd en dan gaan die gieren ook aan jou pikken. Zoölogen zullen zich vol verwondering afvragen: *De blubber van een walvis, met daarin het skelet van een vrouw... opmerkelijk... Heb jij ooit zoiets gezien, Jones?* En dan word je tentoongesteld in musea over de hele wereld, samen met gekrompen hoofden en bevroren Incaprinsessen.'

'Je lijdt niet aan een gebrek aan fantasie,' zei ze, en ze ging weer verder met hakken.

'Ik maak geen geintje. Zonder mij zou je ernstig in gevaar zijn.'

In de loop van de dag had ik met regelmatige tussenpozen een blik op de noordkant van het strand geworpen. Zeewater spoot af en toe over de rotsen. Daarboven torende de noordelijke rotswand uit, met daarop af en toe een glinstering van licht, dat weerkaatste op de onheilspellende koepel. Geen teken van Fabián en Sol. Ik was me bewust van het getij; het zou al snel vloed worden, waardoor het pad voor hun terugweg werd afgesloten. Maar toen de middag overging in de vroege avond, net toen mijn knagende zorgen omsloegen in werkelijke angst, verschenen er twee kleurige vlekjes op de uitstekende landtong, en veranderden langzaam in de bewegende lichamen van Fabián en Sol.

Ik liet Sally verder werken, haalde nog een koud flesje bier bij de bar en liep over het strand naar ze toe, terwijl zij over de rotsen naar beneden klommen. Tussen de windvlagen door dreef het geluid van hun lachbuien naar me toe.

'Nog meer schatten gevonden?' zei ik, en ik gaf Fabián het biertje.

'Attent van je,' zei hij. 'Nee, nog niet.'

'Maar we vinden 'm wel,' zei Sol.

'We zullen hem zeker vinden,' bevestigde Fabián. 'Je kunt niet elke dag geluk hebben.'

We wandelden terug naar de hutjes.

'Maar,' zei Fabián, 'we hebben wel iets interessants ontdekt. Sol heeft me een grot laten zien, waar je langs de onderkant van de rotswand heen kunt klimmen. Hij is uiteraard alleen bij eb te bereiken, maar het is geweldig. Gaat een heel eind door in de rotsen. Zo ver dat we het einde nog niet hebben gezien, omdat het te donker was om verder te gaan. Maar Sol denkt dat daarbinnen een tunnel is uitgehouwen, met trappen waarop je helemaal naar die koepel kunt klimmen.'

'Echt waar?'

'Ja, echt. Zou het niet te gek zijn om daar een geheime ingang te vinden, een gang voor smokkelaars of zo?'

'Na wat Ray heeft verteld, lijkt het me niet zo'n goed idee om te proberen bij die koepel te komen,' zei ik kalm.

'Je ziet maar. Wij gaan morgen weer kijken, met een zaklamp, of niet dan, Solita? Je mag zelf weten of je meegaat of niet.'

'En wat hebben jullie daar dan de hele dag gedaan?' zei ik.

'De gebruikelijke grotachtige activiteiten. We hebben in een poeltje tussen de rotsen een enorme krab gevangen, en ik wilde die boven een vuur roosteren maar dat mocht niet van Sol, dus hebben we hem weer vrijgelaten. Toen hebben we een poosje naar een schat gezocht, en we hebben elkaar een paar verhalen verteld.'

'Fabián heeft me verteld hoe je die overvallers in Quito in elkaar hebt geslagen. Die lui die je te lijf gingen met messen en waterbommen,' zei Sol.

'Echt?' zei ik. 'Nou, ik voel me gevleid. Maar geloof niet alles wat hij je vertelt.'

'Ik vind Fabián de beste verhalenverteller van de wereld,' zei ze. 'Op een dag schrijft hij al zijn verhalen op en dan wordt hij een beroemde schrijver.'

'Is dat zo?' zei ik.

'Ja, dat is zo,' zei Fabián stralend. 'Dat is mijn nieuwste plan. Goed hè.'

'Erg goed.'

Sol liep naar de bar, op zoek naar haar vader, die het grootste deel van de dag druk bezig was geweest met de voorbereidingen van een geweldige 'culinaire ervaring' voor ons. Fabián nam grote teugen van zijn bier terwijl we dichter bij onze hut kwamen.

'Dat kind is geweldig, weet je. Ik zou echt wel een zusje als zij willen hebben.' Hij legde vriendelijk zijn hand op mijn schouder. 'En hoe is 't met jou? Heb je een beetje lol gehad met die walvis?'

Hij maakte het hangslot van ons dunne houten deurtje open en we gingen naar binnen.

'Weet je zeker dat Ray het goed vindt dat jij zijn dochter meeneemt naar grotten?' zei ik, terwijl ik een handdoek pakte om te gaan douchen.

'Kom op, hij is een hippie. Hoe dan ook, hij en Cristina zijn de hele dag bezig geweest met het avondeten. Ze zijn vast blij dat ik haar heb meegenomen. Gratis babysitter. En zoals ik al zei – ik vind haar leuk.'

Op dat moment had ik van alles kunnen zeggen.

'Wat?' zei hij. 'Wat is dit voor bullshit. Waarom zeg je niets?'

Het enige wat ik moest doen was íéts zeggen.

'Jij denkt dat ik iets smerigs doe, hè?' zei Fabián zacht. 'Jezus christus. Ze is nog maar tien. Ik zou nooit –'

Eindelijk kreeg ik weer iets over mijn lippen. 'Nee, natuurlijk zou je dat niet doen. Dat weet ik ook wel. Hé, ik ga even die walvisblubber van me afspoelen, en hoe lijkt het je om daarna heel, heel dronken te worden?'

'Jij bent écht ziek, verdomme,' zei hij.

Ik zuchtte en deed de deur achter me dicht.

Sally Lightfoot had Ray meteen na aankomst verteld dat ze geen vlees at, en Ray was de uitdaging aangegaan om die avond een feestmaal van vis voor ons te bereiden. Hij was meteen na het ontbijt verdwenen met zijn boot. Of hij nou zelf had gevist of gewoon rond de punt was gevaren om iets van de vishandelaren in het stadje te kopen, hij kwam terug met een indrukwekkende vangst: garnalen, krabben, twee soorten vis die ik nog nooit eerder had gezien, en een die ik wel kende omdat ik de vorige dag zo'n grote goudvis op het wateroppervlak had zien drijven, toen we in de boot voeren. Ray verzekerde me dat het niet dezelfde goudvis was.

Hij ging meteen na terugkomst aan de slag met een enorme *ceviche*, marineerde de witte vis en garnalen in limoensap en koriander, en begroef de goudvis met handenvol kruiden onder een stapel hete kolen op het strand. Cristina was op haar beurt aan het bakken geslagen en het gebied rond de hutjes zinderde van geuren. De indringende citruslucht van de ceviche en de huiselijke geur van vers brood vermengden zich tot een bedwelmend aroma, dat de hardnekkige geur van rottende walvisblubber maskeerde. Ray en Sally hadden de kwestie van de walvis besproken en die werd zelf, naarmate de avond vorderde, langzaam maar zeker weer teruggenomen door de zee. Ze besloten dat de vis de volgende dag opnieuw zou aanspoelen, alleen verder zuidelijk, in de buurt van het stadje. Ook de roosterkuil op het strand, die veranderde in een gemeenschappelijk kampvuur toen de avond inviel, hielp de geur bestrijden en hield bovendien een handvol gieren die hoopvol rondvlogen, op afstand.

Maar boven onze hoofden cirkelden nog andere gevaren. Fabián had bier lopen tanken sinds hij terug was, en was al voor etenstijd overgestapt op rum. Ik besloot dat ik hem maar beter niet voor de voeten kon lopen, in de hoop dat hij zou kalmeren, dus ging ik bij Sally Lightfoot zitten, aan één kant van het kampvuur. Fabián, Sol en Cristina zaten aan de andere kant.

Ray was net weggelopen naar de bar om de ceviche te halen, toen Fabián een Lark aanstak met het gloeiende uiteinde van een stuk drijfhout, de rook uitblies en zich tot Sally wendde.

'Goed. Blij met je beest?' zei hij.

'Ja, erg blij,' zei Sally Lightfoot. 'Nog een dag werk en dan ben ik klaar. Dan heb ik het skelet compleet.'

'Dat beest bedoelde ik niet. Ik bedoelde je nieuwe knuffeldiertje daar.'

Ik was zo verstandig hier niet op te reageren.

'Geen agressief gedoe rond het kampvuur, guys,' zei Ray. Hij droeg een enorme witte schaal, hurkte neer en begon het mengsel in de schaal over kommen te verdelen. We zwegen, iedereen gaf zich over aan de ceviche en Cristina's warme, zachte brood. De combinatie van limoensap en koriander, zo fris en scherp dat je er de rillingen van kreeg, doordrenkte ons, net zoals het in de vis was getrokken. De goudvis, eenmaal opgediept uit de kuil vol kolen, was zwartgeblakerd, rokerig en sappig. Sol leverde haar bijdrage door in een steelpan maïs te poppen boven het vuur.

'Ray, dat was werkelijk spectaculair,' zei ik, en ik likte mijn kom schoon. Ik ging met mijn hoofd op Sally Lightfoots schoot liggen, keek hoe haar kin tijdens het eten bewoog in het licht van het kampvuur. Ik had haar niet gevraagd of het mocht, maar het leek iets vanzelfsprekends. Ze had een sarong aangetrokken, en de stof voelde warm en zacht onder mijn wang, hoewel haar dijbeen daaronder strakgespannen was.

'Denk je dat die walvis een natuurlijke dood is gestorven?' vroeg Ray, die duidelijk vasthield aan zijn argwaan.

Toen ze sprak, voelde ik de weerklank van haar stem als trillingen door haar lichaam gaan. 'Er zijn natuurlijk genoeg doodsoorzaken, de meeste volkomen natuurlijk, maar ik heb geen aanwijzingen voor een ziekte gevonden. Toen ik haar vond, zat er een raar gat in haar hoofd. Ik weet bijna zeker dat ze daaraan is doodgegaan.'

Fabián, die zijn eten slordig naar binnen slokte aan de andere kant van het vuur, keek op. 'Een gat?'

'Ja. Ze is misschien ergens tegenaan gezwommen, dat zou kunnen, maar het was raar. Een perfect rond gat. Alsof iemand of iets haar dat bewust had aangedaan. En een visser die ik eerder sprak, zei dat hij nog nooit zoiets had gezien.'

'O ja?' zei Fabián. Hij was dol op mysteries. Zijn brein was al bezig met het construeren van een vergezochte verklaring.

'Maar ik kan natuurlijk niets bewijzen. En jij, wat heb jij vandaag gedaan?'

'Sol en ik zijn op ontdekkingstocht geweest,' zei Fabián.

Sally glimlachte. 'Een ontdekkingstocht, hè? Schattig.'

'Hoe bedoel je, "schattig",' zei Fabián, zijn toon scherper.

'Sorry,' zei ze en ze keek gemaakt plechtig. 'Vertel eens. Waar hebben jullie een ontdekkingstocht gehouden?'

Fabián vertelde het afstandelijk en werktuiglijk. 'We zijn naar een grot gegaan aan de andere kant van de landtong. We denken dat er een manier is om door de rotsen omhoog te klimmen, naar die koepel.'

Sally wendde zich tot Ray. 'Ja, dat wilde ik nog vragen. Wat is dat voor een gebouw?'

'Het is een schuilplaats voor een James Bond-achtige schurk,' zei Ray, die met zijn vingers een stuk vis van de graat trok. 'Hij wordt Saratoga genoemd en heeft twee navels. Hij is een meestercrimineel.'

Er kronkelde een glimlach over het gezicht van Sol.

'Wij hebben een andere theorie, nietwaar, Fabián?' zei ik en ik kwam overeind.

'Is dat zo. Ik weet dat nog niet zo zeker.' Hij keek me dreigend aan.

Ik heb sindsdien geprobeerd mezelf ervan te overtuigen dat ik onze afspraak schond omdat ik dacht dat het hem zou helpen, dat hij blij zou zijn als ik het deed, dat het goed zou zijn voor zijn fantasieën om eens gelucht te worden. Dit is natuurlijk onzin. Ik wilde gewoon indruk maken.

'Wij gaan ervan uit dat er een geheugenkliniek in die koepel is gevestigd,' zei ik. 'Een plek voor mensen die hun geheugen kwijt zijn. De kliniek staat onder leiding van een excentrieke miljardair, Victor Menosmal genaamd, en zijn patiënten slijten hun dagen zonder te weten wie ze zijn. Vertel jij maar verder, Fabián.'

'Nee.'

'Toe dan, vertel 't ze dan.'

'Niet doen, dit.' Hij keek me aan alsof hij me wilde vermoorden.

Ik begon spijt te krijgen dat ik het had gezegd, maar het was al te laat. Sally's nieuwsgierigheid was gewekt.

'Dat is prachtig,' zei ze. 'Een heel ziekenhuis vol mensen die hun leven opnieuw uitvinden. Misschien kun je er daarom wel niet komen. Misschien willen ze wel niet gevonden worden. Misschien,' zei ze, en ze gebaarde met haar vork, 'misschien wíllen ze hun herinneringen helemaal niet terugkrijgen. Ik weet niet zeker of ík dat wel zou willen.'

'Het was gewoon een stom idee van Anti,' snauwde Fabián. 'Een stom, kinderachtig idee, verdomme.'

'Fabián –'

'Hou je kop,' siste hij. 'Hoe kon je dit doen?'

Hij merkte dat Sol de woede in zijn stem niet prettig vond en hem opeens bang aankeek. Onmiddellijk matigde hij zijn toon en wierp haar een geruststellende glimlach toe. Dat herinnerde me eraan wat een goed acteur hij was. Ondanks zijn werkelijke stemming kon hij altijd wel een masker vinden om die te verbergen als hij dat wilde. Nu veranderde ook zijn stem. Plechtig en wijdlopig zei hij: 'Ik denk dat er geheime samenkomsten van extreem machtige mensen plaatsvinden in die koepel. Ze komen regelmatig bij elkaar om in het geheim gebeurtenissen van wereldwijd belang te organiseren, gaan af en toe per boot op zoek naar schatten op de zeebodem en eten bedreigde diersoorten. De boot die gisteren bijna over ons heen voer is van hen en heet... Laten we zeggen dat-ie de Anti-Ark heet. Zij zijn verantwoordelijk voor de dood van Sally's walvis, die ze met een harpoen hebben beschoten. De boot speurt de zeeën rond de Galápagosarchipel af en vangt dieren per paar, die vervolgens worden klaargemaakt en opgegeten tijdens enorme banketten.'

Hij pakte Sol beet en deed alsof hij aan haar arm knaagde. Ze slaakte een van haar aanstekelijke giechellachjes. Cristina, die de gebeurtenissen met een welwillend oog had gadegeslagen, zei: 'En nu denk ik dat het tijd is om dit diertje naar bed te brengen.'

Ze stond op en stak haar hand uit naar Sol, die als in een reflex begon te gapen en met haar naar het huis verdween.

'Ik zie wel wat in die theorie van jou,' zei Sally tegen Fabián. Ze probeerde het weer goed te maken met hem, maar kon in deze omstandigheden haast niet anders dan laatdunkend klinken. 'Je hebt een krachtige fantasie.'

Hij keek haar dreigend aan. 'Gewoon een kwestie van het beste uit de beschikbare informatie halen. Iets waar mijn zogenaamde vriend daar geen reet van snapt.'

Ik zei niets.

'Wat is er? Doet je tong 't niet meer? Weet je niet meer wat je moet zeggen?'

Nog steeds zei ik niets. Ik had hem eerder zo meegemaakt.

'Mijn god, wat ben je toch zielig. Een zielig, piepend Engels jochie.'

Ray greep in. Hij zei dat hij geen conflicten rond zijn kampvuur duldde en dat we beter voor altijd weg konden blijven als we niet van onderwerp veranderden.

'Goed,' zei Fabián. 'Ander onderwerp dan. Laten we het over die koepel hebben. Ik wil erheen, om er rond te kijken. Ik word ziek van al die vragen, ik wil eens en voor altijd weten wat het is. Goed, hoe komen we er?'

'Ik weet 't niet, man,' zei Ray. 'Je zou weleens gelijk kunnen hebben met die grot, maar ik heb zo mijn twijfels. We kunnen proberen er met de boot te komen, gewoon om de punt varen, naar hun aanlegsteiger. Maar waarom zouden we? Het is gewoon een of ander luxueus vakantieoord, helemaal van spiegelglas en beton. Laat 't toch zitten. Ik weet zeker dat de verklaring in je hoofd stukken beter is.'

'Nou, ik ben ziek van de verklaring in mijn hoofd, verdomme,' zei Fabián, die zijn woede weer de vrije loop liet nu Sol weg was. 'Ik wil meer zekerheid. Ik ga er morgen heen om er eens en voor altijd achter te komen wat het is. En dan ga ik naar huis.'

Hij beende weg de duisternis in, een luide stilte achterlatend.

Zijn vertrek bood mij de ruimte weer iets te zeggen. Ik wachtte even en zei toen tegen Sally: 'Ray heeft een beloning in petto als je een goed verhaal vertelt. Waarom vertel je hem niet dat verhaal over je vinger?' Omdat ik dacht dat ik te ver was gegaan, voegde ik daar haastig aan toe: 'Alleen als je dat wilt, natuurlijk.'

'Moet jij niet even achter Fabián aan?' zei ze.

Ik legde haar uit dat het beter was om hem maar even af te laten koelen. Ik was bang dat ik haar vertrouwen had beschaamd met mijn verzoek en dat haar verhaal alleen voor mij was bedoeld, dus zei ik nog maar eens dat ze het alleen moest vertellen als ze daar zin in had. Uiteindelijk vertelde ze haar verhaal toch – deze keer gedetailleerder, met meer onthullingen over haar huwelijk, waardoor ik me pas echt schuldig voelde dat ik het uit haar had getrokken. Kennelijk had haar echtgenoot haar niet alleen geslagen, maar ook een paar keer met een keukenmes bedreigd. Ik ging niet opnieuw op haar schoot liggen, dacht dat dit te veel gevraagd was, maar ging met een warme steen vlak bij haar op mijn rug liggen, zodat ik hetzelfde uitzicht op haar kin had. Tijdens het vertellen van haar verhaal leek ze kwetsbaar, ontmaskerd. Terwijl ze praatte, zag ik hoe Fabián stilletjes naderbij kroop en in de schaduw aan de overkant van het vuur ging zitten.

Ray vond het een geweldig verhaal, vooral het stuk over de krab. 'Helemaal te gek,' zei hij. 'Hier heb je een steen, Sally. Wil je nog wat goudvis?'

Ik wilde weten of Fabián het allemaal had gehoord, en wat hij ervan vond. Hij respecteerde een goed verhaal boven alles, en ik dacht dat dit verhaal hem milder zou stemmen ten opzichte van Sally. Sinds hij terug was, had hij stil in het duister gezeten, maar nu verscheurde zijn stem de stilte rondom het kampvuur als de kogel van een sluipschutter.

'Heb jij even mazzel dat die krabbensoort Sally Lightfoot wordt genoemd, en niet Strontzuiger, of Vuistneuker.'

Hij grinnikte schor. 'Dat noem ik nog eens een gelukkige samenloop van omstandigheden. Wat een gelul.' Hij sprong op, waardoor zijn voeten zand in het kampvuur schopten. Ik keek nerveus naar Sally om te zien hoe ze reageerde, maar kon haar reactie niet peilen.

'Oké dan,' zei Fabián. 'Hier heb je nog een verhaal. En luister goed, want dit verhaal heeft iets speciaals.'

Hij pakte een steen op, gooide die midden in het vuur en verwoestte daarmee de roodgloeiende kern, alsof hij een setje kegels omgooide.

'Dit verhaal, *motherfuckers*, is wáár.'

VEERTIEN

Jullie hebben dit verhaal wellicht in een eerdere versie gehoord (zei Fabián). Goed dan, hoe zullen we het noemen? Wat vinden jullie van 'Het wáre verhaal van de jongen die niets zei'? Zijn jullie er klaar voor? Dan begin ik.

Op een avond, toen de jongen bijna negen jaar oud was – niet eens zo veel jonger dan de kleine Sol, die nu knus ingestopt in haar bed ligt – werd hij midden in de nacht wakker. De airconditioning was kapotgegaan, de lucht in het appartement voelde erg vochtig aan. De jongen voelde zich niet lekker: zijn keel was uitgedroogd en rauw, en het dienstmeisje, dat Anita heette – niet dat het verdomme ook maar iets uitmaakt – had de kan water meegenomen die de jongen meestal naast zijn bed had staan, dus besloot hij naar de keuken te gaan om iets te drinken te halen. Hij was bang dat hij ziek werd. Zijn ouders hadden beloofd hem het komende weekeinde mee te nemen op een bergwandeling en hij wilde heel graag mee.

Geeuwend trippelde hij door de gang van het appartement, langs de slaapkamer van zijn ouders. Hij hoorde het kenmerkende gesnuif van zijn moeder in diepe slaap, en vroeg zich met een glimlach af hoe zijn vader daar in godsnaam doorheen sliep.

Toen hij de keuken binnenliep, dacht hij aan een enorm, koel glas naranjilla of maracuja, totdat hij zag dat iemand het licht had laten branden in de lange, smalle pantry die aan de keuken grensde. De temperatuur leek een graad omhoog te schieten met elke stap die hij nam, en het zweet droop over zijn rug, maar hij dacht dat hij het licht toch maar beter uit kon doen, dus liep hij naar de deuropening. En toen ging het licht in de pantry vanzelf uit.

De jongen stond alleen in de keuken, enkel nog verlicht door het gelige schijnsel van buiten, dat lange schaduwen over de kurken vloertegels wierp. Zijn eerste gedachte was dat een inbreker het huis was binnengedrongen, hem had horen naderen en het licht had uitgedaan. Hij herinnerde zich wat zijn vader altijd tegen hem zei: 'Als je 's nachts iets hoort, Fabi, kom dan meteen naar mij toe. Dan pakken we het pistool en nemen we ze samen te grazen. Je kunt maar beter geen risico nemen!' Maar de jongen wilde niet dom lijken. Hij wist dat gloeilampen er soms gewoon mee ophielden als ze oud waren, en dat was waarschijnlijk wat was gebeurd.

Toen hij naar de deur sloop klonk er buiten een explosie, en heel even werd de keuken overspoeld met wit licht. De jongen bleef als bevroren staan. Het leek alsof zijn hart zich door zijn ribben heen naar buiten wilde beuken. Toen besefte hij dat een of ander joch net een voetzoeker had afgestoken, buiten op straat, en zei tegen zichzelf dat hij niet zo kinderachtig moest doen, niet overal zo bang voor moest zijn. Hij deed de deur van de pantry open en stak zijn hoofd naar binnen.

Drie seconden later deed hij de deur weer dicht. Stilletjes verliet hij de keuken en liep door de gang, en weer hoorde hij het gedempte gesnurk van zijn moeder. Hij ging terug naar zijn kamer, ging liggen, trok de deken over zich heen – pas toen realiseerde hij zich dat hij helemaal was vergeten iets te drinken te pakken.

Hij lag in bed en dacht na over wat hij in de pantry had gezien. Hij zei tegen zichzelf dat hij, met het licht van de voetzoeker dat nog steeds op zijn netvlies ronddanste, niet zeker wist van wie de ogen waren die hij had gezien. Maar hoewel ze van angst en schrik samengeknepen waren, wist hij dat het alleen de ogen van Anita, het dienstmeisje, geweest konden zijn. Van wie hadden ze anders kunnen zijn? Hij herkende de tierlantijntjes aan de mouw van haar witte bloes, waaruit haar hand stak die de rug omklemde van de man achter wie ze zich verschool.

En die rug zelf? Van wie kon die geweest zijn? Van wie was die broek, onhandig naar beneden getrokken langs die harige benen? In theorie kon het iedereen zijn geweest – alle blote reten lijken op elkaar, en deze had van elk vriendje kunnen zijn, dat Anita op haar vrije avond naar binnen had geloodst. Aan de andere kant kende de jongen maar één iemand op de hele wereld die verdomme zo'n stomme rood-witte halsdoek droeg.

Al de zorgen van de jongen over niet ziek worden waren tevergeefs. De volgende ochtend voelde zijn keel aan alsof hij een handje scheermesjes had doorgeslikt, en had hij hoge koorts. Zijn moeder zei dat hij niet naar school hoefde en kuste hem op zijn voorhoofd. Die kus was het meest verkwikkende dat de jongen zich herinnerde, en hij bleef stil tussen zijn vettige, zweterige lakens liggen, nadat zijn moeder de kamer had verlaten. Hij hoopte dat hij de verkoelende afdruk van haar lippen voor eeuwig op zijn voorhoofd zou voelen.

Nee, ik wil geen hete steen, verdomme.

Hij ging die week niet meer naar school, maar bleef thuis, waar zijn moeder hem soep en sapjes bracht. Hij vroeg nadrukkelijk of zíj die kwam brengen, en niet Anita. De enige keer dat Anita het lef had zich in de kamer van de jongen te vertonen en een kop soep neer te zetten, spuugde hij naar haar. Daarna kwam ze niet meer. Hij verwachtte elk moment een bezoekje van zijn vader, maar ze had het kennelijk niet aangedurfd zijn vader te vertellen dat ze hem in de pantry had gezien.

De jongen kon maar niet besluiten wat hij het beste kon doen. Hij besloot de informatie voor zichzelf te houden, had een vaag idee dat het hem op een dag van pas zou kunnen komen. Toen het weekeinde aanbrak, voelde hij zich beter en was al bijna vergeten wat hij had gezien, hoewel hij maar al te goed wist dat het echt was gebeurd. Hij zei tegen zijn moeder dat hij zich goed genoeg voelde om mee te gaan op de bergwandeling, zoals was gepland. 'We vragen het wel even aan je vader,' zei ze.

Zijn vader kwam binnen, de rood-witte halsdoek om zijn nek, alsof hij de jongen wilde plagen. De jongen voelde het zweet uitbreken op zijn voorhoofd; in de paar seconden die zijn vader nodig had om naar hem toe te lopen, was zijn koorts teruggekomen.

'Ik denk niet dat hij fit genoeg is om mee de bergen in te gaan, jij wel?' zei zijn vader, die aan het voorhoofd van de jongen voelde. 'Ga de volgende keer maar mee, Fabi. Je moet sterk zijn om een hele berg te bedwingen. Waarom ga je niet bij oom Suarez logeren dit weekeinde, dan halen we je zondag weer op.'

Toen ze hem weer alleen hadden gelaten, kronkelde de jongen in zijn bed, greep het laken waarop hij lag, scheurde het. Het was niet het gedoe van Anita en zijn vader dat hem zo woedend maakte. Het was eerder dat zijn vader hem het tripje naar de bergen door de neus had geboord en hem het hele weekeinde beroofde van zijn moeder. Hij besloot dat hij zijn moeder als ze zondag terugkwamen zou vertellen wat hij in de pantry had gezien. De jongen en zijn moeder zouden papi dan achterlaten bij zijn dienstmeisje c.q. hoer en zouden ergens anders gaan wonen. Hoewel zijn moeder erg van streek zou zijn, was het beter dat ze het wist.

Ze brachten de jongen naar het huis van zijn oom en reden weg, de heuvels in. En ze kwamen nooit meer terug.

Nooit meer terug.

Auto vloog van de weg en fieeeeuwwww... Poef!

Helemaal weg. Geen kans om iemand nu nog iets te vertellen. Wat had je aan kennis als niemand het wilde horen? Wat betekende die informatie nu nog, behalve een verhaal? Welke wáárde had de waarheid?

En later, gedurende één zekere begrafenis en één onzekere maar waarschijnlijk terechte herdenkingsdienst in een lege kerk versierd met gestolen Incagoud, keek de negenjarige jongen omhoog door de wierookwolken, naar een kleurig beeld van een huilende Maagd, en probeerde wanhopig zijn eigen tranen te bedwingen. Hij realiseerde zich dat als hij het zijn moeder had verteld, hij zijn ouders had verhinderd om zo roekeloos de bergen in te gaan, zonder hem. Als hij zijn mond niet had gehouden, zou zijn moeder er nog zijn – en zijn vader trouwens ook.

En dat is 'Het wáre verhaal van de jongen die niets zei'.

'Dus je ziet,' zei Fabián, die met een stok in de richting van het kampvuur zwaaide, 'dat er een verschil is tussen echte en ingebeelde pijn. Een deel van jouw pijn is misschien echt. Maar als ik íéts goed kan, dan is het wel bepalen of iemand zichzelf mooier voordoet dan-ie is.'

Hij wees naar Sally. 'Goed, je heb wat klapjes gekregen van je echtgenoot. Nou, lekker belangrijk. Ik heb mijn moeder vermoord. Waarmee zou jij het liefste verder leven?'

Voordat ze de kans had te antwoorden, was Fabián, die wegbeende richting de hutjes, al door de duisternis achter het kampvuur verzwolgen.

Ik had gehoopt dat we nog wat bij het vuur zouden blijven liggen, maar niet lang daarna ging Sally naar bed. Ze kuste me op mijn voorhoofd, mompelde iets in de trant van dat we nog maar kinderen waren en nog vreselijk veel moesten leren. Toen trok ze haar benen onder me vandaan, waardoor mijn hoofd opeens op het zand viel.

'Goeienacht,' zei ze. 'Jochie.'

Ray was ook al weg. Ik lag op het strand, mijn armen uitgestrekt, de heerlijke herinnering aan Sally Lightfoots kus verdampte op mijn voorhoofd. Ik stelde me voor dat ik de ronding van de aarde onder mijn handen kon voelen, dat de zwaartekracht en de draaiing van de planeet tastbare, peilbare grootheden waren, en heel even geloofde ik het zelf. Ik had genoeg gedronken, maar dwong mezelf meer bier te drinken om te rechtvaardigen dat ik nog niet terugging naar Fabián.

Toen ik bij ons hutje kwam, was ik van plan om op de deur te kloppen voordat ik naar binnen ging, hoewel ik dat niet hoefde te doen, omdat de hut van ons allebei was. Maar voordat mijn hand ook maar kon kloppen, beukte zijn stem me in het gezicht.

'Haal 't niet in je hoofd om hier te slapen. Pleur op en ga maar bij die verminkte hoer slapen, als jullie 't samen zo goed kunnen vinden.'

Ik besloot terug te gaan naar het strand en bij het vuur te slapen. Ik kon het nog wat opstoken voor de warmte en was dronken genoeg om daar in coma te gaan. Maar toen ik terugliep naar het strand, zag ik dat haar deur open was. Binnen flakkerde een kaars, die een grillig licht op de wanden wierp.

Ik ging naast haar op de schuimmatras liggen, zo zachtjes als ik kon. Zonder iets te zeggen gooide ze haar deken over me heen, en ik dook eronder en krulde me op tegen haar rug, terwijl ik de geur van wol, zweet en zout diep inademde.

VIJFTIEN

'Zwemmen?' vroeg ik na het ontbijt, in een verzoenende bui.

We hadden eerder meningsverschillen opgelost op die manier. Elke ruzie over een meisje of verschil van mening over de juiste versie van gebeurtenissen, hoe ernstig ook, konden we snel van ons afspoelen in het diepblauwe zwembad op het dak van de Sporting Club. Het was een van die plekken (Suarez' huis was er ook een) waar we ons konden terugtrekken in vooraf bepaald gedrag, de saaie details links konden laten liggen en ons weer bezig konden houden met de leukere, abstractere bezigheid van kind-zijn. Maar verzoenen leek steeds moeilijker te worden, sinds die aardbeving tijdens de paasoptocht – en niet alleen omdat Fabián door zijn arm niet kon zwemmen.

'Nee, bedankt,' zei hij.

Hij zat aan de bar en veegde met alcohol zijn gezicht en armen af. Die handeling was een gewoonte geworden, met effecten waarvan Eulalia zou schrikken: het haalde niet alleen maar vet uit de poriën, maar verwijderde nu hele huidlagen. De huid rondom Fabiáns neusvleugels was felrood, en zijn rechterarm, plotseling blootgesteld aan een paar onverwacht agressieve elementen, zag er helemaal rauw uit. Zijn gezicht leek daardoor verwilderd, alsof hij een lamgeslagen bokser was, of een aan malaria lijdende ontdekkingsreiziger.

'Kom op. Wat dacht je ervan om je negatieve drijfvermogen in de zee uit te testen? Je hebt nog niet eens echt gezwommen sinds je het gips eraf hebt gehaald.'

Onbedoeld had ik me het toontje van een irritant joviale ouder aangemeten, en terwijl ik sprak, wist ik dat ik ervoor afgestraft zou worden. Zeker, daar keek hij me al met zijn meest vernietigende blik aan – wenkbrauwen minachtend opgetrokken, zijn oogleden als papier om zijn brandende, groene ogen gekreukeld – de blik die hij me altijd toewierp als ik dacht dat iets cool was, maar hij had besloten dat hij het was ontgroeid. Ik bleef kalm.

'Waarom niet? Wat moet je anders gaan doen?' vroeg ik.

'Je beseft toch wel dat het vandaag zondag is?' zei hij. 'Als we morgen nog niet terug zijn, dan wordt een aantal mensen gek van angst. Of ben je dat helemaal vergeten?'

Ik was vergeten hoe lang we al weg waren. Maar nu was ik degene die wat langer wilde blijven.

'Des temeer reden om wat van deze dag te maken. Ga nu maar mee zwemmen, dan hebben we 't er later nog wel over. Als we vanavond vertrekken, of morgenochtend, dan kunnen we nog steeds terug zijn aan het einde van de schooldag en krijgen we alleen problemen omdat we één dag school hebben gemist.'

'Dat gaat nooit lukken. Ik wil niet zwemmen, trouwens. Mijn arm doet pijn. Ik denk dat het bot nog niet goed aan elkaar was gegroeid toen ik het gips eraf haalde.'

'Ik denk niet dat al dat geveeg met alcohol veel helpt,' zei ik. 'Zelfs je huid laat nu los.'

'Maak je om mij maar geen zorgen. Het gaat prima. Het spijt me van gisteravond. Maar nu weet je tenminste wat er werkelijk is gebeurd.' Zijn hand beefde toen hij een glas water dronk. Ik zag vezeltjes van de watten, die op zijn arm zaten gekleefd, gladgestreken in het patroon van de dunne, zwarte haren op zijn arm. 'Nu weet je waarom het me zo dwarszit.'

'Ja. Dat weet ik nu.' Ik ging naast hem zitten. 'Waarom heb je het me niet eerder verteld? Wat er echt is gebeurd, bedoel ik.'

'Als je het echt wilt weten... dat is omdat ik er nooit goed over heb nagedacht. Als je ophoudt na te denken over wat er is gebeurd, dan blijft er niets meer over. We wisten niet beter dan dat die auto van de weg is geraakt. Wat is er dan verder nog? Waar moet ik heen met mijn "wat als?". Op wie moet ik kwaad worden? Op de overheid, omdat ze onveilige wegen aanleggen? Op de natuur, omdat die aardverschuivingen veroorzaakt? Op de autofabrikant, omdat-ie geen auto's maakt die meer grip hebben op bergwegen?'

Hij liep naar de koelkast achter de bar en haalde er een fles Pilsener uit. Hij had net amper de laatste hap van zijn ontbijt doorgeslikt, maar ik zei niets.

'Nee... De enige wie ik een verwijt kon maken, was mezelf. En ik kon het tegen niemand zeggen. Ik had geen broer of zus die ik in vertrouwen kon nemen. En Suarez neukt alles wat beweegt, dus ik denk niet dat hij erg kwaad was geworden als ik had verteld dat papi zijn zus bedroog met het dienstmeisje. Hij zou het waarschijnlijk hebben verwacht.'

Hij schonk het bier in een hoog glas, nam een hap schuim en veegde zijn mond af. Hij glimlachte. 'En bovendien... je wílt je toch niet herinneren dat de laatste keer dat je je vader levend zag, hij tot aan z'n ballen in een andere vrouw zat, terwijl je moeder in de kamer ernaast lag te slapen. Snap je?'

Ik knikte.

'En toen gebeurde er iets raars. Mijn fantasie begon de leemtes in te vullen, de leemtes van alles wat ik niet wist, of me niet herinnerde. Ik betrapte mezelf erop dat ik dacht: nou, waarom reden ze eigenlijk zo roekeloos? Waren ze ergens voor op de vlucht? Of moesten ze snel ergens heen? Naar een ziekenhuis, bijvoorbeeld? Suarez heeft me een keer meegenomen naar een stierengevecht en vertelde me toen hoe gevaarlijk het was als iemand hoog in de bergen gewond raakte, omdat de afstand naar het dichtstbijzijnde ziekenhuis zo groot is.'

Hij stak een Lark op en draaide het filter langzaam tussen zijn vingertoppen heen en weer. Ik hoorde een zacht gekraak toen de koolstofkorrels binnen in het filter braken.

'... ik bedoel, we weten niet wat daarboven allemaal is gebeurd. En dat zullen we ook nooit weten. Er kan van alles zijn gebeurd, daar. En ik vertik 't om in de meest gangbare verklaring te blijven geloven, verdomme.

Dus bedacht ik andere versies. En dat hielp. Ik merkte dat ik weigerde na te denken over wat er was gebeurd voordat ze weggingen. Als ik het feit dat hij Anita had geneukt wist te negeren, dan werd het beter. Stel nou dat ik mijn moeder had verteld dat hij de dienstmeid neukte? Tja, dat is al iets. Maar nog beter is: stel nou dat hij de dienstmeid helemaal niet had geneukt? Stel dat mami en papi een gelukkig en verliefd stel waren geweest. Stel dat hij in levensgevaar was geweest en zij zich had gehaast om hem te redden? En stel, omdat we haar lichaam nooit hebben gevonden – vooral door dat gegeven – stel dat ze nog in leven was, ergens? Je begrijpt toch wel hoe het gebeurd is? De mogelijkheden omringden me als kruipend gewas, en al snel overwoekerde het alles. Ik zie dat stierengevecht veel helderder voor me dan wat er werkelijk is gebeurd. Net zoals ik de geheugenkliniek heel helder voor me zie.'

Hij blies een dun straaltje rook uit en keek me voor het eerst recht aan.

'Ik zie elk afzonderlijk detail.'

'Voelt het niet goed om eindelijk de waarheid verteld te hebben?' zei ik. 'Denk maar aan wat Sally zei, over dat je er sterker van kunt worden als je een deel van jezelf afsnijdt.'

'O ja. Die lieve, goeie Sally. Laat me je dit vertellen: als het me al heeft geholpen om hiernaartoe te komen, en ik denk dat dat zo is, en het me heeft gedwongen om iets meer in de realiteit te leven, en dat heeft het misschien gedaan, dan is dat toch echt niet te danken aan die walvissenvrouw van jou, oké?'

'Oké, oké,' zei ik.

'Als er iemand een bedankje verdient, dan is het wel Sol. Ze heeft me weer laten zien hoe je lol kunt hebben. Als ik die stomme, kinderachtige spelletjes met haar speel, dan voel ik het niet meer.'

'Maar je kunt niet voor altijd spelletjes blijven spelen,' zei ik.

'Daar heb je helemaal gelijk in. Dat kan ook niet. Kijk maar naar mijn arm.' Hij had het flesje alcohol weer tevoorschijn gehaald. 'Ik heb alle dode huid aan de oppervlakte verwijderd en nu ben ik tot het bloederige binnenste gekomen. Het doet dan misschien pijn, maar het is wel écht. Het is verdomme écht, man. En daarom ga ik vandaag met een zaklamp die grot in en zal ik die tunnel vinden die door de rotsen heen naar de koepel voert. Geen onzekerheid meer. Geen speculaties meer.'

'Waarom ga je niet mee om te zien hoe het laatste stuk van de walvis wordt uitgebeend, voordat je gaat?'

'Wat heb jij toch met die walvis? Nee. Ik blijf hier en ga onbeschrijfelijk stoned worden. En dan gaan Sol en ik terug naar die grot. Ga jij maar.'

'Zeker weten?'

'Ja. Ga maar. Doe maar wat je leuk vindt. Maakt mij niet uit waar jij een stijve van krijgt. Veel plezier verder.' Hij staarde in zijn bierglas, zijn laatste woorden omringd door rook: 'Als je nu niet snel oprot, ga ik je pijn doen.'

Ik stond op en liep weg uit de bar.

Deze keer mocht ik haar helpen. Maar ik had geen gevoel van triomf toen we uiteindelijk het laatste bot uit de dode walvis haalden. Hoewel we allebei hard hadden gewerkt om het getij voor te blijven, en hoewel het karkas nu zo ver zuidelijk lag dat het de volgende dag zeer zeker niet weer bij Pedrascada aan zou spoelen, was alleen Sally Lightfoot werkelijk opgetogen dat het werk erop zat. Ik wierp herhaaldelijk blikken in de richting van de bar en naar de noordelijke rotspunt, in de hoop een glimp van Fabián en zijn 'kleine zusje' op te vangen.

Het overblijfsel van de walvis lag als een grote grijze sok op het strand, nu helemaal overgeleverd aan de genade van de gieren. Sally pakte haar emmer met botten en sleepte het uiteinde van de staart achter zich aan.

'Dit stuk is moeilijker,' zei ze. 'Veel kleine botjes en kraakbeen. Ik neem hem maar even mee en kook 'm later wel uit om alle botjes eruit te krijgen. Goed gedaan.' Ze woelde met haar natte vishanden door mijn haar. 'Bedankt dat je mijn assistent wilde zijn. Ik vind dat we 't moeten vieren.'

Toen ze de laatste stukken walvis achter in haar truck had gegooid, kwam ze naar de bar, waar Ray bezig was het meubilair te herstellen dat bij de recente gebeurtenissen was gesneuveld.

'Waar kan ik een bad nemen?' zei Sally.

'Er is alleen die douche daar, sorry,' mummelde Ray met zijn mond vol spijkers.

'Ik ga niet onder dat zielige straaltje bruin water staan,' zei Sally. 'Ik ben klaar met mijn werk en wil in een echt bad liggen.'

'Als je echt fris water wilt, kan ik je de waterval aanbevelen,' zei Ray. 'Luister. Hoor je dat? Dat is een ondergronds stroompje. Het komt aan de overkant van de weg boven de grond. Je hoeft alleen maar de stroom te volgen door de plantage aan de andere kant van de weg, voorbij de kale bomen. Daar vind je de waterval. Het is niet veel, maar het water is fris.'

De sprookjesachtige instructies waren te verleidelijk om niet met haar mee te gaan.

We liepen over de oprit naar de weg toe. Een gammele bus rammelde voorbij, flarden salsamuziek ontsnapten uit de open ramen. Ik bedacht me dat het weleens dezelfde bus kon zijn die ons hier drie dagen en een miljoen jaar geleden had afgezet. Nu baanden we ons een weg door een veld vol struikgewas. Krekels zongen tussen de groepjes cactussen, maar ik zag nog altijd geen water.

'De stroom is hier zeker nog ondergronds,' zei ze, en ze beende voor me uit.

Ze had gelijk. Al snel kwamen we bij een riviertje dat in een rioolpijp verdween, en we volgden het stroomopwaarts, over een smal paadje dat erlangs liep. De vegetatie langs het water werd weelderiger en groener naarmate we verder liepen. Bossen groen wier wuifden als haren in de stroming. Roze waterhyacinten bloeiden.

'Neem Fabián alsjeblieft niet al te serieus,' zei ik, tussen piepende ademtochten in. Ik liep achter haar aan, had spijt dat ik geen water had meegenomen. 'Ik weet zeker dat hij je gisteravond niet wilde kwetsen. Meestal schreeuwt hij alleen tegen zichzelf.'

'Maak je maar geen zorgen. Er is wel meer dan wat geschreeuw nodig om mij van mijn stuk te brengen,' zei ze over haar schouder. 'Ik zal het hem niet kwalijk nemen.'

Dat vond ik vreemd, omdat het nog niet bij me was opgekomen dat zij hem iets kwalijk zou kunnen nemen.

Het was geen grote waterval – niet veel meer dan een klaterend straaltje op wat rotsen – maar de poel die zich eronder had gevormd was diep, en groot genoeg om in te zwemmen. Enthousiast stak ik mijn voet in het water en voelde voor het eerst in dagen weer echte kou. In het donkere water schoten zilveren vissen heen en weer tussen het groen en grijs van de waterplanten en de stenen. Sally stapte uit haar short, wurmde zich uit haar T-shirt en stapte in het water, rillend van genot. Ik zag hoe een golf kippenvel over de bleke huid van haar met moedervlekken bespikkelde rug trok, en daardoor viel mijn oog op andere delen van haar lichaam: een stukje rode huid onder een gedraaid bh-bandje; haar smalle middel, omringd door water, haar dijen onder het wateroppervlak, vervagend in het donkere water. Ze sprong naar voren en zwom een paar slagen schoolslag, duwde toen haar hoofd onder water, begon maniakaal haar haar te schrobben en kwam met een luide kreet weer boven.

'Waar wacht je op?' Ze dreef nu op haar rug, trappelend met haar benen. Ik knoopte langzaam mijn overhemd los, trok mijn schoenen uit en deed een stap naar voren. Slierten wier krulden zich om mijn rechtervoet. Bij de volgende stap verdween mijn linkervoet in de zuigende, grijze modder. Voorzichtig liep ik verder, balancerend, met mijn armen uitgestrekt. De kou trok in mijn short toen ik dieper kwam. Vissen streken langs mijn benen, bijna ter hoogte van mijn middel. Onwillekeurig deinsde ik achteruit.

'Och, kom nou. Die vissen doen je niets. Spring erin.'

Gehoorzaam liet ik me voorover vallen, dook onder water en zwom naar haar toe. Vlak voor haar kwam ik weer boven en streek mijn haar achterover. Ik had mijn mond vol water laten lopen, was van plan dat naar haar te spugen, maar toen ik me oprichtte en mijn voeten houvast probeerden te vinden op de rotsen, klemde zij haar benen om mijn middel en trok me naar zich toe. Ze week langzaam naar achteren, naar een kleine maar diepe baai aan de andere kant van de poel, en nam mij met zich mee. Ik wipte onhandig over de bodem, in de hoop niet voorover te vallen. De vissen in het baaitje waren talrijk en opgewonden, alsof ze elk moment gevoerd konden worden. Alsof Sally Lightfoot de scepter zwaaide over alle waterdieren.

'Jongen,' zei ze, en ze keek me met geloken ogen aan.

Ik zag hoe haar pupillen zich verwijdden, terwijl ze haar benen strakker om mij heen klemde. Door de wrijving van de twee dunne laagjes textiel tussen onze benen werd die plek een nieuwe, hete wereld. Zonder dat ik het me bewust voornam, kromde ik mijn rug en stootte ik in haar richting. Haar mond ging een beetje open. Nu had ze me zeker, haar benen ontspanden, haar voeten tastten lui de achterkant van mijn benen af.

'Jongen,' zei ze nogmaals. 'Wist jij dat de indianen watervallen "het sperma van de bergen" noemen?'

Mijn antwoord, áls ik al iets antwoordde, werd afgekapt toen ze haar natte lippen op de mijne duwde. Haar tong smaakte naar sappige appels. Haar vingers verdwenen in het water, trokken de voorkant van mijn short naar beneden, en met haar andere hand stopte ze het stompje van haar ringvinger in mijn mond en bevochtigde de omtrek van mijn lippen met speeksel. Toen sloeg ze haar hand om mijn nek, hield me vast en keek me strak aan.

'Zullen we de visjes voeren?' zei ze, en ze zette haar rechterhand aan het werk, langzaam en regelmatig trekkend, haar ogen op de mijne gericht, totdat ik mijn blik neersloeg en kwam, in ragfijne sliertjes die cirkelend naar de bodem zonken. Een omhoog zwemmende vis hapte het weg, tot aan de laatste druppel. Er moet nog een luie klodder aan mijn eikel hebben gehangen, want er zwom een vis heen die hem wegzoende. Ik staarde naar het water, te beschaamd om haar aan te kijken terwijl ze haar hand terugtrok.

'Dat was nog eens wat je noemt een oersoep,' zei ze.

'Heb je nooit spijt dat je je vinger hebt afgehakt?' zei ik, terwijl we terugliepen. Ik kon niets anders bedenken om te zeggen.

'Je bent wat je overkomt. En dit was een van de beste dingen die me zijn overkomen. Zelfs al zou ik spijt hebben, dan nog zou het bij mij horen.' Ze bleef staan. 'Je bent niets anders dan een lappendeken, weet je. Een lappendeken van alles wat je is overkomen. Ik heb zojuist een lapje aan de jouwe toegevoegd. Nu heb je tenminste een echt verhaal om aan je rare vriendje te vertellen.'

Ze glimlachte, plantte een koude zoen op mijn wang en sloeg haar ogen neer. 'Trouwens, ik ga ervandoor zo gauw we weer terug zijn, en daarna zul je me nooit meer zien.'

ZESTIEN

De gedachte dat ze weg zou gaan voordat wíj vertrokken was nog niet bij me opgekomen. Ik had me een heel ander scenario voorgesteld: een tranentrekkend afscheid terwijl Fabián en ik in de bus stapten, die rammelend de zonsondergang tegemoet reed, waarna Sally Lightfoot besefte dat ze niet zonder me kon. In een laatste wanhoopspoging zou ze een tijd achter de bus aan rennen, maar het zou te laat zijn. Dan, een paar weken later, zou ik door het schoolhek naar buiten lopen, me nergens van bewust, omringd door de slanke, aantrekkelijke meisjes uit mijn klas, en dan zou ik opeens stilstaan en opkijken. Zij zou dan roerloos aan de overkant van de straat staan, hoopvol glimlachend, en als ze op me afkwam, zou haar lopen overgaan in rennen enzovoort enzovoort.

Niet: 'Je zult me nooit meer zien.'

Toen we terugkwamen, liep ik regelrecht naar ons hutje om het nieuws in afzondering te verwerken. Met gepast melodrama schopte ik de deur open, wierp me op de schuimmatras, waardoor ik de klamboe weer naar beneden trok. Ik lag in het donker, schreeuwde een paar keer in mijn kussen, maar toen werd ik me bewust van een ziekmakende geur van marihuana en rietsuikeralcohol. Ik keek op en zag hem.

'Jezus, wat is er met jou gebeurd?' zei ik.

Fabián lag zijdelings op zijn bed, met zijn rug tegen de wand van het hutje en zijn benen lusteloos onder zich. Ik schoof de grendel van het houten luik en deed het raam open. Ik knipperde tegen het licht. Hoewel hij bleek zag, en zweette van de drank of de drugs of allebei, was er nog iets anders mis. Zijn plastic flesje met rietsuikeralcohol was bijna leeg en zijn arm, die eerder alleen maar ontveld was geweest, glinsterde nu in het schemerlicht, nat en rood. Aan zijn mondhoeken ontsprongen dunne straaltjes bloed, en op zijn onderarmen zaten stukken gedroogde huid.

'En, heb je haar geneukt?' Door het spreken braken de barsten in zijn lippen nog verder open.

'Jezus, Fabián.'

'Heb je haar geneukt? Ik ben niet jaloers, hoor, ik ben gewoon geïnteresseerd. Je hebt haar geneukt, hè?'

'Wat heb je jezelf aangedaan?'

'Alleen een beetje zat, da's alles. Schoongemaakt. Niets om je zorgen over te maken. Maar vertel eens, heb je 't gedaan? Je had er vast het lef niet voor, zoals gebruikelijk. Jij had met het kind moeten spelen, en ik had die meid moeten krijgen. Ik wil wedden dat ze spijt heeft, nu.'

In zijn schoot stond een witte schaal met gezouten popcorn en hij gooide een handjevol in zijn mond, voordat hij naar de fles aguardiente greep, die naast hem op de vloer stond. Hij veegde niet alleen zijn gezicht ermee af, maar dronk het ook.

'Wat is er gebeurd? Waarom gedraag je je als een Vietnamveteraan?'

Hij probeerde rechtop te gaan zitten, maar zakte terug in precies dezelfde houding. De schokkerigheid van zijn bewegingen deed me denken aan ouderwetse houten poppen.

'Er is een soort ongelukje gebeurd,' zei hij. 'Maar 't is wel goed. Sol heeft zich bezeerd, maar verder gaat het goed met haar, denk ik. *Madre de Dios*, wat doet m'n arm pijn.'

Door het raam zag ik hoe Ray naar ons hutje beende. Ray liep altijd langzaam, en ik had hem nog nooit zo vastberaden gezien: er was iets mis.

'Ik denk dat we niet al te lang meer kunnen blijven.'

'Wat is er gebeurd?'

'Denk dat we niet veel langer kunnen blijven.'

Ray keek door het raam naar binnen.

'Kan ik je even spreken?' zei hij tegen Fabián.

'Het spijt me, Ray. Het was een ongelukje,' zei Fabián, die onhandig opkrabbelde en meteen weer viel. 'Gaat het goed met haar?'

'Ze is een beetje overstuur, man. En ze heeft een jaap in haar been.'

'Laat mij maar even met haar praten.' Fabián denderde het hutje uit. De schaal kwam kletterend op de houten vloer terecht, popcorn vloog in het rond. Ray hield Fabián vast bij zijn elleboog, deels als ondersteuning, deels om hem tegen te houden.

'Dat lijkt me geen goed idee, jochie. Ze wil je niet zien.'

'In godsnaam: het was een ongelukje. Ik zou haar nooit pijn willen doen.'

Ray duwde Fabián terug het hutje in en bleef in de deuropening staan, terwijl Fabián naar zijn bed strompelde en weer neerplofte.

'Vertel me eerst maar eens wat er is gebeurd.'

'Ik zei 't toch al: het was een ongelukje. We waren in de grot, probeerden het pad te volgen, verder de rotsen in, en toen viel ze achterover. Ik probeerde haar nog te pakken, Ray, dat zweer ik. Het was niet mijn schuld. En toen begon ze te gillen en rende ze voor me weg, helemaal terug hierheen.'

'Zij – jezus, wat is dit vervelend – zij zegt dat je haar moedwillig hebt geduwd. Ze zegt dat je haar pijn hebt gedaan.'

'Ik wilde alleen voorkomen dat ze viel. Ik zweer 't je. Ik zou je dochter nooit pijn doen, Ray. Wie denk je dat je voor je hebt?'

'Oké, luister even.' Ray kwam ons hutje binnen en ging naast Fabián op het bed zitten. Zijn haar bungelde als gordijnen aan weerskanten van zijn gezicht. 'Het is jouw woord tegen dat van haar, maar geen nood: ik weet dat ze een fantast is, af en toe. Ik denk dat het beter is als je bij haar uit de buurt blijft zolang je hier bent, oké?'

'Maar het was niet mijn schuld.'

'Dat denk ik ook niet, jochie.'

'Ik –'

'Doe nou maar wat ik zeg, dan word ik niet boos. Ik weet dat jullie morgen al vertrekken, dus laten we het verder maar vergeten. Geniet van jullie laatste dag. Maar kom niet meer in de buurt van mijn dochter. God, ik haat confrontaties. Kunnen we het nu verder achter ons laten? Ik moet nog meubels repareren.'

'Hier laten we het verder bij,' zei ik, en ik deed de deur achter Ray dicht. Ik keek door het luik, zag hoe hij soepel terugliep naar de bar.

'Is er iets wat je me wilt vertellen?' zei ik, en ik draaide me om naar het bed.

Fabián huilde met langzame, zachte snikken. Hij klonk als een gewond dier.

'Ik kon het pad niet vinden,' fluisterde hij.

'Wat bedoel je?'

'We hadden zaklampen meegenomen, maar ik kon geen enkel pad door de rotsen vinden. We kwamen heel diep in de grot, verstoorden een heel stel vleermuizen, die over onze hoofden wegvlogen, alsof we in een griezelfilm zaten. Toen gingen we zo ver de grot in, dat er zelfs geen daglicht meer scheen. Ik wist zeker dat het pad verderging, maar de wanden kwamen steeds dichterbij, en toen werd Sol bang. Ze zei dat ze naar huis wilde.'

'En wat heb je toen gedaan?'

'Ik werd zo kwaad,' zei hij, met zijn mond vol tranen en snot. 'Ik werd zo kwaad toen ik bedacht dat er geen gang naar boven was. Dus ik denk dat ik heb uitgehaald naar haar. In het donker. Maar ik wilde haar geen pijn doen, dat zweer ik je. Het was alleen zo frustrerend. Je moet me geloven, Anti. Ik moet naar haar toe om mijn excuses aan te bieden. Ik zal het haar uitleggen. En dan kunnen we morgen weer gaan zoeken, met betere zaklampen of zoiets.'

Hij strekte zijn benen uit en maakte aanstalten om weer op te staan. Ik sta niet vaak versteld van mezelf. Ik kan, ongeacht de situatie, meestal wel vertrouwen op mijn lafheid. Maar wat ik daarna deed, verraste ons beiden. Ik zette mijn handpalm tegen Fabiáns borstkas en duwde hem terug op zijn bed.

'Ik denk dat het beter is dat je hier blijft en wacht tot je weer nuchter bent,' zei ik. 'En ik denk dat we allebei op moeten houden met die onzin over die grot en die stomme koepel.'

Ik liep het hutje uit, voordat de moed me in de schoenen zou zinken.

Op weg naar de bar hoorde ik Cristina's troostende stem in het douchehokje. De deur stond op een kier en in het voorbijgaan zag ik dat ze gehurkt naast haar dochter zat en voorzichtig met een watje over Sols been streek. Cristina moest Sol daarheen hebben gebracht om het vuil uit de wond te wassen, voordat ze die verbond. En hoewel het meisje stoïcijns onder de nadruppende douche stond, kon ik aan haar schokkerige ademhaling horen dat ze nog maar net was opgehouden met huilen.

Ik stak mijn hoofd door de deuropening. Het douchehokje rook naar ontsmettingsmiddel.

'Alles oké?' zei ik.

'Het komt allemaal goed,' zei Cristina. 'Solita is gevallen, maar het komt allemaal weer in orde, of niet dan?'

Het meisje knikte werktuiglijk en huiverde toen ze met het watje werd aangeraakt.

'Wie is er hier een stoer meisje?' zei Cristina.

'Fabián zegt dat het hem heel erg spijt. En ik weet zeker dat hij je geen pijn wilde doen,' zei ik.

'Dat weten we ook wel, of niet dan?' zei Cristina zacht, terwijl ze Sols beentje depte. 'We weten dat het per ongeluk ging.'

'Zo ging het niet!' schreeuwde Sol opeens, en ze duwde haar moeders handen weg. 'Het was niet per ongeluk! Ik ben niet dom. Ik heb 't je toch verteld? Hij duwde me. Hij deed het expres.'

'Nou schatje, rustig nou maar. Ik zei toch dat je dat nooit zeker weet. Blijf nu maar even stilstaan terwijl ik bezig ben, dan maak ik straks een bananenmilkshake voor je, oké?'

Sol knikte, gekalmeerd door het vooruitzicht van de milkshake, maar ik zag dat ze nog steeds trilde van woede om het onrecht dat haar was aangedaan.

'Het komt wel goed met haar,' zei Cristina tegen me. 'Ik denk ook dat het per ongeluk ging. Zeg maar tegen Fabián dat-ie zich geen zorgen hoeft te maken. Echt niet.' Maar er klonk minder warmte in haar stem dan gebruikelijk.

Toen ik bij de bar aankwam, was Sally Lightfoot net bezig haar rekening te betalen. Ze haalde een stapeltje bankbiljetten uit haar schoen en telde die voorzichtig uit op een tafel, terwijl Ray de rekening voorlas: 'Dus dat is twee overnachtingen met volpension, en daar komen nog bij – hoeveel biertjes heb je gedronken? Is dat alles? Oké. Dan komt het op 15.000 sucres. Aan de andere kant, je hebt wel een voortreffelijk verhaal verteld. Laten we het maar op 12.000 houden.'

Het was hartverscheurend om haar te zien vertrekken. Ik probeerde iets te bedenken om tegen haar te zeggen, wat dan ook. Maar er schoot me niets te binnen, en dus keek ik zwijgend toe, terwijl mijn half uitgewerkte toekomstscenario's voor mijn ogen verdampten.

Sally's stapeltje geld was kennelijk op, en wat een indrukwekkende hoeveelheid had geleken toen ze het uit haar schoen haalde, bleek niet meer dan een schamel bedragje te zijn. De bankbiljetten op tafel wapperden in de bries.

'Ik bewaar de rest van mijn geld in het handschoenenkastje van mijn pick-up,' zei ze. 'Voor de zekerheid. Ben zo terug.'

Ray en ik bleven zitten onder het dak van palmbladeren en keken naar de opkomende vloed. Twee pelikanen vlogen voorbij aan de horizon.

'Ray, ik wil je mijn excuses aanbieden...' zei ik.

'Vergeet 't nu maar, man. Het is verleden tijd. Zorg jij nu maar dat je verknipte vriendje wegblijft bij mijn dochter, totdat jullie vertrekken. Het was stom van mij om haar met een volkomen vreemde mee te laten gaan, en ik weet zeker dat... Wacht 'ns even.' Hij keek met samengeknepen ogen naar het noorden. 'Wat doet-ie verdomme nu weer?'

Fabián was ongezien weggeslopen langs de hutjes en het strand opgerend. Hij stond op de lage uitlopers van de rotswand. Hij stond met zijn armen uitgestrekt, als een Christusfiguur, met zijn gezicht naar zee. Het was duidelijk zijn bedoeling gezien te worden. En toen, alsof we onbewust een startschot hadden gelost door naar hem te kijken, begon hij over de rotsen onder aan de rotswand te klimmen, zijn losgeknoopte hemd opbollend in de wind.

'Hij kan maar beter niet proberen dat pad te volgen terwijl het vloed is,' zei Ray, 'want ik kan je verzekeren dat hij 't deze keer niet overleeft.'

'Ik ga wel achter hem aan,' zei ik en ik stond op.

'Nee. Daar heb je geen tijd meer voor. Dan wordt jij óók door het water gegrepen. Ik pak de boot wel en dan varen we rond de punt en halen hem wel o– Kutwijf! Verdomd kutwijf!'

Buiten kwam de Chevrolet brullend tot leven en we hoorden het grind opspatten toen Sally Lightfoot en haar walvisskelet hard achteruitreden in de richting van de weg.

'Sorry jochie. Ik moet nu even iets belangrijkers doen,' zei Ray, die achter de bar vandaan sprong en zijn autosleutels greep. 'Maar ik raad je aan te zorgen dat Fabián niet verder rond die rotspunt gaat, als jullie tenminste ook in de toekomst samen naar school willen lopen.'

Vloekend rende hij de bar uit, naar zijn oude Lada.

Hij maakt geen schijn van kans, dacht ik, en ik moest bijna glimlachen bij de gedachte aan Sally Lightfoot en haar lichtvoetige aftocht. Als vanzelf liep ik achter Ray aan, in de richting van de weg. Toen herinnerde ik me Fabián en keerde om. Zijn blauwe overhemd, dat de wind deed bollen als een zeil, verdween langzaam maar zeker over de rotsen. Zelfs op deze afstand zag ik hoe dicht het schuim van de aanstormende golven bij hem kwam. Ik voelde een intense woede in me opkomen, die zich helemaal op dat verdwijnende kleurige stipje richtte.

Val dood, dacht ik. Val dood met je grot, met je verhalen, met je geheugenkliniek. Ik weifelde even, draaide me toen om en rende naar de weg toe.

Mijn standvastigheid verdween nog voordat ik tien stappen had gezet. Ik keerde al rennend om en sprintte over het harde, natte zand, terwijl ik probeerde mijn woede en angst om te zetten in de energie die ik nodig had om hem te bereiken.

Tegen de tijd dat ik bij de rotspunt aankwam, deden mijn longen pijn, scherpe steken bij elke stap. Hij wist dat dit zou gebeuren. Hij deed me dit met opzet aan. Zwaar piepend begon ik over de rotsen te klimmen. De zandstenen rotsblokken voelden ruw aan onder de dunne zolen van mijn sandalen. Ik keek naar Fabián. Het water spoot al omhoog tussen ons. Ik moest snel zijn. Afgezien van het fysieke voordeel dat Fabián had, was hij hier in de laatste twee dagen ook al vier keer langsgelopen en kende de route beter dan ik. Mijn longen zwollen op in mijn ribbenkast, de pijn werd erger. Ik vocht tegen de paniek, probeerde mijn tegenstribbelende longen voor de gek te houden, zodat ze zich zouden ontspannen. Als ik in paniek raakte, zou ik een complete astma-aanval krijgen – en daar was Fabián misschien op uit.

Ik probeerde zo langzaam en zo diep mogelijk in te ademen, stemde het ritme van mijn stappen van rots naar rots af op mijn ademhaling. Alleen al het vooruitkomen, zonder zijwaarts in zee te glijden of weggeblazen te worden door de wind, vereiste zo veel concentratie dat het me volledig in beslag nam, en dat werkte kalmerend. Ik klauterde een paar minuten voorwaarts, mijn blik strak naar beneden gericht. Toen ik opkeek, zag ik dat hij niet al te ver meer van me verwijderd was en dat hij stilstond. Ik deed het wat rustiger aan, zodat ik geen hijgend hoopje ellende zou zijn als ik hem eenmaal bereikte. De golven braken op de rotsen naast me, koud water liep over de onbedekte bovenkanten van mijn voeten. Ik keek omhoog, naar het rode gedenkteken aan de rotswand. Ik was nu dichtbij genoeg om te zien waar de verf was afgebladderd en het kale hout, uitgebeten door de zeewind, te zien was. Ik zag dat iemand verse bloemen aan het schrijntje had vastgemaakt, en vroeg me weer af hoe diegene het in hemelsnaam had weten te bereiken.

'Kom terug, idioot!' schreeuwde ik.

Hij bleef stokstijf staan en draaide zijn gezicht naar de zee, alsof hij duidelijk wilde maken dat hij niet met me wilde praten voordat ik bij hem was. Maar toen spoot een krachtige straal water als een geiser omhoog door een gat in de rotsen, en deed hij geschrokken een stap opzij. Ik kwam dichterbij en zag dat de golven al rond zijn hielen spoelden. We zouden allebei moeten klimmen om aan de zee te ontkomen. Hij moet hetzelfde hebben gedacht, want hij legde zijn handen op de rotswand en begon omhoog te klimmen, net toen ik bij hem aankwam.

'Stop nou. Dit is gevaarlijk. Je gaat nog verongelukken zo,' zei ik. Het hoefde niet zo'n gevaarlijke situatie te zijn, maar wat maakte dat uit voor Fabián, die al zo'n gevaar voor zichzelf was?

'Eng hier, hè?' schreeuwde hij, en hij lachte naar me.

Hij liet los, gleed op zijn gemak langs de rotswand naar beneden en terwijl hij zijn armen uitstrekte voor de landing, deed hij alsof hij weifelde en trok een angstig gezicht. Dit had precies het gewenste effect: mij laten zien hoe goed zijn evenwichtsgevoel werkelijk was.

De vermoeidheid stroomde door mijn benen, die nu echt begonnen te trillen. Fabián pakte een groot stuk zandsteen.

'Fabián, praat met me...'

'Je maakt je zeker zorgen om mij, hè? Hè? Hijo de puta.'

Hij legde zijn hand op een platte rots voor hem, bleef me aankijken, terwijl hij de steen liet neerkomen op de plek waar zijn arm eerder was gebroken.

Zijn geschreeuw veranderde in gelach. 'Zie je nou wat ik mezelf kan aandoen? Wat denk jij verdomme dat je me nog kunt aandoen, als ik dit bij mezelf durf te doen?'

Hij gooide de steen tegen de rotswand. Scherven zandsteen vlogen in het rond. 'Alsjeblieft,' zei ik. 'Hou alsjeblieft op. Laten we teruggaan en erover praten. Ik doe alles voor je. Alsjeblieft.'

'Nee. We blijven hier. Kijk dan – de vloed komt al op. Waar wil je heen dan?'

Hij had gelijk. Witte nevel explodeerde waar we nog maar een paar minuten eerder hadden gelopen. De plaats van de horizon leek veranderd, terwijl de vloed zich met alle kracht vooroverboog. We waren ingesloten op een steeds smaller wordend richeltje gele rotsen.

'Breek je mooie hoofdje daar maar niet over. We moeten alleen zien dat we bij de grot komen. Die loopt bij vloed wel een beetje onder, maar loopt ver genoeg door in de rotsen om een veilige schuilplaats te bieden.'

Ik ademde zwaar en keek hem aan.

'Wat is er?' zei hij. 'Geloof je me niet?'

'Ik denk niet dat we daar veilig zijn.'

'Dus je gelooft me niet.'

'Jawel, ik geloof je wel.'

'Kom dan mee. Je weet maar nooit,' zei hij, en hij draaide zich om en speurde de rotswand af naar houvast. 'Je weet maar nooit wat we zullen vinden als we eenmaal in de grot zijn. Ik zei toch al, die grot loopt helemaal door, tot diep in de rotsen. Er is nog steeds een kans dat we erdoorheen kunnen. Er is nog steeds een kans dat we het vinden.'

Hij hurkte, klaar om tegen de rotswand omhoog te springen en naar de opening van de grot te klimmen, weg van het water. Ik pakte voorzichtig zijn goede elleboog, me ervan bewust dat ik hem pijn zou kunnen doen als ik zijn gebroken arm zou grijpen.

'Wat moeten we dan vinden?' zei ik.

Hij draaide zich niet om. 'Dat weet je verdomde goed. De geheugenkliniek.'

'Ik dacht dat we hadden afgesproken om –'

'Val dood met je afspraken. Ik ga naar boven om die kliniek te vinden. Je weet maar nooit. Die kliniek kan daarboven zijn. Mijn moeder kan daar zijn. We moeten het op z'n minst proberen. Wil jij het dan ook niet zeker weten?'

'Ik wéét het zeker,' schreeuwde ik. 'Net zo goed als jij het zeker weet.' Deze keer pakte ik zijn gebroken arm beet. Door de pijn draaide hij zich snel om.

'En hoe komt dat dan?' zei hij. Ik schrok van de haat in zijn ogen.

Ik ademde in voordat ik begon te spreken. Maar ik moest het zeggen.

'Omdat ik het heb verzonnen,' zei ik. 'Ik heb dat krantenartikel nagemaakt om je op te beuren. Ik heb het hele idee van de kliniek bedacht, en je weet óók wel dat ik dat heb gedaan. En je wéét ook dat de geheugenkliniek niet bestaat, of niet soms?'

Hij zei niets. Zijn gezicht vertrok weer van minachting, alsof ik iets onsmakelijks had gezegd, en zijn stem beefde alsof hij mijn woorden af wilde schudden.

'Hou je kop. Hou je kop.'

'Je wéét 't,' zei ik nog eens.

'Natúúrlijk weet ik het!' gilde hij, terwijl hij me strak aankeek en tegen mijn borstkas duwde. 'Idioot.'

Hij huilde weer en schudde me door elkaar, terwijl hij zacht zei: 'Maar dat betekent niet dat de kliniek er niet ís.'

'Wat bedoel je?'

Hij zuchtte. 'Je hebt het nooit helemaal begrepen, hè?'

'Kennelijk niet.'

Hij pakte me weer beet, mijn longen knepen zich samen. Kalm en zorgvuldig kanaliseerde hij zijn woede, hamerde hij elk woord in me: 'Dat is 'n goeie. Ik moet zeker blij zijn dat je mij de waarheid vertelde. Heb je nou je zin? Klootzak. Je hebt me een slechte leugen verteld. Dat heb je gedaan door me hierheen te halen. Je hebt me iets verteld wat je nooit waar kon maken. Verdomde klinieken. Dokter Menosmal. Je bent gewoon een slechte leugenaar.'

Ik raakte in paniek en zei snel: 'Ga me nou niet vertellen dat je het geloofde. Zeg niet dat je het geloofde, want ik weet ook wel dat je niet zó stom bent. Het was alleen maar bedoeld om je te helpen. Om te laten zien dat ik je geloofde.'

'Dit ging helemaal nooit om mij. Je deed alsof we hierheen gingen om mij op te beuren, maar het draaide allemaal om jou. Een of andere verdomde rondreis voordat je teruggaat naar Engeland en op een nieuwe school begint. Ik word misselijk van je. Je bent gewoon zo'n verdomde toerist.' Hij spuugde naar me; het vloog over mijn schouder in de wassende, klotsende zee. Ik bedacht dat ik een manier moest vinden om hem te kalmeren. Ik besloot dat ik degene was die moest voorkomen dat we naar de grot gingen, eens en voor altijd. Iemand moest een einde maken aan het gedoe met die geheugenkliniek, en ik was degene die ermee was begonnen. Dus deed ik, heel rustig, een stap naar voren en sloeg hem in zijn gezicht.

Sommige geluiden blijven je bij, ook na lange tijd. Sommige geluiden worden vermalen in je geheugen. Ik kan me het gevoel van

die klap nog herinneren alsof ik hem vijf minuten geleden heb uit-
gedeeld – het gevoel van zijn zachte stoppels op mijn hand verraste me – maar ik kan me het geluid niet meer herinneren. Andere
geluiden van die dag – het barsten van een schedel op de rotsen,
bijvoorbeeld – zijn veel duidelijker.

'Daar ga je spijt van krijgen, etterbak.'

Ik besefte dat hij me woedend maakte. 'Wat heb je met Sol uitgespookt?' zei ik, nu zelf ook schreeuwend. 'Heb je aan haar gezeten? Gaat het daar allemaal om?' En toen vielen er geen woorden
meer en was de zelfbeheersing zoek. Hij greep me beet en probeerde me tegen de rotswand te smijten, maar ik wist te ontkomen
en krabbelde omhoog, naar de opening van de grot.

Mijn handpalmen glibberden over de rotsen, die vochtig waren
van het sproeiwater. Ik concentreerde me erop om zo snel mogelijk weg te komen, omhoog, naar de grot. Op dat moment voelde
ik zijn hand om mijn enkel, koud, als een stalen handboei, en gleed
ik uit op de rotsen.

'Laat los!' schreeuwde ik. 'Anders gaan we er allebei aan.'

Hij pakte mijn enkel nog steviger beet en ik voelde hoe mijn
borstkas samenkneep. Ik worstelde, probeerde omhoog te klimmen, maar zijn kracht en de zwaartekracht werkten in zijn voordeel, zelfs met een gebroken arm.

In paniek trok ik mijn andere voet omhoog en trapte naar beneden. We verloren allebei ons evenwicht en gleden samen naar de
zee. Ik zwaaide met mijn armen om me heen, op zoek naar houvast, en mijn benen fietsten in de lucht, vlak bij zijn hoofd. Het
lukte me grip te vinden voor mijn voet, maar toen ik naar beneden keek, zag ik dat hij weer probeerde mijn benen te grijpen. Deze
keer was zijn gebroken arm echter zo verzwakt, dat hij me niet
meer krachtig kon beetpakken. Ik moet hem geraakt hebben toen
ik hem schopte.

Ik weet nu dat hij, toen hij zijn armen voor de tweede keer naar me uitstrekte, steun zocht en niet van plan was me naar beneden te trekken, maar op dat moment zag ik het anders: ik nam aan dat hij me wilde grijpen, pijn wilde doen. Dus trapte ik weer naar beneden, deze keer tegen zijn hoofd.

De laatste keer dat ik zijn gezicht zag, lag er een blik vol ongeloof op, terwijl zijn armen rondgraaiden op zoek naar houvast. Hij viel achterover en even flitste er iets blauws op, toen de wind zijn overhemd omhoogblies. Ik hoorde een korte, misselijkmakende klap toen zijn hoofd op de rotsen onder ons neerkwam, duidelijk hoorbaar, zelfs boven het geluid van de zee uit. Toen verloor mijn hand zijn greep en gleed ik langs de rotswand naar beneden. Ik probeerde met mijn voeten de richel te vinden waarop we eerder hadden gestaan, maar al snel werden mijn voeten onder me weggetrokken door de ijskoude golven. Ik viel op mijn zij, en een vuist van koud water ramde zich in mijn keel.

Ik herinner me dat ik kokhalsde, en de wanhopige, ademloze paniek, toen ik besefte dat ik aan het water móést ontsnappen en Fabián koste wat kost op het droge moest zien te trekken.

En toen was er niets dan duister.

ZEVENTIEN

De droom was ontleend aan een krantenartikel dat ik ooit had gelezen. Het ging over een arme sukkel die, toen hij zelfmoord wilde plegen in een station, klem kwam te zitten tussen de trein en het perron, met zijn benen als een kurkentrekker in elkaar gedraaid onder zijn romp. Zijn vrouw en kinderen werden naar de rand van het perron gebracht om afscheid van hem te nemen, in de wetenschap dat hij zou overlijden op het moment dat iemand de trein in beweging zou zetten. Dat beeld was me altijd bijgebleven: iemand die zo gewond is, dat elke beweging van wat hem omringt een zekere dood betekent, in een situatie die zich niet leent voor stilstand. In mijn droom zat ik op een soortgelijke manier vastgeklemd op het perron van een station hoog in de bergen, afgezien van het feit dat het geen trein was die me daar vasthield, maar een enorme, dode walvis, zijn gepokte huid schurend tegen de mijne, terwijl ik worstelde om vrij te komen. Toen ik naar beneden keek, zag ik dat het perron was veranderd in een enorme variant van de rug van Sally Lightfoot, die naar mij toe was gekeerd, slapend, terwijl ze snurkte als een walvis.

Ik werd wakker in een bed met ijzeren spijlen, dat in een groene ziekenzaal stond. Ik probeerde overeind te komen, maar kon me niet bewegen. Het was alsof ik was vastgebonden, hoewel ik geen riemen kon ontdekken. Mijn tong voelde kurkdroog aan en had de metalige smaak van bloed. Oude rioleringspijpen borrelden en klopten, en de geur van formaldehyde was overweldigend.

Ik keek voor me en zag woorden in neon knipperen op de muur tegenover mijn bed: JE HEET ANTI. JE BENT GEVONDEN IN EEN GROT BIJ PEDRASCADA. JE HEBT JE BESTE VRIEND VERMOORD. Ik kon mijn hoofd niet bewegen, dus draaide ik mijn ogen naar een andere muur, waar andere woorden knipperden: GEINTJE! ALLES IS OKÉ. HAHAHA. Ik keek weer recht vooruit en zag een man staan bij het voeteneinde van mijn bed. Hij was gekleed in een witte overall, droeg een dik brilmontuur met kleine, ronde glaasjes en had een snorretje zo dun, dat het even goed een potloodstreepje had kunnen zijn. Hij had een roestvrijstalen klembord in zijn hand.

Ik ben dokter Menosmal,' zei hij kortaf en duidelijk. 'Ik geloof dat jij naar me op zoek was. Hoewel,' ging hij hoopvol verder, 'je je dat misschien niet meer herinnert.'

'U lijkt op iemand die ik ken,' zei ik.

'Dat ligt vast aan je voorstellingsvermogen,' zei Menosmal. 'Je herkent niemand meer, voor zover ik weet. Anders zou je hier niet zijn.' Maar op het moment dat hij dat zei, besefte ik dat zijn gezicht, met een iets dikkere snor en zonder bril, precies op dat van Suarez leek. Ik probeerde weer om rechtop te gaan zitten, maar mijn lichaam reageerde nog altijd niet.

'Ik weet dat u dokter Menosmal niet kunt zijn,' zei ik, 'omdat hij niet bestaat. Ik heb hem verzonnen.'

Menosmal vinkte iets aan op zijn klembord. 'Interessant. Je ziet dingen die je zelf hebt bedacht. Dat is volkomen conform het gedrag van amnesiepatiënten. En dat betekent dat je hier helemaal op de juiste plek bent. Goed, je kunt maar beter even rusten, en kijk maar of je je nog iets herinnert. In sommige gevallen duurt het maar een paar uur voordat mijn patiënten zich dingen gaan herinneren. Hoewel ik bang ben,' ging hij verder, 'dat dit de laatste tijd steeds zeldzamer wordt, naarmate onze voorzieningen beter zijn geworden. Het is wel alsof sommige patiënten bij binnenkomst besluiten dat ze liever hier willen blijven, bevrijd van hun herinneringen...' Hij knipoogde. 'Steeds vaker word ik geconfronteerd met waandenkbeelden uit hun verleden, waarvan ik weet dat mijn patiënten die in de eerste uren na hun opname hebben verzonnen.'

'Is dat zo?' zei ik.

'Neem nu deze arme jongen.' Hij gebaarde met zijn pen in de richting van een bed naast mij. Ik keek en zag dat Fabián de jongen in kwestie was. Zijn gebroken arm, waarop de strepen dode huid nog altijd zichtbaar waren, klapte dubbel toen hij naar me wuifde, en ik zag dat het bloed nog steeds uit zijn mondhoeken en neusvleugels sijpelde als hij glimlachte. Hij droeg een groen operatiejasje, zonder rugpand. 'Hij is hier gisteren aangespoeld en herinnert zich niets,' zei de dokter. 'Helemaal niets. Wist zelfs zijn eigen naam niet meer. En nu hebben hij en een vrouwelijke patiënte plotseling besloten dat ze moeder en zoon zijn.'

Fabián was opeens in gezelschap van een slanke, donkerharige vrouw van midden veertig. Ze had dezelfde opvallende groene ogen als Fabián, en toen ze opstond en naar me toe liep om mij een hand te geven, rook ze naar verse perziken.

'Het is natuurlijk belachelijk,' zei de dokter zacht, toen ze weer aan het voeteneinde van Fabiáns bed was gaan zitten. 'Ze is een van mijn eerste patiënten. Ze zit hier al bijna sinds ik deze kliniek ben begonnen. Ze heeft nooit eerder iets gezegd over een zoon. Maar ze wil het nu eenmaal graag geloven.'

Ik moest me inspannen om het bed rechts van me te kunnen zien, en ik zag dat de vrouw met één hand over Fabiáns haar streek, terwijl ze met de andere zijn gezicht depte met een watje met alcohol. Hij keek glimlachend naar haar op.

'Ik moet echter toegeven,' zei Menosmal, 'dat dit waandenkbeeld door beide patiënten wordt geaccepteerd. Een van de krachtigste waanideeën die ik ooit heb gezien. Ook zij is ervan overtuigd dat ze zijn moeder is.' Op dat moment wuifden Fabián en zijn vermeende moeder naar mij, alsof ze poseerden voor een clichématig vakantiekiekje, waarna ze glimlachend hun hoofden naar elkaar neigden. 'Maar goed, als ze er gelukkig van worden, dan kunnen ze het wat mij betreft geloven, totdat de echte waarheid aan het licht komt.'

'U bent wel een onconventionele dokter, hè?' zei ik.

'En jij bent een onconventionele patiënt,' zei Menosmal. 'Ik heb in de loop der jaren heel wat buitenissige gevallen behandeld, maar tot dusver heeft nog niemand beweerd mij te hebben verzónnen. Dat is nogal wat.'

We lachten allebei.

'Kunt u mij iets uitleggen?' zei ik.

'Kan ik proberen.'

'Waarom kan ik me niet bewegen? Dat is zeker omdat ik nog slaap, hè?'

Hij keek om zich heen, opeens nerveus.

'Geef 't maar toe,' zei ik.

Snel stopte hij zijn pen terug in zijn borstzakje en begon te fluiten. 'Ik moet ervandoor,' zei hij.

'Ha!' zei ik. 'Daar heb ik je. Ik wíst wel dat ik u verzonnen had.'

'Slim hoor,' zei Menosmal. Hij knipte met zijn vingers en veranderde in een rotspelikaan.

Ik sloot mijn ogen.

Toen ik ze even later aarzelend weer opendeed, zag ik een intens geel licht, dus sloot ik ze meteen weer en besloot me deze keer op mogelijk belangrijke geluiden te concentreren. Ik kon het bijna onhoorbare gezoem van een efficiënte airconditioning ontwaren, een zacht geritsel van krantenpagina's, gelardeerd met hoge hakken op een harde ondergrond. Ik bewoog even: koele, schone, katoenen lakens, en merkte dat ik mijn rechterarm nog steeds niet kon bewegen, hoewel de rest van mijn lichaam in orde was. Ik voelde een nazeurende pijn in mijn elleboog, die beloofde erger te worden.

'Hij komt bij. Zag je dat? Hij bewoog.' De stem kwam uit de richting van de hoge hakken. Mijn moeder.

De krant zakte onder luid gekraak naar beneden.

'Zorg dat hij niet wakker wordt.' Mijn vader.

'Hij is twee dagen buiten westen geweest. We moeten dit tot op de bodem uitzoeken.'

Twee dagen? Wat had ik twee dagen lang gedaan? Misschien hadden de gebeurtenissen zich herhaald in mijn hoofd. Ik hield mijn ogen dicht en probeerde ze op een rijtje te zetten, in de wetenschap dat er wanneer ik mijn ogen opendeed, geen tijd meer zou zijn om te denken. Rommelige herinneringen dienden zich aan, en ik voelde een ondeugend plezier aanzwellen over wat we hadden uitgehaald. Ik wilde Fabián zo snel mogelijk zien om vrede met hem te sluiten en te beginnen aan het subtiele bekokstoven van een versie van onze avonturen die geschikt was voor publieke verspreiding. Maar vóór ik van de eer kon genieten, moest ik me eerst boetvaardig tonen: ik moest mijn ogen berouwvol neerslaan, welgemeende excuses mompelen, en aanbieden het weer goed te maken. Hoe graag ik ook wilde veinzen dat ik sliep totdat mijn ouders weg zouden gaan, ik wist dat ze voorlopig hier zouden blijven. Dus ademde ik diep in, klaar voor de stortvloed aan vragen (Waar denk jij dat je mee bezig bent? Hoe kon je zo tegen ons liegen? Waar hadden jij en Fabián ruzie over?) en opende mijn ogen.

Een botergeel licht scheen door de jaloezieën op grijs linoleum en gebroken witte muren. Een gehavende tv hing op een metalen steun in de hoek tegenover mijn bed. Mijn vader zat er op een aluminium stoel naast, zijn jasje verkreukeld, de krant opengeslagen op zijn schoot. Mijn moeder stond in een kobaltblauw pakje aan de andere kant van de kamer en staarde afwezig door een rond raampje in de houten deur. Geoefend draaide ze zich op haar stilettohakken om toen ze merkte dat ik me bewoog.

'Anti,' zei ze, en ze liep naar mijn bed. 'Anti.'

'Waar ben ik?'

'Je bent in een ziekenhuis in Guayaquil,' zei mijn vader. 'Weet je dat niet meer? Je praatte honderduit toen we hier aankwamen – hoewel je voornamelijk onzin uitkraamde. Wie is die Sally?'

'Rustig aan,' zei mijn moeder. 'Daar komen we nog wel op.'

Met moeite schurkte ik me langs mijn kussens omhoog.

'Je hebt wel mazzel gehad, weet je dat wel?' zei mijn vader, die zijn krant opvouwde en ging staan. 'Je was niet ver van het oorlogsgebied. In de *Cordillera del Cóndor* is de strijd weer opgelaaid. Vijftien doden deze week. Er zijn zelfs een paar gewonden naar dit ziekenhuis gebracht.' Hij wees naar de krant in zijn hand. 'Hoewel ze natuurlijk niet hier in de dure vleugel liggen,' grinnikte hij.

'In hemelsnaam!' Mijn moeder duwde hem aan de kant. 'Anti, hoe voel je je?'

Mijn vader keek bezorgd en ging aan de andere kant van mijn bed staan, tegenover mijn moeder.

'Luister, voordat jullie beginnen,' zei ik, hen afwisselend aankijkend, 'laat ik eerst maar zeggen dat het me spijt. Ik weet zeker dat jullie allebei vreselijk kwaad zijn, maar als je me gewoon even laat uitleggen waaróm we het hebben gedaan, dan...'

'We zijn niet kwaad,' zei mijn moeder vriendelijk. Ze streek met haar geurige hand wat haar uit mijn ogen. Er was iets mis. 'We zijn niet kwaad, Anti. Maar ik heb wel heel slecht nieuws.'

Dit was niet weer een droom.

Zijn lichaam werd herhaaldelijk door de aanstormende vloedgolven tegen de rotswand geslagen, tot hij met zijn gezicht naar beneden in het water dreef, onder het rode gedenkteken voor de onfortuinlijke surfer, met zijn voet tussen de rotsen gehaakt. Niet het soort details dat ik te weten mocht komen, dat weet ik zeker, maar ik kwam er toch achter. Sindsdien stel ik me weleens voor dat daar nu een ander gedenkteken staat, voor Fabián, en dat degene die er verse bloemen achterliet en kaarsen brandde voor de surfer, nu hetzelfde doet voor hem. Ik hoop dat het zo is.

Ik verliet het land zonder zijn begrafenis bij te wonen, dus heb ik nooit de pracht en praal van een Ecuadoriaanse uitvaart kunnen ervaren, maar het kostte me geen enkele moeite me die voor te stellen. Fabián had me meermalen voorzien van zulke gedetailleerde en kleurrijke beschrijvingen van begrafenissen, dat ik wist hoe het zou zijn zonder erheen te hoeven gaan: zwartgeklede vrouwen, compleet in beslag genomen door huilbuien van epische proporties; plechtige processies; mogelijk zelfs de traditionele witte kist, gegund aan diegenen die te jong werden geacht om zonden te hebben begaan. Het enige wat ik heb is de versie in mijn verbeelding. Ik heb nooit tussen wolken wierook en gramstorige familieleden hoeven staan, nooit naar al het 'gestolen Incagoud' – zoals hij het noemde – hoeven staren, en nooit gezien hoe hij werd begraven of gecremeerd of wat ze dan ook met hem hebben gedaan. Dat werd niet van me... verwacht.

Ik heb gemerkt dat hoe abrupter iemand uit je leven verdwijnt, des te levendiger hij voortleeft in je gedachten. Het bleek dat ik geen afscheid van Fabián hoefde te nemen, omdat hij sinds die tijd altijd bij me is, ontsproten aan en in goede banen geleid door mijn spijt. Hij zit nog altijd in mijn hoofd en lijkt niet van zins te vertrekken.

Ik zeg tegen mezelf dat ik hem los moet laten, dat veel mensen tijdens hun puberteit intense vriendschappen smeden die plotsklaps eindigen en nooit worden hervat, en dat deze alleen definitiever is beëindigd. En dat maakt het alleen maar erger, want een van de moeilijkste dingen om mee verder te leven is de wetenschap dat we waarschijnlijk geen vrienden waren gebleven als hij nog had geleefd. We gingen allebei een andere kant op: ik naar een school en een leven in Engeland, Fabián naar wat hij dan ook samen met Suarez zou bedenken – waarschijnlijk studeren in de Verenigde Staten, gevolgd door een of ander lucratief beroep. We zouden een paar jaar lang hebben gecorrespondeerd, hadden elkaar misschien nog één of twee keer gezien, maar verder dan dat zou het niet zijn gegaan. Onze vriendschap zou zijn opgedroogd, verschrompeld tot stoffige, stilstaande beelden, en dat zou prima zijn geweest want dan was hij nu niet hier, hier in mijn hoofd, als hij nog had geleefd. Hij zou vast onwaarschijnlijke verhalen vertellen als hij nog had geleefd. Ik zou me hem amper herinneren als hij nog had geleefd. Maar ik herinner me hem maar al te goed. Zijn glimlach staat voor altijd in mijn geheugen gegrift, zoals de glimlach van een rekruut op een foto in sepia. En ik blijf achter met vijf woorden die voor eeuwig als een bankhamer tegen mijn schedel blijven kloppen: als hij nog had geleefd.

Ik haat hem daarom.

Toen ik met mijn ouders het ziekenhuis verliet, moesten we over de afdeling eerste hulp, waar de gangen vol stonden met soldaten die gewond waren geraakt tijdens een Peruaans jungle-offensief en wachtten op behandeling. Ik zag en beantwoordde het geduld in hun ogen. Stoïcijns liep ik tussen hen door, keek elke soldaat rustig aan, als een veldmaarschalk die de verbanden inspecteerde die om hun vleeswonden waren gewikkeld en die langzaam doordrenkt raakten met bloed. Ik schonk enkelen zelfs een goedkeurend of geruststellend glimlachje. Mijn ouders liepen voor me uit, erop gespitst het gebouw zo snel mogelijk te verlaten, maar ik nam alle tijd. Een van de soldaten, niet meer dan een paar jaar ouder dan ik, knipoogde naar me en hield toen zijn gewonde hand voor zijn gezicht. De kogel die hem had geraakt, was recht door zijn handpalm gegaan. Aan het uiteinde van een rood tunneltje in zijn vlees zag ik de glinstering van zijn pupil, sterk vergroot door de pijnstillers.

Ik herinner me nog hoe fel de zon op de parkeerplaats van het ziekenhuis scheen, en de verstikkende hitte toen ik in de auto ging zitten. Ik herinner me de stilte toen we de blikkerende snelweg opdraaiden. Tijdens het begin van de reis probeerde ik mijn ogen open te houden en naar het landschap te kijken. Maar ik hield het niet vol: ik zag hem in de ogen van elke ezel langs de kant van de weg, in elke verveeld kijkende buspassagier, zelfs in de blik van een non die in een afgeragde Cadillac voorbijraasde – alsof Fabián door mijn schuldgevoel ongemerkt was binnengedrongen in elk levend wezen dat mijn pad kruiste.

Ik herinner me bijna niets van de reis terug naar het noorden. Ik weet dat die onder geen beding zo opwindend was als de reis zuidwaarts, met Fabián. Mijn ouders bewogen zich efficiënt in de wereld, beheersten de vaardigheden van volwassenen, die in tijden van crisis tot hun recht kwamen. In hun handen verwerd de reis, die we een paar dagen eerder hadden ondernomen, tot niets meer dan een paar uur zitten in een spacewagon met airconditioning. Ik hield mijn ogen zo veel mogelijk gesloten gedurende de rest van de reis, om de versie in mijn hoofd intact te houden en om al die beschuldigende ogen te vermijden.

Binnen een week had ik het land verlaten om er nooit meer terug te komen. Mijn moeder had besloten dat ik zo snel mogelijk terug naar Engeland moest, alsof ik een vrijgelaten gijzelaar was die naar huis werd gevlogen. Ook de beslissing dat ik Fabiáns begrafenis niet zou bijwonen, werd voor mij genomen. Gezien de recente gebeurtenissen werd ik voorlopig buiten het beslissingsproces gehouden. En ik vond dat prima. Ik wilde dat ze de rest van mijn leven alle beslissingen voor me zouden nemen.

Volgens mijn ouders lag het voor de hand dat de autoriteiten zouden besluiten dat het een ongeluk was geweest. Maar desondanks werd er nog één ding van me verlangd toen we eenmaal terugkwamen in Quito. Op zijn verzoek, en vergezeld door mijn moeder en vader, moest ik naar zijn huis komen en aan Suarez uitleggen hoe zijn neefje was overleden.

ACHTTIEN

Een ontmoeting tussen Suarez en mijn ouders, met Suarez' huis als plaats van handeling: het zou een surrealistische botsing van culturen zijn geweest, ook zonder het gegeven van Fabiáns overlijden. Zijn dood, die boven ons hing als de hand van een poppenspeler, maakte het bezoek ondraaglijk. Vanaf het moment dat het hek zich opende om de spacewagon van mijn vader binnen te laten, nam mijn paniek toe en kreeg ik het gevoel dat er weleens verkeerde dingen konden gebeuren. Dit was niet hoe het moest zijn: dit hek was een doorgang naar plezier, waar je huilend van het lachen door naar binnen werd gesluisd, achter in een gepantserde Mercedes. Op die dag voelde het meer alsof ik naar een executie werd gebracht. Mijn onrust groeide, zelfs bij het zien van een vriendelijk gezicht: Eulalia, gekleed in een zwarte rouwjurk, opende de deur en begroette ons gedempt, waarna ze ons voorging naar de bibliotheek. Er dreven geen verleidelijke kookgeuren uit de keuken. Er schalde geen muziek uit de jukebox. Er stroomden geen honden de trap af om ons te begroeten. Het uiteindelijke effect van dit alles was dat ik me, zelfs voordat Suarez één voet in de bibliotheek had gezet, verhit en ongemakkelijk voelde, alsof ik werd verschroeid door mijn schuldgevoel. Toen hij eenmaal binnenkwam, was het overduidelijk bezig me te pocheren.

Terwijl we wachtten, probeerden mijn ouders zich met gespeelde nonchalance bekend te maken met Suarez' leefomgeving. Mijn moeder liep fronsend heen en weer voor de boekenkast; mijn vader stond met zijn handen op zijn heupen over de jukebox gebogen. Ik voelde me plaatsvervangend beledigd door hun aanwezigheid, en met name door hun botte beoordeling van een plek die ik zo goed kende, en koesterde. Ik wist de neiging te onderdrukken om weg te rennen, dwars door de exotische bloemperken van Byron heen en dan verder zuidwaarts, langs de Pan-Americana, al sprintend de rode modder onder mijn schoenen afkloppend.

'Wat een afgrijselijke encyclopedie,' zei mijn moeder tegen niemand in het bijzonder, terwijl ze een deel uit de kast trok. 'Ziet eruit alsof-ie voor kinderen is geschreven.'

'Het is mijn ervaring dat de boeken die we als kinderen waarderen, ons het meeste vormen,' klonk een stem vanuit de deuropening.

De autoriteit en het zelfvertrouwen dat doorklonk in dat bekende accent, riep automatisch een golf van verwachting op, een misplaatste uitbarsting van plezier en opwinding. Ondanks de omstandigheden, en in de wetenschap dat er zeer zeker geen geweldig verhaal op stapel stond, kwijlde mijn verbeelding niettemin als een gek geworden Pavlovhond.

Maar de man die achter het geluid aan de kamer betrad, was een mindere, verschrompelde versie van de Suarez die ik kende. Zijn stem was nog altijd prikkelend, maar de man zelf... Het was alsof een van zijn geliefde Shuarindianen hem had vervloekt en tijdens een met *ayahuasca* doordrenkt ritueel zijn ziel had verjaagd en zijn innerlijke kracht had gebroken. Zijn schouders hingen lusteloos in zijn jasje, zijn haar leek grijzer en dunner en hij had zijn snor afgeschoren, waardoor zijn gezicht naakt en weerloos leek. Opeens was hij een oude man.

Omdat ik de enige was die alle aanwezigen kende, werd van mij verwacht het voortouw te nemen en iedereen aan elkaar voor te stellen. Het was de eerste keer ooit dat ik mijn ouders met naam en al aan iemand voor moest stellen. Suarez kuste mijn moeder met een hoffelijke buiging op haar hand, alsof hij de absurditeit nog erger wilde maken. Ze wierp een zijdelingse blik op mijn vader.

Eulalia zette een witte schaal met dikke, groene olijven neer, met daarin een kleiner schaaltje voor de pitten. Ze bracht ook een dienblad met een open fles rode wijn en wat glazen. Toen Suarez de flessenhals boven mijn glas liet zweven, schudde ik mijn hoofd en vroeg een sapje. Ik zag een zwakke flakkering van zijn oude streken in zijn ogen, en hij vertrok zelfs een mondhoek, waarna hij zijn gezicht afwendde. Toen hij tegen Eulalia het woord 'sapje' uitsprak, was dat met een spoortje spot dat alleen ik bespeurde. Wat de olijven betreft: ik word nog altijd misselijk van de geur.

Er volgde wat aftastend gebabbel, terwijl de drankjes werden ingeschonken en iedereen ging zitten. Mijn ouders condoleerden Suarez en zeiden hoezeer ze hadden genoten van Fabiáns gezelschap als hij in de weekeinden bij ons logeerde. Suarez beantwoordde dat met een paar welgekozen complimenten aan mijn adres. Hij zei dat het 'een groot genoegen en inspirerend' was om mij in de buurt te hebben. Ik begon te denken dat de conversatie voor altijd zo langdradig door zou gaan, totdat er uiteindelijk, toen we alle vier rond de tafel zaten – dezelfde tafel waaraan ik in het verleden zo veel betovering had meegemaakt en waaraan, nog maar enkele dagen geleden, Fabián en ik vrolijk tequila achterover hadden geslagen – een diepe stilte viel. Suarez zette zijn glas neer en veegde zijn lippen af, hoewel hij nog niet van zijn wijn had gedronken.

'Allemaal bedankt dat jullie hier wilden komen,' zei hij. 'Laat ik maar beginnen met jou, Anti, en zeggen dat ik weet dat dit verlies net zo pijnlijk zal zijn voor jou als het is voor mij. Ik weet hoe dik jij en Fabián bevriend waren. Ik hoop niet dat je het gevoel krijgt dat het jouw schuld is wat er is voorgevallen. Ik weet hoe koppig mijn neefje kon zijn, en ik heb mezelf erop voorbereid dat dit vreselijke ongeluk gebeurd kan zijn als gevolg van zijn heethoofdige karakter.'

Suarez hief zijn wijnglas voordat hij verderging. De vloeistof in het glas ving het licht van een lamp boven zijn hoofd en veranderde dat in robijnrood. Ik dacht aan het te rode bloed in horrorfilms van Hammer.

'En dus, Anti, hoef je niets te verzwijgen als je ons vertelt wat er is gebeurd. Ik pieker er niet over om een aanklacht tegen iemand in te dienen, of om er een rechtszaak van te maken.'

Die opmerking had precies het bedoelde effect: aan de oppervlakte leek het een geruststellend pepdrankje, maar in werkelijkheid was het een krachtig corrosivum. Het idee dat iemand een aanklacht zou willen of kunnen indienen, was nog niet bij me opgekomen. Om iets in mijn handen te hebben, pakte ik het glas naranjilla dat voor me stond, en ik hoopte dat de angst en verbazing niet van mijn gezicht af te lezen waren.

'Maar we moeten wel weten wat er is gebeurd,' zei Suarez. 'Wat het ook was, en wat jullie ook hebben uitgespookt: je moet het ons vertellen. En je moet ons álles vertellen. Begrijp je dat?'

Ik schraapte mijn keel maar zei niets.

'Kom op, je hoeft niet zenuwachtig te zijn,' zei mijn moeder. 'Señor Suarez stelt zich buitengewoon begripvol op.'

Ik kon geen woord uitbrengen. In deze ondenkbare situatie zat ik tegenover twee mensen – Suarez en mijn moeder – aan wie ik zelfs verschillende versies zou vertellen over wat ik als ontbijt had gegeten, laat staan over wat er in Pedrascada was gebeurd. Nog verontrustender was dat Suarez, door het noemen van aanklachten en rechtszaken, duidelijk had gemaakt dat ik niet noodzakelijkerwijs op hem kon rekenen.

'Waarom vertel je om te beginnen niet waarom jullie naar die plek gingen... dat Pedrascada?' stelde mijn moeder voor.

Suarez was het ermee eens. 'Ja. Waarom gingen jullie daarheen?' zei hij. 'Waarom hebben jullie allebei tegen mij gelogen?'

249

'Tegen ons allemáál,' zei mijn moeder nog maar eens.

'Precies,' zei Suarez.

'Het spijt me, Suarez,' zei ik. 'We –'

'Anti, ik heb je toch al gezegd: er wordt vandaag niemand beschuldigd. Dit was de laatste keer dat je je excuses aanbiedt. Vertel ons gewoon de waarheid.'

Ik nam een slokje van mijn sap maar kon het amper doorslikken. De vloeistof sijpelde langzaam mijn keel in en ik kreeg de neiging te gaan kokhalzen.

'De waarheid is eigenlijk dat we een avontuur wilden beleven. Ik wist dat ik al snel het land zou verlaten, en Fabián en ik zeiden altijd al dat we Quito op een dag achter ons zouden laten en samen wat meer van het land zouden gaan zien. Ik wilde eigenlijk gewoon dat er iets... gróóts gebeurde, voordat ik terugging. Iets minder veiligs. Dus besloten Fabián en ik er een weekeinde tussenuit te gaan, als een soort afscheidsexpeditie.'

Suarez knikte naar me op een manier die suggereerde dat hij het volkomen begreep. Ik wierp een blik op mijn ouders. Mijn vader straalde welwillendheid en sympathie uit, mijn moeder trok haar meest angstaanjagende gezicht: dat van volledige concentratie. Ik verwachtte dat ze elk moment haar schrijfblok tevoorschijn zou halen.

'Maar dat is niet alles,' ging ik verder. 'Er was iets met Fabián aan de hand. Hij was geagiteerder over zijn ouders dan ik ooit had gezien. Ik dacht dat het goed zou zijn voor hem om er even tussenuit te gaan en een tijdje niet over hen na te denken. Hij had me dingen over zijn ouders verteld die onmogelijk waar konden zijn. Hoe hij zijn moeder in een visioen had gezien tijdens de paasoptocht, en dat zijn vader was omgekomen tijdens een stierengevecht, en dat zijn moeder niet dood was maar lijdend aan geheugenverlies door de bergen zwierf. Idiote verhalen. Ik wist niet wat ik ermee aan moest.'

'Oké,' zei Suarez fronsend.

Ik wendde me tot hem. 'Ik had het je moeten vertellen. Die avond, toen we zo dronken waren, toen had ik je alles moeten vertellen. Het spijt me.'

'Ik heb al gezegd: geen excuses.'

'Jij bent dronken geworden?' zei mijn moeder. 'Wanneer is dat gebeurd?'

Suarez negeerde haar. 'Je wilde niet klikken over Fabián. Dat begrijp ik.' Toen zei hij tegen mijn ouders: 'Ik neem aan dat Anti u nooit iets heeft verteld over de omstandigheden waaronder mijn zuster en haar man – Fabiáns moeder en vader – zijn omgekomen?'

Mijn ouders bevestigden dat.

'Dat is begrijpelijk. Ik denk dat Anti zelf de waarheid ook pas onlangs heeft gehoord. Het was een tragisch auto-ongeluk, ongeveer zes jaar geleden. Hun auto vloog van de weg, hoog in de cordillera, en geen van beiden het heeft overleefd.'

Mijn moeder maakte een gepaste opmerking vol sympathie.

'Anti en ik hebben een paar weken geleden een onthullend gesprek gehad, waaruit bleek dat Fabián geloofde dat zijn moeder nog steeds in leven was, omdat haar lichaam nooit is geborgen. En nu blijkt dat hij al een tijdje mooie verhalen bedacht om haar verdwijning te verklaren – om de lacunes te vullen in wat we wél wisten. Wat zielig.'

'Het spijt me,' zei ik, afwezig en machteloos.

Suarez reageerde niet. 'Om een of andere reden die ik nooit heb kunnen doorgronden, verweet Fabián zichzelf het verlies van zijn ouders. Het lijkt alsof hij deze verhalen bedacht om de waarheid te verbloemen.'

'Wist jij hier iets van?' zei mijn moeder, en ze staarde me aan. 'Je wist dat hij het spoor bijster was en je hebt niets gezegd?'

'Hij was mijn vriend.'

Mijn vader dacht na. 'Da's allemaal wel leuk en aardig, maar het verklaart niet waarom jullie ervoor kozen om naar die plek te gaan. Het is een eind weg. Je had overal je avontuur kunnen beleven, en veel dichter bij Quito.'

Mijn vader. De enige persoon in de kamer op wie ik dacht te kunnen vertrouwen. Teleurstellend.

'Dat is een goede vraag. Waarom gingen jullie speciaal naar Pedrascada?' zei Suarez.

'Ja, waarom?' vroeg mijn moeder.

Het idiote is dat ik op dat moment naar de boekenplank had kunnen kijken, op de encyclopedie had kunnen wijzen, hun het artikel over Pedrascada kunnen laten zien, en had kunnen vertellen dat dát me op het idee had gebracht. En het zou niet eens een leugen zijn geweest. Maar ik was er niet bij met mijn hoofd. Ik was bij een kruispunt aangeland, maar had dat niet aan zien komen: ik was te druk geweest met achteromkijken. Terwijl ik voorzichtig had moeten overwegen welke richting te kiezen, schoot ik blind over het kruispunt, in paniek, wanhopig om mijn hachje te redden. Ik veroordeelde mezelf zonder er ook maar één moment over na te denken.

'We waren op zoek naar de geheugenkliniek,' mompelde ik.

Mijn vader rechtte zijn rug. 'Wat?'

Het kwam er hakkelend uit. 'Fabián en ik hadden een krantenartikel gevonden over een kliniek in Pedrascada waar mensen verbleven die hun geheugen kwijt waren, om te worden behandeld totdat ze zich weer iets herinnerden.'

Mijn vader nam een grote slok wijn. 'Waar héb je 't over, Anti?'

'Het was een stom idee, dat weet ik. Maar dat is de reden dat we daarheen gingen.'

'Oké,' zei Suarez. 'En dit was de laatste verklaring waaraan Fabián zich vastklampte om te verklaren waar zijn moeder zou kunnen zijn? Klopt dat?'

'Daarom zijn jullie naar Pedrascada gegaan? Om naar die geheugenkliniek te zoeken?' zei mijn vader. Hij probeerde wanhopig de communicatie met mij op gang te brengen zonder al te veel te verraden. Maar ik was te ver weg. 'Kom op, joh. Zeg me dat 't niet waar is.'

Suarez leek opeens erg geïnteresseerd in wat mijn vader te zeggen had. 'U hebt ervan gehoord?' zei hij. 'U hebt gehoord van deze... geheugenkliniek?'

Mijn vader keek opgelaten en zette zijn glas op de tafel. Ik had met hem te doen. Hij probeerde mij niet af te vallen, maar de omstandigheden maakten dat zo goed als onmogelijk.

'Anti en ik hebben het er een keer over gehad, hypothetisch dan,' zei hij. 'Dat is alles. Het was gewoon iets wat we hadden verzonnen. Ik twijfel of zo'n kliniek werkelijk ergens bestaat.'

'Ik ook,' zei Suarez. 'En toch lijkt Anti ons wijs te willen maken dat deze... hypothetische kliniek de reden was dat Fabián en hij naar Pedrascada gingen.'

'Dat is natuurlijk bespottelijk,' zei mijn moeder. 'Je moet echt met iets beters komen, Anti.'

Ik zag een opening en dook erin. Ik was in paniek.

'Ik weet dat 't idioot is. Het was weer zo'n krankjorum idee van Fabián om te proberen zijn moeder levend te houden. Hij besloot dat die kliniek in Pedrascada zou staan. En ik wist niet hoe ik hem duidelijk moest maken dat het niet zo was. Dat was stom. Dat weet ik nu.'

Suarez staarde me aan, onheilspellend en spottend, terwijl mijn woorden wegstierven. Ik keek hem verbijsterd aan. Het was dat er geen sprake van kon zijn, anders zou ik hebben gedacht dat hij zich vermáákte.

Hij zat ontspannen achterover op zijn stoel en liet me nog even gaarkoken in mijn leugens. Toen pakte hij een grote, gouden aansteker en stak een Dunhill International op. Hij zoog een grote teug blauwe rook naar binnen, draaide toen het pakje in mijn richting en trok een wenkbrauw op.

'Sigaret, Anti? Nee? Goed dan.' Met getuite lippen liet hij de rook ontsnappen, blies toen een grote, volmaakte ring van rook uit en staarde naar de ouderwetse discolampen op de muur achter mijn moeder. Toen zei hij: 'Als dokter ben ik gefascineerd door het idee van een kliniek volledig gewijd aan patiënten met geheugenverlies.'

Hij legde zijn sigaret in de asbak. Ik keek hoe zijn hand even boven de witte schaal op tafel zweefde, voordat hij een dikke, groene olijf uitkoos. Hij gooide hem in zijn mond en kauwde er genietend op, waarna hij de pit discreet in zijn hand spuugde en die in het daarvoor bestemde schaaltje liet vallen. Hij keek me recht aan toen hij de olijf doorslikte.

'Het punt is,' sputterde ik, 'dat het gewoon een stom –'

Zijn opgestoken hand legde me het zwijgen op. Het gebaar was nauwelijks waarneembaar, maar hij had me net zo goed een mep in mijn gezicht kunnen geven. Zijn mond vertrok sardonisch, terwijl hij in de laatste, bewerkelijke fase van het olijf eten was aangekomen. Hij pakte zijn sigaret weer en nam traag nog een lange hijs. De stilte voelde als een arena die stilvalt voordat de toreador zijn genadestoot toedient. En toen sloeg hij toe.

'Het zal je misschien verbazen, maar ik heb wel degelijk over je geheugenkliniek gehoord.'

Mijn maag draaide zich om. De zwarte en witte vierkanten van Suarez' schaakbordvloer duizelden voor mijn ogen, en ik was bang dat ik elk moment Fabiáns voorbeeld kon volgen en mijn maaginhoud erover uit zou storten.

'Ik heb gisteren Fabiáns kamer doorzocht om te zien wat ik allemaal weg moest doen – een vreselijk pijnlijke taak – en stuitte op een krantenknipsel dat mijn neefje in mijn atlas had gestopt, die hij om een of andere reden had verborgen onder zijn bed.'

Hij stak zijn hand in de binnenzak van zijn tweedjasje, haalde het knipsel eruit, vouwde het open en streek het glad op de tafel.

De lucht was zwanger van onuitgesproken emoties. Stille, ademloze paniek bij mij; sprakeloze verwarring bij mijn ouders. Bij Suarez brandde een nauwelijks verholen, bijna maniakale triomf.

'Het is een wonderlijk knipsel. Een van de eerste dingen die me opvielen, was de datum. Het lijkt gedrukt te zijn op 29 februari 1989. Goed, ik ben een oude man. Mijn geheugen kan me in de steek laten. Maar als ik 't goed heb, is de datum 29 februari 1989 er nooit geweest. 1989 was geen schrikkeljaar.' Hij goot zijn mond vol wijn en glimlachte. 'Wil iemand een olijf? Ze zijn erg lekker.'

Mijn moeder speurde wanhopig de kamer af. 'Kan iémand me vertellen waar hij het over heeft?' De vraag was gericht aan niemand in het bijzonder; ze keek naar een punt boven de jukebox. Als haar blik op mijn asgrauwe gezicht was gevallen, had ze misschien haar antwoord gekregen.

Suarez keek me aan. 'Vind je het niet vreemd dat een medisch instituut waarover nog maar zeven jaar geleden is geschreven in een landelijke krant, kan verdwijnen zonder een spoor achter te laten? Zonder ook maar één aanwijzing dat het ooit heeft bestaan? Grappig. Alsof de kliniek zelf aan geheugenverlies lijdt. Alsof er zo veel amnesiepatiënten door de deuren zijn gegaan, dat ze het gebouw zelf hebben besmet met hun aandoening.' Hij lachte om zijn eigen grapje. Hij leek – heel onwaarschijnlijk – opeens de gelukkigste persoon in deze ruimte.

'Er staat nog een tweede artikel in dit knipsel,' ging hij verder, 'en dat is nog veel vreemder. Stel je eens voor hoe verbijsterd ik was toen ik het las. In dit artikel wordt beschreven – geloof 't of niet – hoe mijn zuster en zwager aan hun einde kwamen, maar onder omstandigheden waarvan ik zeker weet dat Fabián die heeft verzonnen.'

'Goed, luister –' zei ik.

'Ik neem aan dat het mogelijk is dat een ander echtpaar de pech had om op dezelfde weg uit de bocht te vliegen, een paar weken na Fabiáns ouders. Het is zelfs mogelijk dat Fabián dit artikel zag en besloot op basis hiervan zijn versie van de gebeurtenissen, inclusief het stierengevecht, te extrapoleren.'

Ik keek zwijgend voor me uit. Hij was niet meer te stoppen.

'Maar dat klinkt me allemaal als erg gezocht in de oren. Nee. Het is bijna alsof iemand – ongetwijfeld iemand die het erg goed meende – alsof iemand die Fabián en zijn verdriet kende, het op zich had genomen om een stukje bewijs te creëren om hem gerust te stellen, om hem te troosten... om hem te laten geloven dat zijn versie van de gebeurtenissen de werkelijkheid was, en hem daardoor niet dichter bij acceptatie bracht, maar verder wegvoerde van de realiteit.'

Iedereen in de kamer keek nu naar mij.

'Denk jij ook niet, Anti, dat het tijd wordt dat je ons vertelt wat er precíes is gebeurd?' zei Suarez.

'Anti,' zei mijn moeder, 'je hebt toch niet –'

'Dat heeft-ie wel. Of niet soms?' Suarez stak zijn hand op voor ik kon antwoorden. 'Ik weet 't, ik weet 't. Je dacht dat je hem hielp.'

'Blanco krantenpapier,' mompelde mijn vader. 'Ik vond het al zo'n raar werkstuk voor school.'

'Maar hij geloofde het niet écht!' schreeuwde ik. 'Ik wéét dat hij 't niet geloofde.'

Suarez keek naar me terwijl hij op een olijf kauwde. Toen boog hij zich voorover en wees naar me terwijl hij sprak.

'We hadden een afspraak. Ik vertrouwde je. Ik heb je gevraagd 't me te vertellen wanneer je dacht dat dingen uit de hand zouden lopen, en je hebt me beloofd dat te doen.'

Zonder erbij na te denken zei ik dat ik uit goede wil had gehandeld, dat Fabián had geweten dat het een geintje was en dat Suarez dat als geen ander moest weten. Mijn tegenwerpingen werden met stilte beantwoord.

'Laat me het bewijzen,' denderde ik door. 'Laat me vertellen wat er in Pedrascada is gebeurd.'

'Dat is nou een verhaal dat ik echt graag wil horen,' zei Suarez. 'Het verhaal hoe het kwam dat mijn neefje drijvend in zee is gevonden met zijn gezicht naar beneden, dood.'

Ik deed een poging mijn gedachten op een rijtje te krijgen, terwijl ik aan de buitenkant berouwvol probeerde te lijken. Ik redeneerde dat als ik maar genoeg uit het veld geslagen leek door de ontmaskering van mijn eerdere bedrog, daardoor alle nog volgende en ernstiger onwaarheden onmogelijk zouden lijken.

'Kunnen jullie me iets beloven?' zei ik. 'Beloof alsjeblieft dat jullie niets zullen zeggen voordat ik het hele verhaal heb verteld.'

Ze stemden ermee in, alle drie.

Ik schraapte mijn keel, keek naar de muur boven de jukebox en zag de vlek op de muur, omringd door uitwaaierende biervlekken, die waren achtergebleven van die keer toen Fabián woedend een fles Pilsener tegen de muur had gegooid, nog maar een paar weken geleden. Ik hoorde zijn stem, spottend als altijd: *Wat zou iemand zonder fantasie zeggen dat er gebeurd was?*

'Er stond een koepel,' zei ik. 'Aan het strand. Een metalen koepel, op een heuvel.'

NEGENTIEN

'Vanaf het moment dat we aankwamen, intrigeerde het ons, omdat het zo misplaatst leek. Het stadje was weinig meer dan een modderig vissersplaatsje, met aan de rand wat strandtenten en toeristenhotels, maar dit gebouw leek afkomstig uit de toekomst: helemaal van glanzend metaal, en pesterig buiten bereik, boven op een klif. Bovendien vertelde Ray, de Amerikaanse hippie die eigenaar was van de hutjes waar we logeerden, dat er geen weg naartoe leidde, dat het alleen per boot of helikopter was te bereiken. Ook andere dingen: dat de bouwvakkers die het hadden gebouwd de vleugels van zijn papegaai hadden gebroken, en dat hij door bewakers was weggestuurd toen hij probeerde te ontdekken wat ze daarboven aan het bouwen waren. Toen, op weg terug van Isla de Plata, werd Rays bootje bijna overvaren door een enorme plezierkruiser, die lag afgemeerd bij die koepel. Vanaf dat moment raakten Fabián en ik geobsedeerd door het idee wraak te nemen. Uiteindelijk besloten we op onderzoek uit te gaan om er eens en voor altijd achter te komen wat het was.

Sol, de dochter van Ray, had ons een pad laten zien langs de onderkant van de rotswand, waarover je alleen bij eb kon lopen. Ze vertelde ons dat er een grot was met een uitgehouwen trap die naar de koepel voerde. Een geheime ingang, zoiets. Ze was nog maar tien, dus ik wist niet zeker of het waar was, maar Fabián geloofde haar helemaal, en op de tweede of derde dag, wanneer Fabiáns...

ongeluk dan ook plaatsvond, klommen we rond de rotspunt om de grot te bereiken.

Ik maakte me zorgen dat het niet veilig was. Het was laat in de middag toen we op weg gingen, en de golven sloegen al over de rotsen waarover het pad liep. We zouden gemakkelijk ingesloten kunnen raken. Maar Fabián stond erop. Hij... we hadden allebei gedronken, en Fabián was vastbesloten. We kibbelden erover op het strand en hij zei dat hij desnoods alleen zou gaan, en ging ervandoor. Je weet hoe hij was als hij boos was. Ik ging achter hem aan.

Nadat ik hem een tijdje had gevolgd, klimmend van rotsblok naar rotsblok, keek ik op en zag ik dat hij verdwenen was. Maar toen ik de volgende rotspunt had gerond, zag ik dat hij van bovenaf naar me wuifde vanuit de ingang van de grot, zijn blauwe overhemd bolde achter hem op in de wind. Ik zei dat hij op mij moest wachten en klom naar boven. Ik raakte buiten adem, glibberde over de natte stenen, maar toen ik eenmaal aankwam op de plek waar hij had gestaan, was hij al in de donkere grot verdwenen.

Ik zag ik een half opgegeten krab liggen, blauw en rood, die uitgedroogd en ruggelings op een stuk zandsteen lag. Dat was voor mij het bewijs dat de vloed zo hoog kon komen en dat het niet veilig was wat we deden. Ik schreeuwde de duistere grot in, riep dat Fabián een idioot was, zei dat we er zo allebei nog aangingen. Maar hij riep alleen maar tegen me: "Wat ben jij fantasieloos, zeg." Het geluid van zijn stem klonk steeds verder van me verwijderd. Misschien lag dat aan de akoestiek van de grot; anders liep hij erg snel op me uit.

Ik riep dat ik geen hand voor ogen zag en vroeg hoe hij zo snel al zo ver weg kon zijn. Hij zei dat ik de trap moest nemen. Ik zei dat ik geen trap kon zien. Hij zei: "Dat jij hem niet kunt zien, wil nog niet zeggen dat-ie er niet is." Mijn stilzwijgen moet veelzeggend genoeg zijn geweest voor hem, omdat ik me herinner dat hij riep: "Ik heb je toch vertéld dat er een trap was? Waarom gelooft niemand me ooit?"

Ik vond het vreselijk om het toe te moeten geven, maar hij had gelijk. Toen er van bovenaf wat licht in de grot viel, werd duidelijk dat we een door mensen gemaakte trap beklommen: de treden waren ruw en onregelmatig uitgehouwen in de rotsen, maar de trap bestond wel degelijk. Hoe hoger ik klom, hoe meer het licht glinsterde op de vochtige, uitgehakte wanden.'

'Wacht even,' zei mijn moeder.

'Wat!?' zei ik, woedend omdat ze me uit mijn concentratie haalde.

'Dit verhaal wordt me een beetje te poëtisch. Kom nou eens ter zake.'

Ik zuchtte. 'Ik vertel je wat er is gebeurd. Je hebt beloofd me niet te onderbreken.'

Suarez viel me bij. 'Laat hem zijn verhaal doen. Dat hebben we hem beloofd.'

'Dank je,' zei ik, maar ik durfde mijn moeder niet aan te kijken, omdat ik bang was anders de moed te verliezen.

'Toen ik boven aankwam, was ik buiten adem en begon te piepen. Maar de toestand van mijn longen deed er niet meer toe, toen ik zag wat ons op de rotsige klif wachtte. Ook Fabián moet overweldigd zijn geweest, want hij stond stil en keek om zich heen. We stonden in een keurig aangelegde tuin, met rozenperkjes en vierkant gesnoeide heggen, miljoenen kilometers verwijderd van de rommelige verzameling hutjes waar we logeerden, en onttrokken aan het oog door de hoge rotsformatie waar we zojuist doorheen waren geklommen. Het was alsof ik voor het eerst in mijn leven gemaaid gras en gazonsproeiers rook, vooral na de bedompte vislucht in de grot.

Links van ons voerde een brede weg naar beneden, naar de aan-legsteiger waar de plezierkruiser verborgen lag – de boot die ons eerder bijna had overvaren. De boot had scherpe lijnen en liep taps toe. Hij lag niet lekker in het water, leek... te veel door mensen ge-maakt. Alsof het een strijkijzer ondersteboven was of zoiets. Ik was al niet weg van de boot toen-ie ons bijna liet verzuipen, en nu nog veel minder. Fabián wilde er meteen naar toe om hem te bekijken, maar ik hield hem tegen en wees hem op de koepel op de heuvel, rechts van ons.

Het was de eerste keer dat we de koepel van dichtbij zagen. Ik had nog nooit zo'n gebouw gezien: een ring van betonnen pilaren, met daartussen stukken gebogen spiegelglas; daarboven het glan-zende, zilveren dak, dat de avondzon weerkaatste. Toen we lang-zaam naar het gebouw toe liepen, zag ik dat het dak – in tegen-stelling tot het cleane en gelijkmatige uiterlijk van veraf – bestond uit een mengelmoesje van metalen platen, met klinknagels aan el-kaar bevestigd. En hoewel Ray ons had verteld dat het er nog maar zes jaar stond, was het gebouw al aardig vervallen: water uit over-lopende regenpijpen had bruine en groene vlekken op het beton achtergelaten; in een hoek stond een kubistisch kunstwerk te roes-ten; de vijvers waren dichtgegroeid met waterplanten en algen. In een van de vijvers dreef een dooie goudvis, dik en opgezwollen, onder een lelie.'

'Dit wordt te dol.' Mijn moeder had de neiging me te onderbreken al een tijdje onderdrukt. Dat had ik al gezien, en daarom richtte ik me vooral op Suarez en mijn vader, wat haar nog meer irriteerde. 'Je hebt de plaats van handeling nu wel genoeg beschreven. Wan-neer kom je nou eens ter zake?'

'Je zei dat je me zou laten vertellen.'

'Dit is geen grapje, Anti. We zitten hier om erachter te komen hoe iemand is overléden.'

Tot mijn opluchting viel Suarez me weer bij. 'Zoals ik eerder al zei: we hebben beloofd dat hij zijn verhaal mocht doen. Alsjeblieft, geen onderbrekingen meer.'

'Het is míjn zoon.'

'En hij vertelt ons wat er met míjn neefje is gebeurd, dus als u mijn wens respecteert, mevrouw, laat hem dan uitspreken. Als u niet wilt horen wat hij te zeggen heeft, staat het u vrij de kamer te verlaten.'

Ik merkte dat ze in de verleiding kwam die suggestie op te volgen, om haar minachting te tonen voor de geloofwaardigheid die ik genoot, maar ze wilde niets missen van de rest van de gebeurtenissen.

'Zoals u wenst,' zei ze met samengeknepen lippen.

Gesteund door Suarez ging ik door, en ik besloot mijn verhaal zo wijdlopig mogelijk te vertellen. Ik wilde mezelf op de proef stellen – en alle anderen in de kamer eveneens.

'Toen we dichter bij de koepel kwamen, hoorden we muziek – jazz, die blikkerig klonk over het luidsprekersysteem van het gebouw. Ook hoorden we het geroezemoes van mensen, alsof er ergens een cocktailparty aan de gang was. We liepen door een glazen schuifdeur en kwamen in een lobby met airconditioning terecht. Het had de lobby van een hotel kunnen zijn, ware het niet dat hij uitgestorven was en er geen bordjes hingen, afgezien van zo'n zwart plastic bord waarin je witte letters kunt steken om conferenties en zo aan te kondigen. De letters gaven te lezen: NIET PROBEREN IS NIET WETEN. Er zat niemand achter de balie, dus besloten we door te lopen in de richting van het geroezemoes.

Dat geluid klonk achter twee grote, houten deuren aan het einde van de lobby. Onze schoenen piepten op de leistenen vloer toen we erheen liepen. We wachtten even voor de deuren, probeerden mee te luisteren maar konden niets verstaan, afgezien van het incoherente gebabbel van de feestvierders. Ik wilde net voorstellen om terug te gaan, misschien even rondneuzen bij de boot, toen Fabián zonder iets te zeggen de deuren opengooide en naar binnen liep.

Het was een spectaculaire ruimte, helemaal witgeverfd. Maanvormige vensters boden zicht op weelderige tuinen, met daarachter de zonsondergang over de Stille Oceaan. Ongeveer dertig mensen stonden opgewonden met elkaar te praten. Ze zagen er allemaal vreemd uit. Allemaal verschillend. Vanuit de deuropening kon ik er een paar zien: een vrouw in een indigo jurk, met het langste haar dat ik ooit had gezien; een kerel in een donker pak met een rood-witte halsdoek om zijn nek geknoopt; een jong meisje, ongeveer van onze leeftijd, met drie ringen in één oor en geblondeerd haar. Een wat oudere vrouw op roze slippers stond vrolijk te babbelen, terwijl anderen zich echt voor deze gelegenheid hadden opgedirkt, met ceremoniële zwaarden aan hun riemen en sporen aan hun enkels. Langs de wanden van de ruimte stonden gebogen tafels, gedekt met blauwe tafellakens en afgeladen met elke denkbare soort voedsel: borden, terrines, platte schotels, dienbladen, allemaal hoog opgetast en stomend. De ruimte was gevuld met rare, exotische kookluchtjes, waarvan ik er geen enkel kon thuisbrengen.

Ik verwachtte dat, als gevolg van Fabiáns dramatische entree, iedereen zou ophouden met praten en zou opkijken, zoals in films, als iemand in het Wilde Westen een saloon binnenstapt, maar iedereen praatte gewoon door, dus liep ook ik naar binnen en ik liet de deuren achter me dichtvallen.

We waren al ongeveer halverwege de zaal, voordat iemand ons opmerkte. Een man met een besnord, rood gezicht, die kennelijk de leiding had, sprak even met een van de obers, die daarop naar ons toe kwam en vroeg of hij iets voor ons kon betekenen, op zo'n manier dat het klonk als: "Wat doen jullie hier?" De ober begeleidde ons weer naar buiten, naar de lobby, en vroeg nogmaals of hij iets voor ons kon betekenen.

Fabián stak van wal met een heel verhaal, dat we voor de kust schipbreuk hadden geleden en vlakbij waren aangespoeld. Het was een goede poging, maar ik zag dat de ober allerminst overtuigd was. Hij lachte meesmuilend, de hele tijd, en uiteindelijk onderbrak hij Fabián. Hij bedankte hem voor het verhaal en zei dat we ons geen zorgen hoefden te maken, omdat hij er ook maar werkte. Dus vertelden we hem de waarheid, en werden we vriendjes met hem. Al snel zaten we gedrieën buiten in de tuin sigaretten te roken.

De ober heette Epifanio. Hij kwam oorspronkelijk uit Guayaquil, maar had gestudeerd aan een universiteit in de Verenigde Staten. Hij werkte als ober om zijn collegegeld bij elkaar te verdienen. Hij vertelde dat het werk erg goed betaalde, maar dat het een nogal vreemd baantje was.

Ik... Ik weet niet of het waar was wat hij vertelde, of dat het gewoon een verhaal was dat hij ter plekke verzon. Maar dit is wat hij ons vertelde. Hij zei dat we het aan niemand mochten vertellen, maar dat de groep mensen in de zaal een soort club was die rondreisde en... vreetfestijnen organiseerde. Ze reisden rond de wereld in hun boot en aten bedreigde diersoorten. Hij zei dat ze de boot zelfs een naam hadden gegeven: de Anti-Ark. Omdat ze ermee rondvoeren, paarsgewijs dieren verzamelden en ze vervolgens klaarmaakten. Ze hielpen dieren aan hun einde in plaats van ze te redden.

Hij praatte maar door over die club, vertelde ons alle details: dat ze een speciale harpoen aan boord hadden, waarmee ze op walvisjacht gingen; hoe ze rotspelikanen alvorens ze te slachten volstopten met hondenvlees, zodat ze niet naar vis smaakten; hoe ze soep maakten van Galápagosschildpadden, volgens een oud recept; dat ze alles aten, van duivenhartjes en leguanenhersenen tot dassenham; dat er vandaag geelvleugelara en een zeldzame krabbensoort, Sally Lightfoot genaamd, op het menu stond.

Terwijl hij praatte, zag ik dat Fabián almaar geagiteerder raakte. Hij bleef de ober onderbreken, vloekend en tierend. En uiteindelijk zei hij: "Hier moeten we iets tegen dóén." Ik zei dat ik niet wist wat we ertegen konden doen, afgezien van Ray erover vertellen als we weer terug aan het strand waren. Maar Fabián was in een gekke bui. Hij zei dat dit onze kans was om een heldendaad te verrichten. Hij zei dat we zo ons reisje konden redden, dat het niet voor niets zou zijn geweest. Hij zei... hij zei dat hij naar de steiger ging en de Anti-Ark tot zinken zou brengen.

Voor ik doorhad wat er gebeurde, was hij de tuin in gerend. De ober zei dat Fabián zich echt in de nesten zou werken als hij probeerde op die boot te komen, omdat de boot zwaar werd bewaakt. Dus ging ik hem achterna. Vanuit de tuin, bij de ingang die terugleidde naar de grot, zag ik hoe hij op de boot sprong en werd getackeld door een van de bewakers. Het was een enorme vent, veel groter dan Fabián, en hij greep hem beet en gooide hem... hij gooide hem overboord. Toen heeft zijn hoofd waarschijnlijk iets geraakt. Zo is hij dus in het water terechtgekomen.

Ik wilde naar beneden rennen om hem te helpen, maar ik was nog niet helemaal hersteld van mijn laatste astma-aanval. Ik stond bij de ingang van de grot, probeerde weer op adem te komen, maar ik denk dat ik even buiten westen ben geraakt en toen van de trap ben gevallen. Zo kwam ik weer in de grot terecht.

Zo is het gebeurd. Zien jullie wel dat het niets met die geheugenkliniek te maken had? Fabián was het spoor niet bijster. Hij wilde gewoon iets goeds doen. Begrijpen jullie dat?

Begrijpen jullie dat?'

TWINTIG

Elk mogelijk antwoord op mijn vraag werd abrupt afgekapt door de luide, droge klap die klonk toen mijn moeder me in mijn gezicht sloeg. Ze gebruikte daarvoor haar linkerhand, en haar trouwring raakte me hard op mijn jukbeen.

'Dat is omdat je zo stom bent om te denken dat je zo'n idioot verhaal kunt vertellen,' zei ze zacht, alsof iemand aan tafel het niet zou kunnen horen. Toen zei ze tegen Suarez: 'Het spijt me. Ik had geen idee dat Anti zo brutaal zou zijn.'

Precieze details van de minuten die volgden weet ik niet meer, maar wel dat mijn moeder de conversatie domineerde. Ik herinner me de uitdrukkingen 'onthutsend gebrek aan respect' en 'ongelooflijk naïef'. Terwijl ze sprak, wiebelde ik in stilte op mijn stoel, keek naar Suarez in de hoop dat hij zou helpen, maar dat leek hij niet van zins. Hij zoog langzaam aan zijn sigaret, opzettelijk langzaam – alsof hij door zich als de rust zelf te gedragen, commentaar leverde op de voortdenderende tirade van mijn moeder. Uiteindelijk wist ik weer een woord uit te brengen. Maar mijn borstkas werd afgeklemd door zenuwen en astma; daardoor sprak ik zo zacht, dat het bijna klonk als gefluister.

'Soms kan het geen kwaad om mensen te laten geloven wat ze graag willen geloven.'

'Wat?' zei mijn moeder. 'Wat zei je daar?'

Ik keek Suarez smekend aan. 'Dat heb je zelf tegen me gezegd. Hier, aan deze tafel.'

Mijn moeder raakte daardoor nog meer geërgerd. 'Anti, wat jullie ook besproken hebben, dat is nog geen reden om...'

Ik sloot me af, zo goed als ik kon. Ik richtte al mijn aandacht op Suarez. Terwijl mijn moeder op me inpraatte als een opgewonden, pikkende vogel, leek zich een verandering van hem meester te maken. De flakkering van steun die ik in zijn ogen zocht, leek op te vlammen door mijn smekende blik en mijn kortademigheid. Ten slotte ademde hij diep uit en sprak dwars door de tirade van mijn moeder heen.

'Wacht even.'

Mijn moeder viel stil, halverwege haar zin. Met een ruk draaide ze haar gezicht naar het zijne.

'Het is vertederend dat u zich schaamt, mevrouw,' zei hij met een flauw glimlachje. 'En het is zeer attent dat u uw zoon omwille van mij deze publieke schrobbering geeft, hoewel die niet nodig is. Sterker, ik vond Anti's verhaal zeer inspirerend en interessant. Evenzeer als de manier waarop het werd ontvangen.'

Ik had die blik in zijn ogen eerder gezien, ergens. Het duurde een paar seconden voordat ik me herinnerde waar: het was een verre echo van de uitdrukking van minachting die ik tot tweemaal toe in Fabiáns ogen had gezien, in Pedrascada, toen hij mijn benepen gebrek aan fantasie uit zijn gedachten wilde bannen.

Mijn moeder wachtte even. 'Ik ben onthutst,' zei ze, 'dat u het passend vindt om Anti te prijzen voor zijn ongehoorde gefantaseer. Ik dacht dat we hier waren om achter de waarheid te komen.'

'Daar komen we nog wel achter, op welke manier dan ook. Maar toch, ik zou liegen als ik zei dat ik niet heb genoten van wat Anti voor ons in petto had.'

'Maar wat hij vertelde was bespottelijk,' protesteerde mijn moeder. 'Vreetfestijnen. Geheime genootschappen. Schepen laten zinken. Niemand gelooft daar ook maar iets van.'

'Beste mevrouw, zelfs al zou ik dat met u eens zijn – en dat ben ik niet – dan nog moet ik u vertellen dat ik al lang geleden ben opgehouden met die vervelende gewoonte om alleen het plausibele te geloven.'

Hij gunde zichzelf een korte glimlach – even laaide zijn oude zelf weer op, aangewakkerd door de woordenwisseling – en toen was die weer verdwenen.

'Ik ben bang dat dit mijn bedenkingen over u en uw rekbare houding ten opzichte van de waarheid alleen maar bevestigt. Ik vroeg me, gezien de bizarre dingen die mijn zoon zei nadat hij een weekeinde bij u had doorgebracht, al een tijdje af of het wel verstandig was om hem ook in de toekomst bij u te laten logeren. Nu weet ik dat mijn bedenkingen volkomen gerechtvaardigd waren.'

Ze zette haar wijnglas met een smak op tafel, maar het schampte de rand en ze knoeide wijn op haar hand. Snel pakte ze een servetje en depte het op.

Suarez gaf haar zijn volle aandacht, langzaam en dreigend. 'Zoals ik al in het begin duidelijk probeerde te maken, hoop ik tijdens dit gesprek te voorkomen dat de schuld bij iemand wordt neergelegd. Het zou vreselijk zijn als we deze persoonlijke tragedie – met name voor mij, als ik zo vrij mag zijn – nog pijnlijker maken door in onderlinge beschuldigingen te verzanden. Laten we niet uit het oog verliezen dat deze gebeurtenissen met name door uw zoon in een stroomversnelling terecht zijn gekomen. Laat me uitspreken, alstublieft. Ik begrijp nu dat ook ik verantwoordelijkheid draag voor wat er is gebeurd. Het is waar dat ik Anti tot op zekere hoogte heb aangemoedigd om mee te gaan in Fabiáns waandenkbeelden, zolang die ongevaarlijk waren. En bij dat advies blijf ik,' zei hij, voordat mijn moeder de kans greep hem in de rede te vallen. 'Ondanks Anti's interpretatie daarvan.'

'Jullie zijn allebei niet goed wijs,' zei mijn moeder. 'Hoe zit het dan met de féíten?'

Suarez haalde afwijzend zijn schouders op, iets waar mijn moeder zich zeker over opgewonden zal hebben, en stak zijn hand weer uit naar de olijven.

Wanhopig wendde ze zich tot mijn vader en zei: 'Zeg jíj er dan iets van.'

'Ik denk na,' antwoordde hij.

Suarez leek meer van deze minieme woordenwisseling te genieten dan van alles wat hij eerder had gehoord die avond. Ik meende te zien hoe hij een grijns onderdrukte.

'Weet je zeker dat je geen glas wijn wilt, Anti?' Hij leek opgewekter dan ooit tevoren.

Ik schudde berouwvol mijn hoofd, maar van binnen voelde ik me triomfantelijk. Op een of andere manier had ik hem weer aan mijn kant gekregen. De opluchting was verbazingwekkend. Mijn ademhaling werkte nog nooit eerder zo goed. Ik voelde hoe mijn borstkas zich ontspande en vulde met zuurstof, ondanks de misselijkmakende geur van volwassenen in de kamer, de geur van wijn, tabak en olijven. Maar het was nog niet voorbij.

Suarez' gezicht ontspande weer. Hij keek serieus, nu. 'Helaas heeft je moeder gelijk, Anti. We zijn nog niet klaar. Hoezeer ik ook van je verhaal heb genoten, we weten allebei dat het niet meer is dan dat.'

Ik slikte.

'Misschien besef je niet dat ik zelf naar Pedrascada ben gereisd, terwijl jij in het ziekenhuis lag. Je kijkt verrast. Denk je soms dat ik de plek waar mijn neefje is overleden niet wilde zien? En toevallig weet ik precies wat jouw mysterieuze koepel is. Wil je dat ik 't vertel? Het is een vakantiehuis, de eigenaar is een man die twee of drie presidenten geleden aan het hoofd stond van dit land. Hij is nu met pensioen en koestert daar zijn jarenlange passie voor astronomie. Meer geheimzinnigheid is er niet te vinden. Goed, hij was niet de minst corrupte politicus die we ooit hebben gehad, maar ik denk niet dat hij warm zal lopen voor vreetfestijnen met bedreigde diersoorten zoals jij ze beschreef. Als ik me goed herinner, was zijn inzet voor het milieu een van de weinige prijzenswaardige aspecten van zijn regeringsperiode. En voordat je erover begint: ik denk ook niet dat hij zich bezighoudt met het genezen van geheugenverlies. Voor zover ik me kan herinneren, kwam zijn selectieve geheugen hem prima van pas tijdens zijn ambtstermijn.'

Hij lachte even om zijn eigen grapje, keek me toen weer aan. 'Ik ben geroerd door je verhaal, Anti. Je verdient applaus daarvoor. Maar nu graag de normale versie, als je 't niet erg vindt.'

'Echt?'

'Het is niets meer dan een formaliteit. Vervelend, ik weet 't, maar nodig. Wat je me ook te vertellen hebt, hoe banaal het ook is, ik moet het horen. Na vanavond mag je je de gebeurtenissen in Pedrascada herinneren hoe je zelf wilt. Mijn zegen heb je. Je mag erbij fantaseren wat je wilt. Dat voorrecht heb je. Maar eerst de feiten, alsjeblieft.'

Zijn stem klonk opeens barser. 'Nu!'

Deze keer praatte ik erg zacht en snel, zonder iemand aan te kijken. Ik werd niet meer onderbroken.

'We verzonnen altijd verhalen voor elkaar. Dat was ons ding. Ik dacht dat we allebei wisten wanneer het te ver ging, en wanneer het tijd was om ermee op te houden. Maar in Pedrascada liep het uit de hand. Fabián vertelde steeds meer verhalen die met geen mogelijkheid waar konden zijn. En ik... ik denk dat ik een beetje competitief werd.

Het begon al tijdens de reis. De nacht voordat we met de trein over de bergen gingen. Hij ging ervandoor, de hele nacht, en liet mij alleen in dat vreemde stadje. Alleen maar mist en bergen in de omgeving. In dat hostel van een of ander gek oud wijf dat overal krijsende, krabbende schijtvogels had hangen. Ik was dóódsbang daar. Ik kon die nacht amper slapen. Ik was in staat in mijn eentje terug naar huis te gaan.

En toen hij de volgende ochtend eindelijk kwam opdagen, bood hij niet eens zijn excuses aan. Hij vertelde me doodleuk een lulverhaal over een bordeel, en dat hij het had gedaan en daarna ruzie kreeg met de pooier omdat hij niet kon betalen. Ik was woedend op hem. En vastbesloten hem terug te pakken.

Toen, op de trein op weg naar de kust, raakten we aan de praat met een vent – een toerist – en om een of andere reden gaf hij ons zijn hele pak wiet.'

Aarzelend keek ik naar mijn moeder. Ze schoof nerveus op haar stoel bij deze onthulling en trok een wenkbrauw omhoog, maar ze wist haar zelfbeheersing te bewaren en onderbrak me niet.

'Ik denk dat hij gewoon gul was. Hoe dan ook, Fabián was opgetogen en bleef er de rest van de reis van roken. Ik denk dat hij het deed om stoom af te blazen. Maar hij gedroeg zich heel anders dan normaal.

In Pedrascada onderging Fabián een soort van... terugval naar zijn kindertijd, zo moet ik het, denk ik, omschrijven. De hele dag speelde hij spelletjes met Sol, de dochter van Ray. Hij noemde haar zijn kleine zusje. Het was nogal raar, maar aan de andere kant had ik hem in tijden niet zo gelukkig gezien, dus maakte ik me niet al te veel zorgen.

Toen, op de tweede dag, verscheen die vrouw, een Deense zeebiologe. Ook zij huurde een hutje bij Ray. We zagen haar allebei onmiddellijk zitten. Daar kwam nog bij dat ze... mysterieus leek. Raadselachtig.

Ze volgde een dode walvis die langs de kust dreef. Elke avond spoelde hij aan, dreef dan weer de zee in. Ze sneed de botten eruit voor een museum. Het was een soort missie voor haar.

Fabián en ik probeerden van alles om bevriend te raken met haar, maar ze was koel en afstandelijk. Ze reageerde argwanend als we iets over haar leven vroegen, en leek ons helemaal niet te willen leren kennen. Dus, terwijl zij de hele dag op haar knieën in het water zat, bezig die walvis te slachten, zaten Fabián en ik naar haar te kijken en voor de gein... verzónnen we min of meer haar verleden. We gaven haar zelfs een nieuwe naam. We noemden haar Sally Lightfoot, naar die krabben op de Galápagoseilanden.

Uiteindelijk, op de avond na haar tweede dag, ontspande ze een beetje en vertelde ons een paar dingen uit haar verleden. Ze had een slechte tijd achter de rug. Ze was getrouwd geweest met een vreselijke vent, die haar de hele tijd in elkaar sloeg. En toen ze de scheiding had aangevraagd, was hij zo kwaad geworden dat hij haar vinger met een vleesmes had afgesneden. Hij zei dat hij zou zorgen dat als ze niet met hem getrouwd wilde blijven, ze nooit meer een andere trouwring zou kunnen dragen.

Ik weet 't. Vreselijk. Ze had het er duidelijk nog altijd moeilijk mee, en ik voelde me schuldig dat we zo nieuwsgierig waren geweest dat we haar hadden gedwongen de waarheid te vertellen. Maar Fabián reageerde vreemd. Ik denk dat hij haar verhaal opvatte als een uitdaging – alsof ze hem wilde overschaduwen of zoiets. Als reactie vertelde hij aan iedereen rond het kampvuur het ware verhaal van het weekeinde waarin zijn ouders omkwamen. Ik denk dat het de eerste keer was dat hij het ooit echt heeft verteld.'

'En wat was zijn ware verhaal dan?' zei Suarez zacht.

Ik wachtte even. 'Hij zei dat hij zich verantwoordelijk voelde voor de dood van zijn ouders. Dat hij wist dat zijn vader vreemdging met hun dienstmeisje, dat hij ze samen had gezien in de pantry, en dat als hij zijn moeder hierover had verteld, ze dat weekeinde niet samen op reis waren gegaan. Hij geloofde dat hij haar had vermoord. Of haar had laten verdwijnen.'

Ik keek op. Mijn vader liet zenuwachtig een olijvenpit van zijn ene in zijn andere hand vallen. Mijn moeder keek bezorgd, al haar boosheid was verdwenen. En – ik dacht niet dat ik het ooit zou meemaken – Suarez huilde.

'Anti, ga maar door,' zei hij, met zijn ogen knipperend. Hij veegde een halve traan weg die was achtergebleven. De traan viel ondubbelzinnig op de tafel.

Ik aarzelde.

'Het gaat wel. Ga alsjeblieft door.'

'Fabián dacht dat ik Sally's kant had gekozen – tegen hem. Hij werd zo woedend dat ik niet eens meer in ons hutje mocht slapen, dus sliep ik die nacht op het strand. Toen ik de volgende ochtend wakker werd, was Sally al weg. Ze had niet eens gedag gezegd. Maar Fabián was te druk met zijn stomme schatgraversspelletjes met Sol om het gemerkt te hebben. Ik besloot er een tijdje tussenuit te knijpen, dus wandelde ik naar het stadje. Het was een raar plaatsje – je zakte tot aan je knieën weg in de modder op straat, omdat het zo hard had geregend, en er was helemaal niemand, afgezien van vissers en hanen – maar uiteindelijk vond ik een bar en liep naar binnen voor een biertje. Ik kwam er een surfer tegen die in het stadje logeerde, en hij bood me iets te roken aan. Ik weet niet wat erin zat, maar ik werd er kotsmisselijk van, dus besloot ik weg te gaan uit het stadje, maar ik wilde niet terug naar de hutjes.

Toen herinnerde ik me iets wat Ray me had verteld, iets over een waterval en een ondergrondse rivier die onder zijn hutjes door stroomde, en dus, om maar iets te doen te hebben, besloot ik dat ik ernaar op zoek zou gaan. Ik was vastbesloten Fabián te laten zien dat ik me ook prima kon vermaken zonder hem.

Het was walgelijk. De plek waar het water onder de grond uitkwam, was niets anders dan een rioolpoel met allemaal vliegen en stront en algen. De "waterval" was niets meer dan een straaltje water dat uit een betonnen pijp stroomde. Aan de stank te oordelen was het ofwel een riolering van het stadje, of er lag een beest in het water te ontbinden. Ik was stoned en probeerde er toch in te zwemmen, maar ik moest kotsen van de stank.

Toen ik terugliep naar ons hutje, met allemaal vliegen rond mijn stinkende kop, werd ik steeds woedender op Fabián. Het leek wel alsof we de hele tijd op dat stomme strand zaten en bezopen werden. Ik dacht ook dat Fabiáns agressie Sally Lightfoot had weggejaagd, wat me deed beseffen hoe ziek ik ervan werd dat hij het middelpunt van elk verhaal moest zijn. Daar kwam nog bij dat hij me alweer had laten zitten voor een tienjarig meisje, me de hele dag alleen had gelaten, zodat ik in een riool kon spelen. Hoe langer ik erover nadacht, des te woedender ik werd.

Toen ik hem aantrof was hij er slecht aan toe. Hij had weer gedronken. Ook had hij de obsessieve gewoonte ontwikkeld om zichzelf met pure alcohol schoon te maken, en zijn gezicht zag er afschuwelijk uit. Om het nog erger te maken, had hij ruzie met Sol gemaakt. Het was niets ernstigs – ze was alleen uitgegleden in een poeltje tussen de rotsen, toen ze samen krabben zochten – maar ik wist het om te buigen tot een aanval, waarmee ik hem te lijf ging. Ik beschuldigde hem ervan dat hij mij verraadde door zo veel tijd met Sol door te brengen. Ik was zo kwaad, ik wist niet half wat ik zei. Ik beschuldigde hem er zelfs van dat hij geprobeerd had haar... lastig te vallen.

En toen vertelde ik hem dat ik samen met Sally was geweest. Ik zei dat we de hele dag samen waren geweest, en seks hadden gehad onder een prachtige waterval. Het was natuurlijk onzin, maar ik wilde hem terugpakken voor wat hij mij had geflikt. Hij was kwetsbaar en ik wist dat hij me zou geloven. Daarom werd hij zo boos. Zo begon het allemaal.

We zeiden een hoop stomme dingen tegen elkaar, maar ik denk dat het vooral te maken had met wat we hadden gedaan: het weglopen zat ons op de hielen, het leek opeens geen spel meer. Het ging... het ging ook over de geheugenkliniek, en hij schreeuwde dat het nooit mijn bedoeling was geweest om hem te helpen met dat krantenknipsel. Dat we alleen voor mijn plezier op reis waren gegaan, niet voor hem. Toen rende hij weg, langs de rotswand, om te proberen bij de koepel te komen.

Hij was eerder in de grot geweest, dus hij wist dat het niet gevaarlijk was, dat je niet door de vloed kon worden gegrepen, als je maar op tijd was. Maar ik wist dat niet, dus ging ik achter hem aan omdat ik dacht dat hij zich in de nesten zou werken.

Toen ik bij hem kwam, kreeg ik bijna een astma-aanval – ik wilde alleen maar stoppen, weer op adem komen en praten. Maar hij was erg kwaad. Het draaide uit op een gevecht, we worstelden over de rotsen en gilden. Op een of andere manier kwamen we allebei in het water terecht en stootten we allebei ons hoofd. Het lukte me uit het water te komen en naar de grot omhoog te klimmen. Maar Fabián kon ik nergens meer ontdekken. En toen moet ik zijn flauwgevallen.

Jullie wilden de waarheid. Nou, dit is 'm.'

Mijn vader liet zijn olijvenpit in de schotel vallen. Mijn moeder staarde met een nors gezicht naar de vloer.

Suarez staarde me aan, ademde toen langzaam uit. Ik probeerde een teken van hem te krijgen, een bewijs dat hij nog steeds aan mijn kant stond. Maar de flonkering in zijn ogen was eens en voor altijd gedoofd.

'Goed,' zei hij ten slotte. 'Laten we het even op een rijtje zetten: jij besloot dat het nodig was om Fabián te pesten, die toch al in een kwetsbare stemming was, zodat je wraak kon nemen omwille van een of ander onschuldig jongensverhaal.'

'Ik moet zeggen, Anti,' zei mijn moeder zachtjes. 'Het klinkt mij als erg onverantwoordelijk in de oren. Boosáárdig zelfs.'

'Maar het laat zien – het bewíjst – dat het niet was omdat hij het krantenknipsel geloofde. De geheugenkliniek had er niets mee te

275

maken. Hij was gewoon zo gek als een deur, hoe dan ook!'

'Dankzij jou,' zei Suarez kil, 'zullen we dat nooit zeker weten. Eén ding is zeker: ik vergeef mezelf nooit dat ik niet vaker met Fabián over zijn ouders heb gesproken. Kijk waar me dat heeft gebracht.' Hij schudde zijn hoofd. 'Félix Morales die de dienstmeid neukt. Ik had kunnen weten dat dat klootzakje uit de bergen zijn handen niet van zijn eigen soort af zou kunnen houden.'

Dit viel niet goed bij mijn moeder. 'Wacht even. Dat is nog geen reden om –'

'En wat weet u nou helemaal?' snauwde Suarez. Er klonk een nieuwe toon in zijn stem. Een onbekende haat die me misselijk maakte.

'Genoeg, toevallig,' zei mijn moeder, 'als het gaat om de intolerantie in dit land. Maar gezien de omstandigheden zal ik mijn mond maar houden.'

Suarez lachte op een bijzonder minachtende, smerige manier. 'Alstublieft, señora, u hoeft omwille van mij uw mening niet te verbloemen. U zult merken dat ik sterk genoeg ben om kritiek aan te kunnen horen.'

Ik zei tegen mijn moeder dat ze stil moest zijn en dat ze het mij verder moest laten afhandelen. Het laatste waarop we nu zaten te wachten was dat het gesprek zou afglijden tot een van haar sociale kruistochten. Toen wendde ik me weer tot Suarez.

Ik praatte een tijdje. Elk excuus, tegenstrijdige excuses – ze passeerden allemaal de revue: Ik dacht niet dat Fabián het zo serieus zou nemen. Het was bedoeld om hem op te vrolijken. Je zei zelf dat het echte leven teleurstellend kan zijn. Je zei dat het soms geen kwaad kan om mensen te laten geloven wat ze graag willen geloven. Je zei dat verdriet aan elk van ons verschillende vragen stelt. Jij, en je idiote kernachtige aforismen voor van alles. Het komt door jou. Het is jouw schuld, niet die van mij.

Mijn moeder sprong heroïsch voor me in de bres. 'Precies. Door wiens invloed kwamen de jongens überhaupt op het idee om weg te lopen?' vroeg ze. 'Voor zover ik het kan inschatten, hebt u "de koppigheid van uw neefje", zoals u het noemde, niet alleen aange- moedigd maar zelfs gevóéd, en ik kan me niet voorstellen dat mijn zoon ooit besloten zou hebben om te spijbelen en het halve land door te reizen zonder uw aanmoediging.'

'Zelfs een man die ervan is beschuldigd een "rekbare houding ten opzichte van de waarheid" te hebben, begrijpt dat dit onzin is,' zei Suarez. 'Dit heeft niets met mij te maken, noch met Fabián. Dit gaat om uw zoon.'

De boosaardige energie in zijn ogen en zijn grimmige voorko- men spanden nu samen: als een schuimbekkende, grommende pitbull keerde hij zich tegen mij.

'Je bent een parasiet. Een ongewenste indringer, een koekoeks- jong.'

Ik deinsde achteruit.

Hij stak zijn vinger naar me uit, onderstreepte elk woord met ziekmakende precisie. 'En net als een koekoek, die zijn eieren in het nest van een zwakkere vogel legt, ben jij niets anders dan een vandaal.'

'Zwakker? Hoe kon Fabián nou de zwakkere zijn?' smeekte ik.

'Jij bent permanent bang. Je bent een lafaard. Dat maakt dat je tot alles in staat bent. Wat mij betreft, heb je hem in feite ver- moord.'

'Genoeg!' Ik had mijn vaders stem nog nooit zo resoluut horen klinken. Ik dacht dat er iemand anders de kamer was binnengelo- pen. 'Het is nog maar een jongen.'

'Hij is mans genoeg,' snauwde Suarez.

Suarez stond op. Hij beende naar de deuropening en toen, met bijna absurd melodrama, spuugde hij op de vloer.

'Wegwezen,' zei hij. 'Jij bent verdomme geen verhalenverteller.'

Zwijgend bleven we zitten, verdoofd van de schrik.

'Wegwezen,' herhaalde hij trillend van woede. 'Voordat ik Byron op jullie loslaat.'

'Suarez. Alsjeblieft.' Ik was vastbesloten om niet te gaan huilen, maar het was al te laat. De tranen stroomden al over mijn wangen en ik voelde hoe ze ook achter in mijn keel liepen. Ik probeerde woorden te vinden, maar ik had geen adem over om nog te spreken. Ik kon alleen nog maar piepen.

Mijn moeder beende kordaat de bibliotheek uit, zonder Suarez nog een blik waardig te keuren, terwijl mijn vader me overeind hielp. Bij de deur zei Suarez: 'Nog één ding voordat je weggaat, Anti. Ik zou er maar niet zo zeker van zijn dat Fabián over dat bordeel heeft gelogen, als ik jou was. Er heerst een bepaalde voorliefde voor bordeelbezoek in mijn familie. Net zoals we een voorliefde voor het vertellen van verhalen hebben.' Zijn onvermogen om zich te beheersen was hartverscheurend. 'Fabiáns wereld was fantastisch omdat hij dat móést zijn. Welke reden had jij?'

En zo sloot de voordeur van Suarez' huis zich voor de laatste keer achter mij. Toen we weggingen, hoorde ik mijn moeder mompelen: 'Wat een vreselijke vent.' Haar stemgeluid klonk ver weg, verwaterd, irrelevant. De onwerkelijkheid van alles prikte als spelden in mijn gezicht. De perkjes met exotische rozen en cactussen, de witgestucte muren van het huis, de rode aarde langs de oprit, onze stomme, praktische spacewagon – ik verwachtte dat het allemaal elk moment kon verdampen en me verder met rust zou laten. Ik besefte dat ik Byron en Eulalia niet eens gedag had gezegd, maar dat kon me op dat moment niets schelen.

Eigenlijk overheerste een gevoel van wroeging. Niet voor iets wat ik in Pedrascada had gedaan, of zelfs voor wat ik zojuist in de bibliotheek had gezegd. Ik had spijt dat ik Suarez zo van zijn stuk had gebracht dat hij zijn masker had laten vallen, en op zo'n botte manier. Met dat verlies van zelfbeheersing was ook de laatst stralende illusie van mijn leven in Ecuador uitgedoofd.

Mijn moeder troostte me zo goed mogelijk. 'Anti, je weet toch wel dat jij niet degene bent op wie hij werkelijk boos is?'

Ze zei nog iets terwijl ik in de auto stapte, maar zag toen de uitdrukking op mijn gezicht en hield haar mond. Het was te laat om nog te praten. We reden in stilte naar huis, over een uitgestorven snelweg, griezelig verlicht door het bleke schijnsel van de straatlantaarns. Toen we door de Oude Stad kwamen, leken de witgestucte huizen en lege klinkerstraatjes wel een spookachtig, verlaten filmdecor. Ik nam het de kleurrijke mensen, die er de straten overdag bevolkten, kwalijk dat ze afwezig waren tijdens mijn laatste reis door de Oude Stad, net nu ik ze meer dan ooit nodig had.

EENENTWINTIG

De volgende middag, op het vliegveld, zei ik mijn vader gedag en kon nog steeds niet geloven dat er niemand in een glimmend pak opdook, een grijnzende Fabián in zijn kielzog, en me vertelde dat het allemaal een geintje was geweest. Mijn ouders zouden nog een paar weken blijven om de lopende zaken in Ecuador af te wikkelen, en ik zou aan het einde van mijn vlucht op Heathrow worden opgewacht door een oom die ik me amper herinnerde, en die zolang op mij zou passen. Ik wilde mijn vader vragen of het niet mogelijk was dat ik bleef tot Fabiáns begrafenis de volgende dag, maar daarvoor was het al te laat. Mijn koffer was al ingecheckt en mijn vlucht naar Caracas vertrok binnen een uur.

'Dit is vanochtend voor je bezorgd,' zei mijn vader. 'Van Suarez. Die enorme chauffeur van hem kwam het brengen. Kennelijk is het iets van Fabián waarvan hij vindt dat jij het moet hebben.'

Ik pakte het zware, vierkante pakket van bruin pakpapier aan.

'Tot ziens, maatje,' zei mijn vader en hij omhelsde me. 'Bel ons zodra je bent aangekomen. En probeer niet al te veel over alles na te denken, als dat lukt.'

'Ik zal het proberen,' zei ik.

We hadden het niet meer gehad over de misdaad die ik had begaan door het krantenartikel te fabriceren, of over de bescheiden medeplichtigheid die mijn vader daarin had. Maar, zo redeneerde ik, we zouden later nog genoeg tijd hebben om dat te bespreken.

Fabiáns overlijden was een gespreksonderwerp dat nog regelmatig de kop zou opsteken.

Ik liep door de paspoortcontrole met het pakje in mijn ene hand en mijn handbagage in de andere, en stopte even om naar mijn vader te zwaaien. Ik zag dat hij even in zijn ogen wreef, voordat hij zich omdraaide en op weg ging naar de uitgang.

Een in lichtbruin geklede douanebeambte met een enorm pistool aan zijn riem stond achter een lange tafel bij de röntgendetector. Ik zag hoe zijn ogen oplichtten toen hij me zag: een gringo met een verdacht bruin pakketje.

'Wat zit er in dat pakje, jongen?' vroeg hij. Hij stonk verschrikkelijk uit zijn mond: oude koffie en goedkope, zwarte tabak op een bedje van stinkadem.

'Dat weet ik niet,' zei ik. 'Het is een cadeautje.'

'Kom op, joh, je kent de regels. Als je het niet zelf hebt ingepakt, kunnen we je niet aan boord laten gaan zonder het bekeken te hebben.'

'Uiteraard,' zei ik, en ik zette mijn pakketje en weekendtas op de tafel.

De beambte haalde een mes uit zijn zak en sneed het pakket aan één kant open. Hij wurmde beide handen door de opening en trok het papier ruw open. Het pakket was stevig dichtgeplakt, maar moest het afleggen tegen zijn brute doorzettingsvermogen. Er kwam een in oude kranten verpakt voorwerp tevoorschijn. De douanier, die inmiddels gezelschap had gekregen van een niet minder kwaadaardig uitziende, maar veel dikkere collega, trok het papier opzij. Ik zag een dikke bos steil, zwart haar en rook een bekende geur: conserveringsmiddel. Augurken en ziekenhuizen.

'Je weet wat dit is?' vroeg de beambte.

'Ik weet 't niet zeker, maar ik heb zo'n gevoel dat het een tsantza is,' zei ik. 'Een gekrompen hoofd van de Shuar.'

De ogen van de man werden groter. 'Is dat zo? Als dat het geval is, dan moet je een hoge belasting betalen om het mee te mogen nemen, weet je dat wel? En je moet een exportvergunning kunnen laten zien.'

Ik zuchtte. Weggaan bleek uiteindelijk toch nog niet zo gemakkelijk. In mijn hoofd begon ik al uit te rekenen hoe lang het zou duren voordat mijn vader in zijn auto naar huis zou zijn gereden, zodat ik hem zou kunnen bellen en vragen terug te rijden naar het vliegveld om me op te halen. Het goede nieuws was dat ik dan zeker de volgende dag de begrafenis kon bijwonen. Ze konden me toch niet verbieden te gaan als ik nog steeds in het land was?

De douanebeambte pakte het hoofd, tilde het aan het haar op en trok het uit de verpakking. Het gerimpelde gezicht schoot uit de spleet in het pakket, als een groteske karikatuur van een geboorte.

De beambte hield het hoofd omhoog, liet het lichtjes draaien onder zijn uitgestoken hand en tuurde naar de onbeholpen dichtgenaaide oogleden. Hij grijnsde, barstte toen in lachen uit en hield het hoofd voor het gezicht van zijn collega in een poging hem bang te maken.

'Oké jochie,' zei hij glimlachend en hij liet het hoofd met een bons op de berg verpakkingsmateriaal vallen. 'Erg mooi. Ga nou maar. Wegwezen. En neem je tsantza mee.'

'Wil dat zeggen dat ik geen exportvergunning nodig heb?' vroeg ik.

'Die zou je nodig hebben gehad als dat ding hier ook maar iets op een echt gekrompen hoofd had geleken. Wat jij daar hebt is een stuk varkenshuid dat in de vorm van een hoofd is gekneed. Ik hoop dat degene die je dit heeft gegeven er niet te veel voor heeft betaald. Prettige vlucht.'

De beambten lachten meesmuilend terwijl ik probeerde het pakket weer in te pakken, en kregen toen hun volgende slachtoffer in het vizier. Ik liep naar de vertrekhal.

Al tijdens het wachten op mijn vlucht voelde ik hoe mijn herinneringen vaste vorm begonnen aan te nemen en samensmolten tot ansichtkaarten. Nu al begonnen de verschillende voorvallen in elkaar over te lopen, en de gebeurtenissen veranderden aan de oppervlakte in de dingen die wat mij betrof hadden moeten gebeuren. Een eenvoudige handeling als door de douane gaan, veroorzaakte bij mij al de eerste symptomen van geheugenverlies.

Toen het vliegtuig wegtaxiede en zich voorbereidde op de inspanning die het zou kosten om los te komen van de grond en te ontsnappen aan de kom in de bergen, keek ik naar de Nieuwe Stad, probeerde ons flatgebouw te vinden en het balkon te ontdekken waar ik zo veel middagen met mijn vader had doorgebracht, terwijl we de meest onwaarschijnlijke verklaringen verzonnen voor de geluiden die omhoogdreven uit de stad onder ons. Nu al leek mijn leven in Quito te vervagen, terwijl Ecuador steeds meer 'Mijn Ecuador' werd, het land waarover ik mensen zou vertellen als ik weer thuis was. Ik probeerde de ervaringen van Fabián en mij tot een goed verhaal te smeden, maar toen stopte ik daarmee en besefte dat zulke gedachten, zo vroeg, fout waren. Ik was trouwens mijn publiek kwijt.

Mij dat hoofd cadeau geven, dat kon een teken van vergeving zijn van Suarez, of niet. Er zat geen briefje bij. Het voelde zeker niet als vergiffenis. De tsantza kwam aan Fabián toe, maar nu het hoofd van mij was, voelde ik niets anders dan de koude klauwen van de vloek.

Toen we eenmaal opgestegen waren – de verstikkende atmosfeer van slechte koffie en vervuilde luchtfilters – liet ik mijn blik afdwalen van het hoofd in mijn schoot en keek door het raampje naast me, terwijl we steeds hoger boven de Andes klommen. Het voelde niet goed om de vulkanen van zo'n grote hoogte te bekijken. Het vliegtuig vloog zo laag over sommige toppen, dat je bijna regelrecht in hun kraters kon kijken. Het voelde verkeerd. Ik had die blik op de intimiteit van de kraters niet verdiend. Als je daar beneden was, in de stad, wisten ze je te verrassen. Die macht hadden ze. Zo moest het zijn. Of je nu in een buitenwijk in je jeep stapte, op weg naar de tennisbaan, of op een stoffig plein in de Oude Stad van een blinde man een loterijbriefje kocht, altijd kon het je gebeuren. Als je er het minst op bedacht was, keek je in het rond en daar waren ze dan: enorme ijsknotsen van toppen, blikkerend achter flatgebouwen langs de snelweg, of op je neerkijkend van achter de klokkentorens van kerken. En soms, als je op de juiste plek liep, kreeg je de volle laag: je sloeg een hoek om, bezig met van alles en nog wat, en dan BAM! Dan drong de vulkaan de stad binnen en ging regelrecht de confrontatie met je aan, prentte zijn hoogte en schaal in je gedachten totdat je sneeuwblind was, bergkolder had en buiten adem raakte van onbeduidendheid. Maar hier, vanuit deze ouwe, afgeleefde Airbus, kon je alles zien. En ik wilde het niet allemaal zien.

Ik ben nooit terug geweest in Quito, maar ik heb de aankomst in mijn gedachten veelvuldig opnieuw afgespeeld. Het is een geweldige landing. Je komt laag aanvliegen, hellend over groene terrasakkers en roodbruine heuvels, en dan: ongelooflijk, absurd, maar onder je ligt een stad, de huizen uitgestrooid als stukjes dobbelsteen in een vallei bekleed met groen laken, die erop wacht om ontdekt te worden. Die wacht tot een gokker op deze tafel zijn geluk beproeft. Feitelijk is het vliegtuig bezig met de landing, maar het voelt alsof er een laatste spurt nodig is om het over de rand van de bergkom heen te helpen, zodat het in de vallei kan landen. En dat sprongetje over de bergrand lijkt altijd op goed geluk te gaan, alsof de piloot op het laatste moment van koers verandert, omdat hij toevallig op een ingang stuit die hij nog nooit eerder heeft gezien. De gezagvoerder heeft het nooit door. Hij steekt gewoon van wal met hetzelfde routineuze praatje over gordels en sigaretten uitmaken. Voor één keer zou ik willen dat zijn commentaar strookt met het schier onmogelijke dat ik vanuit mijn raampje zie: '*Señoras y señores*, dit is uw gezagvoerder. We landen over enkele ogenblikken op onze eindbestemming, dus als u zo vriendelijk wilt zijn uw rugleuningen rechtop te zetten en – jezus christus! Wat is dat? Er ligt hier een stad tussen de wolken! Snel, maak een uitwijkmanoeuvre!'

Zo gaat het nou nooit. Maar ik blijf hopen.

NOTITIES VAN DE AUTEUR

Hoewel de meeste locaties in deze roman werkelijk bestaan, zijn sommige geheel verzonnen, en lezers kunnen niet verwachten ze op een landkaart terug te vinden.

Cristina's richtlijnen voor het goed vertellen van een Quechua-volksvertelling zijn grotendeels afgeleid uit *She-Calf and Other Quechua Folk Tales* van Johnny Payne (University of New Mexico Press, 2000). Onnauwkeurigheden daarin en uitwijdingen daarop zijn van mijn hand.

Speciale dank gaat uit naar mijn agent Clare Alexander, naar mijn redacteur James Gurbutt en naar Rose Grimond.

NOTITIES VAN DE VERTALER

Voor het citaat uit 'Emma Zunz' van Jorge Luis Borges heb ik gebruik gemaakt van de vertaling van Barber van de Pol. (*De Aleph en andere verhalen*, De Bezige Bij, 1998.)

Voor het citaat uit *The Magician's Nephew* van C.S. Lewis heb ik gebruik gemaakt van de vertaling van Madeleine van den Bovenkamp-Gordeau. (*Het neefje van de tovenaar*, Leopold, 1992.)